Z E N G D A X I N G Z H U

大兴说唐诗

D A X I N G S H U O T A N G S H I

曾大兴 著

河北出版传媒集团
河北人民出版社
石家庄

图书在版编目（C I P）数据

大兴说唐诗 / 曾大兴著. -- 石家庄 : 河北人民出版社, 2022.2
ISBN 978-7-202-06703-1

Ⅰ. ①大… Ⅱ. ①曾… Ⅲ. ①唐诗—诗歌研究 Ⅳ. ①I207.227.42

中国版本图书馆CIP数据核字(2022)第030870号

书　　名	大兴说唐诗
著　　者	曾大兴
选题策划	王　静
责任编辑	陈冠英
美术编辑	李　欣
责任校对	余尚敏
出版发行	河北出版传媒集团　河北人民出版社 (石家庄市友谊北大街 330 号)
印　　刷	河北新华第一印刷有限责任公司
开　　本	787 毫米×1092 毫米　1/16
印　　张	20
字　　数	282 000
版　　次	2022 年 2 月第 1 版　　2022 年 2 月第 1 次印刷
书　　号	ISBN 978-7-202-06703-1
定　　价	60.00 元

序 言

XUYAN

曾大兴先生的《大兴说唐诗》出版了，嘱我写个序，我是学术后辈，岂敢为之，写几句话就当是推介语吧。

《大兴说唐诗》原是曾大兴先生30多年来讲授唐诗课讲义的精华，现在正式出版，惠及更广泛的读者，属于学术名家做文化普及工作，是弘扬中华优秀传统文化的功德之事，令人敬佩！

唐宋诗词，是中华优秀传统文化的一张名片，是中华审美文化的代表，理应在全民心灵中扎根。2016年春，中央电视台隆重推出大型文化节目《中国诗词大会》，主要内容就是弘扬唐宋诗词，七年来，该节目掀起了一波接一波的全民诗词热，已成家喻户晓的央视第一文化品牌节目，为弘扬中华优秀传统文化，改变全国文化氛围作出了巨大贡献。与七年前不重视传统文化的氛围相比，目前全国的文化氛围是尊重、热爱、学习中华优秀传统文化，尤其是唐宋诗词。在此背景下，《大兴说唐诗》的出版正当其时，为大众特别是大学生、唐诗爱好者送来了优秀的唐诗学习图书。

《大兴说唐诗》一书的主要优点，在我看来，有如下几个方面：

一是唐诗史与唐诗精选的完美结合。经典的唐诗作品，当然是大学生以及广大读者首先应该学习欣赏的对象，但唐诗的学习和欣赏还需要了解唐诗史才能更深入更准确。该书以唐诗史为脉络，以经典唐诗作品为骨干，二者进行了完美结合。用十二讲要言不烦地讲完唐诗史和唐诗经典作品，其中大诗人选择代表作较多，中小诗人选择代表作较少，非常恰当。

二是代表性诗人和风格流派介绍准确。唐代诗人数量众多，风格流派纷呈，该书有主有次，精准介绍主要代表性诗人和风格流派，次要诗人附属于流派内作简介。如介绍中唐诗歌，用“通俗诗派”“奇险诗派”“走中间路线的诗人”三分法，就将中唐大小诗人精准囊括在内。

三是诗人生平、艺术特色介绍与诗歌鉴赏结合。一般来说，对诗人生平、艺术特色的介绍再好，如果不结合具体诗歌代表作鉴赏，则干巴巴记不住，反之，对诗歌代表作鉴赏再精辟，如果不结合诗人生平、艺术特色，则显得浅薄。该书介绍诗人生平、艺术特色言简意赅，诗歌代表作的选择和鉴赏精辟而有味，展现了不俗的学术深度与艺术情怀。如李白的特色，概括为“自由”二字，杜甫的特色，概括为“眼泪”二字，精练准确而又容易记住。

四是鉴赏诗歌颇有个性，举重若轻。如鉴赏李白长篇乐府诗《蜀道难》，用了“自由的诗体”“自由的想象”“自由的情绪”“自由的语言”“自由的风格”五个短语概括，既表现出鉴赏个性，又举重若轻地抓住了该诗的关键特色——“自由”，与李白的生平、个性相呼应，读后令人印象深刻。

此书的优点还有不少，这里不再赘述，广大读者自有明鉴。当然该书也有个别地方可以再改进，以达到尽善尽美。譬如个别诗人近些年有墓志出土，生平介绍可以再完善。

总之，《大兴说唐诗》是一本非常值得推荐的文化读物，相信该书出版后一定会受到读者的喜爱。

央视《中国诗词大会》学术总负责人李定广于辛丑年末

目录

MULU

前言

QIANYAN

一、唐诗的数量

清康熙四十五年十月，由彭定求、杨中讷等10位江南在籍翰林编纂的《全唐诗》正式完成。这部书究竟收录了多少唐诗？据日本学者平冈武夫统计，有49403首。但是，《全唐诗》的编纂仅花了一年半时间，成书未免仓促，其中既有误收、漏收者，也有作家作品重出者，因此实际上并没有49403首诗。据陈尚君估计，这部《全唐诗》实际上收录了44000到45000首诗。

1992年，中华书局出版了由陈尚君补辑的《全唐诗补编》，此编共收逸诗6300多首。

陈尚君认为，两者加起来，真正现存的唐诗应该在52000至53000首之间。

二、唐诗的种类

唐诗包括古体诗和近体诗。

1. **古体诗**

古体诗简称古诗，又称古风，包括五言古诗（简称五古）、七言古诗（简称七古）、杂言古诗（句式不整齐，一二字句，三四字句，甚至七字以上的句子都有）。杂言古诗中七字一句的比较多，所以习惯上也把杂言古诗归入“七古”一类。

古体诗不仅字数不受限制，句数也不受限制，有两句一首的，也有三四句一首、五六句一首、七八句一首、十多句一首，乃至百句以上一首的，一首古体诗总的句数也可以是奇数。

古体诗的用韵也比较自由。其一，一首诗既可用平声韵，也可用仄声韵；其二，既可一韵到底，也可以随意转韵，所转的韵可平可仄；其三，每句都可用韵，用作韵脚的字可以重复；其四，用韵并不限定在偶数句上，也可用在奇数句上；其五，诗中可用邻韵，如用仄声韵，上声字、去声字可通押；其六，诗中允许用不押韵的散文化句子。

2. 近体诗

近体诗又称今体诗，是和古体诗相对而言的，包括律诗和绝句，律诗又包括五言律诗、七言律诗、排律（超过八句），绝句又包括五言绝句、七言绝句。

近体诗的字数、句数都受限制。每句只有五个字或者七个字。绝句限定四句为一首，律诗一般是八句，超过八句的称“排律”或“长律”。

三、近体诗的格律

近体诗就是格律诗，它在用韵、平仄安排、对仗等方面有严格的规则，现分述如下：

1. 用韵

近体诗的用韵很严格。其一，一首诗限用一个韵，而且主要用平声韵，不能转韵；其二，除第一句既可用韵也可不用韵之外，双数的句子（律诗的二、四、六、八句，绝句的二、四句）都必须用韵；其三，用作韵脚的字不能重复；其四，除第一句外，不能用邻韵；其五，不用韵的句子（律诗的三、五、七句，绝句的第三句）的最末一字，只能用仄声。

2. 平仄安排

近体诗的平仄安排也很严格。讲平仄先要讲节拍。“在诗句中，根据汉字一字一音的特点，每两个字是一个音步，也就是每两个字作为一个节拍。七言一句的有三个节拍，剩下的一个字，单独作为一个节拍；五言一句的有两个节拍，剩下的一个字，单独作为一个节拍。每个节拍的双数字是节奏点，也就是节拍所在的地方。”[①]

近体诗的平仄安排有三个特点：

其一，句子中间平仄交错。一句诗中的双数字，其平仄是交错的。符合这种平仄交错的规则，就称“律句”，不符合这种平仄交错的规则，就是“拗句”。一句诗中的单数字，不在节奏点，一般来说是可平可仄的，所谓“一三五不论，二四六分明”。当然，“一三五不论，二四六分明”也不可一概而论，要以不犯孤平、不出现三平调为前提。关于“孤平”和“三平调”问题，下面还会讲到，这里只是提一下。“诗句中规定平仄交错，是从音乐效果考虑的。一句诗中做到平仄交错，就能使字音高低间隔，有起有伏，听起来和谐悦耳，不致单调无味。[②]

其二，句子之间平仄对立。一首七言八句或五言八句的律诗，包括四联，依次是：首联、颔联、颈联和尾联。每一联是两句，每联的第一句叫上句，又叫出句；第二句叫下句，也叫对句。如果上句某个节拍用的是平声字，下句同一位置的字就要用仄声字相对。如果上句的这个节拍用的是仄声字，那么下句同一位置的字就要用平声字相对。违反这种上下句节拍用字平仄相对的规矩，就叫平仄失对。

一首绝句，实际上就是一首七言律诗或五言律诗的一半。它的第一句和第二句之间、第三句和第四句之间，其节拍用字也要平仄相对。

其三，句子之间平仄相粘。平仄相粘与平仄相对正好相反。平仄相粘是就上一联的对句与下一联的出句之间的平仄安排而言，平仄相对是就同一联的出句和对句之间的平仄安排而言。具体来讲，就是上一联的对句和下一联的出句，其节拍用字的平仄安排必须相同，这就是平仄相粘。如果一首诗中应该粘的两句之间没有粘，就叫失粘。

“格律诗中使用粘这种方式的目的，除了使全诗粘合为一个整体之外，也是为了使诗的声调有变化，增加音乐效果。以绝句来说，如果不使用粘这种方式，那么上两句和下两句的平仄安排就相同，也就单调而少变化了。律诗是两首绝句组合而成，当然也需要在句子间使用粘这种

① 吴文蜀：《诗词曲格律讲话》，中华书局 2017 年版，第 24 页。
② 同上书，第 26 页。

方式，以求声调有变化。”[①]

3. **对仗**

近体诗的对仗只限于律诗，绝句是不讲究对仗的。所谓对仗，就是对称、对偶的意思。把近体诗中的词语结构两两相对，就是对仗。

律诗只要求颔联和颈联用对仗，首联和尾联不必用对仗，但是也有少数例外，有在首联用对仗的，有在尾联用对仗的，也有整首诗四联都用对仗的。

如果是长律，不论句数多少，除了首联和尾联之外，中间的句子都要求用对仗。

对仗分工对和宽对。对仗得工整的叫工对，它要求在平仄安排合乎格律的前提下，词性相同，词组结构也相同。如杜甫的《登岳阳楼》这首五言律诗的颔联“吴楚东南坼，乾坤日夜浮”，就是工对。

工对要求严格，每个字都不能含糊。而宽对就没有这样严格。如杜甫的七言律诗《蜀相》的颈联“三顾频烦天下计，两朝开济老臣心”，就是宽对。

对仗中还有一种流水对。所谓流水对，就是把需要说的一句话分成两句来说，例如杜甫五言律诗《登岳阳楼》的首联“昔闻洞庭水，今上岳阳楼”，又如王维五言律诗《送梓州李使君》的颔联“山中一夜雨，树杪百重泉”，都是流水对。

对仗中还有一种借对。“所谓借对，是出句中用了某一词语或某一字，或是为了用一个典故，在考虑对句时找不到适当的词语或字相对，便借用谐音字或是词性虽然相同但词义不能相对的词语来代替。”[②]如孟浩然五言律诗《裴司士见访》的颈联“厨人具鸡黍，稚子摘杨梅”，“杨梅”对“鸡黍”是不够工整的，“杨梅”是一种植物，“鸡和黍”是两种东西（动物和植物）。“但是这里作为借对，对句的第四字“杨”作“羊”的谐音，就可以和出句的“鸡”相对，而且和“梅”连起来，也

---

① 吴丈蜀:《诗词曲格律讲话》，中华书局 2017 年版，第 29 页。

② 同上书，第 35 页。

成为两种东西了，由不是工对而成为工对。[①]

对仗中还有一种扇面对。这种对仗是由四句组成的，以其中的第一句对第三句，第二句对第四句，所以又叫隔句对。例如白居易的五言绝句《夜闻筝中弹潇湘送神曲感旧》："缥缈巫山女，归来七八年。殷勤湘水曲，留在十三弦。"[②]

4. **格式**

七言绝句和律诗的格式、五言绝句和律诗的格式，概括起来就是四种：平起第一句入韵式、平起第一句不入韵式、仄起第一句入韵式、仄起第一句不入韵式。

只要我们熟悉了平仄安排的格律，懂得了句子中间的节拍用字平仄交错、句子之间的节拍用字平仄相对和平仄相粘这些规则，又知道这一首诗是平起式还是仄起式，这些格式都是可以推演出来的，不必死记硬背。

5. **其他规则**

一是避免孤平。所谓孤平，就是一句诗中除了韵脚之外，只剩下一个平声字。至于句末是仄声字的句子，也就是不押韵的句子，即便只有一个平声字，也不算犯孤平。

二是三字尾的平仄安排。在近体诗中，平脚句子的末三字不能同用平声，仄脚句子的末三句不能同用仄声，否则就是"拗"。这和古体诗的三字尾常常同是平声字或同是仄声字的情况是有明显区别的。

三是句中单数字的平仄安排。一句诗中的节奏点是在双数字上，因此双数字的平仄安排是很严格的。一句诗中的单数字在一般情况下可以灵活使用平声字或仄声字，所谓"一三五不论，二四六分明"。当然，"一三五不论，二四六分明"也是有条件的，就是以不出现孤平、不出现三平调或三仄调为前提。

四是拗救。拗救有当句救，也有对句救。"当句救又称'自救'，是指就拗句本身采取补救办法。比如句中某一个节拍的字，成了拗字，

---

① 吴丈蜀：《诗词曲格律讲话》，中华书局 2017 年版，第 35 页。

② 同上书，第 36 页。

便在本句中选一个单数字，改变原定的平仄安排，作为补救。经过补救之后，就使全句不会因为出现拗字而影响声律的和谐。”对句救的意思是说，“当上句出现一个平声拗字之后，就在下一句适当的地方，用一个仄声字补救；相反，如果上句出现的拗字是仄声，下句就在适当的地方用一个平声字补救”。[1]

四、唐诗繁荣的标志和原因

唐诗作为一代之文学，达到了前所未有的繁荣之境。唐诗繁荣的标志是什么呢？在我看来，至少表现在以下五个方面：

一是作品众多，如上所述，保留至今的唐诗大约有 53000 首。

二是作者众多。在清人编纂的《全唐诗》中，有作者 2200 余人。在陈尚君补辑的《全唐诗补编》中，又有新见作者 900 余人，两项相加，达 3100 余人。

三是名家名作众多。有学者根据“古今选本”“历代评点”“研究论文”和“文学史引录”等数据进行统计，得知最有影响的唐诗名作有 100 首，其中杜甫 17 首，王维 10 首，李白 9 首，李商隐 6 首，杜牧 6 首，孟浩然 5 首，王昌龄 5 首，刘禹锡 4 首，岑参 3 首，白居易 3 首，崔颢、王之涣、祖咏、卢纶、柳宗元各 2 首，王绩、王勃、杨炯、杜审言、沈佺期、张若虚、高适、李颀、王翰、常建、韦应物、许浑、李益、韩翃、司空曙、张继、韩愈、李贺、王湾、杜荀鹤、赵嘏、温庭筠各 1 首。[2] 有名作，自然是名家。在百首唐诗名篇排行榜中，拥有名作的诗人多达 37 人，其中初唐 5 人，盛唐 15 人，中唐 11 人，晚唐 6 人。

四是题材多样，体裁多样，风格多样，思想深刻，情感丰富，艺术精湛。这六点都缺乏数据统计，但是我们在以下各讲中可以明显地感觉到。

五是高潮迭起。唐诗在 300 余年的发展过程中，出现了多次高潮。初唐四杰和沈宋的出现是第一次，盛唐边塞诗派、山水田园诗派和李

---

① 吴文蜀:《诗词曲格律讲话》，中华书局 2017 年版，第 67、70 页。

② 王兆鹏、邵大为等著:《唐诗排行榜》，中华书局 2011 年版。

白、杜甫的出现是第二次，中唐元白诗派、韩孟诗派和刘禹锡、柳宗元的出现是第三次，晚唐李商隐、杜牧、温庭筠的出现是第四次。

唐诗繁荣的原因很多，在我看来，至少有以下几点：

一是国家的统一，交通的发达，促进了南北文化和东西文化的交流，为诗人的游历和写作提供了广阔的文化背景。

二是儒释道三教并举的国策，思想多元的格局，不以言论治罪的人文环境，为诗人的思考、写作和发表提供了难得的自由空间。

三是统治者对诗歌创作的提倡和鼓励，科举中的诗赋考试，以及人民群众对诗歌的强烈爱好，为诗人的写作提供了巨大的精神动力。

四是自诗经、楚辞以来的极为丰富的诗歌遗产，为诗人的写作提供了多方面的借鉴。

五是王维、孟浩然、王昌龄、岑参、李白、杜甫、刘禹锡、白居易、李商隐、杜牧等杰出诗人的先后出现，为诗人的写作树立了榜样或标杆。

五、本书所依据的版本及其他

本书所依据的版本，是中华书局1960年出版的《全唐诗》，但是考虑到《全唐诗》亦有错漏，同时也参考了多种唐诗别集的现代整理本。

本书对诗人生平事迹的介绍，对作品的注释和评说，尽量吸收学术界的相关研究成果，但也包含了不少作者个人的思考和研究之所得。尤其是在评说方面，个人色彩要浓厚一点。

本书前言第三部分讲近体诗的格律，较多地参考引用了吴丈蜀老师的《诗词曲格律讲话》。这是因为，吴老师当年就是这样教我们的。他是当代著名诗人，且精于诗词曲格律，可谓现身说法。本书讲近体诗的格律而较多地参考引用他的著作，既是出于对他的服膺，也是出于对他的怀念。

第一讲 王杨卢骆当时体

王勃（650—676）、杨炯（650—703？）、卢照邻（634？—686？）、骆宾王（635？—684？）这四人，“以文辞齐名海内，称四才子，亦曰四杰”（辛文房《唐才子传》）。他们都生于唐太宗贞观年间，创作活动则集中在高宗至武后时期。他们的排序，最初是“骆、卢、王、杨”（张说《裴公神道碑》、郗云卿《骆丞集序》），后来才是“王、杨、卢、骆”（宋之问《祭杜学士审言文》、杜甫《戏为六绝句》）。论年纪，卢、骆是一辈人，王、杨又是一辈人，卢、骆比王、杨大15岁左右。但是为什么到后来，王、杨反倒排在了卢、骆的前边呢？闻一多先生对此有一个解释。他说：王、杨擅长五律，卢、骆擅长七言歌行，而“五律无疑是唐诗最主要的形式，在那时人心目中，五律才是诗的正宗。沈、宋之被人推重，理由便在此。按时人安排的顺序，王、杨的名字列在卢、骆之上，也正因他们的贡献在五律”（闻一多《唐诗杂论·四杰》）。这个解释可备一说。

王、杨、卢、骆之间是互有交情的。“卢、骆二人交情，可凭骆的《艳情代郭氏答卢照邻》诗来坐实，而王、杨的契合，则有王的《秋日饯别序》和杨的《王勃集序》可证。”另外，“卢、王有两首同题分咏的诗，卢、杨有一首同题同韵的诗，可见他们这两辈人确乎在文酒之会中常常见面”（闻一多《唐诗杂论·四杰》）。

王勃

王勃（650—676），字子安，绛州龙门（今山西河津）人。他是隋末大儒王通（文中子）之孙。六岁即善辞章。九岁读颜师古注《汉书》，作《指瑕》十卷以摘其失。有“神童”之誉。右相刘祥道荐之于朝，应制科考试，对策高第，授朝散郎，时年不到二十。沛王李贤征为侍读。《新唐书》卷二〇一《文艺传》载：“是时，诸王斗鸡，勃戏为文《檄英王鸡》。高宗怒曰：‘是且交构。’斥出府。”而杨炯《王勃集序》则以为是才高招忌。

后游巴蜀。补虢州参军。《旧唐书》卷一九〇《文苑传》载："久之，补虢州参军。勃恃才傲物，为同僚所嫉。有官奴曹达犯罪，勃匿之，又惧事泄，乃杀达以塞口。事发，当诛，会赦除名。"然清代姚大荣《王子安年谱》以为是遭人陷害，所谓"假手官奴，以攻其瑕"。

王勃之父王福畤因此受到牵连，由雍州司功参军贬交趾县令。高宗上元二年（675），王勃陪父亲去交趾，途经南昌，遇洪州都督阎公于九月九日在滕王阁大会宾客，王勃应邀与会并作《滕王阁序》。"勃虽在座，而阎公意属子婿孟学士者为之，已宿构矣。及以纸笔巡让宾客，勃不辞让。公大怒，拂衣而起，专令人伺其下笔。第一报云：'南昌故郡，洪都新府。'公曰：'亦是老生常谈！'又报云：'星分翼轸，地接衡庐。'公闻之，沉吟不言。又云：'落霞与孤鹜齐飞，秋水共长天一色。'公矍（jué）然而起曰：'此真天才，当垂不朽矣！'遂亟请宴所，极欢而罢。"（王定保《唐摭言》）

由交趾返回，渡海溺水，悸而卒。时年27岁。

《新唐书》卷二〇一《文艺传》："勃属文，初不精思，先磨墨数升，则酣饮，引被覆面卧，及寤，援笔而成，不易一字，时人谓之腹稿。"按：有人讲，王勃有"族翁"名王承烈，寓居江西，时闻王勃将途经南昌，故预致书翰。① 有人因此认为，王勃作《滕王阁序》，当亦为"腹稿"。这个说法还有待证实。

有《王子安集》，杨炯作序，称其作品"壮而不虚，刚而能润，雕而不碎，按而弥坚"。

送杜少府之任蜀川[1]

王　勃

城阙辅三秦[2]，风烟望五津[3]。
与君离别意，同是宦游人。
海内存知己，天涯若比邻[4]。
无为在歧路，儿女共沾巾。

① 参见傅璇琮主编：《唐才子传校笺》（第一册），中华书局1987年版，第30页。

[1] 少府：县尉。蜀川：有的版本作蜀州。按：唐代置蜀州（今崇州市），在王勃死后第十年，即垂拱二年（686）。当以蜀川为是。杜佑《通典·州郡志》："穆帝时平蜀汉，得梁益之地。"自注云："梁州则汉川，益州则蜀川是。"蜀川，指西川，即今四川岷江流域。

[2] 三秦：指今陕西关中一带，古为秦国。项羽入关后，把秦地一分为三，分封给秦朝的三个降将。从此三秦即指秦地。

[3] 五津：白华津、万里津、江首津、涉头津、江南津。此处泛指蜀川。

[4]"海内"二句：承曹植《赠白马王彪》："丈夫志四海，万里犹比邻。恩爱苟不亏，在远分日亲。"

王勃的作品有两种风格：一种纤丽绮靡，这是受了南朝文风的影响；一种刚健质朴，这是受了北朝文风的影响。此诗属后者。

古人重离别，盖因交通、通信条件的落后所致。南朝江淹《别赋》："黯然销魂者，唯别而已矣。"王勃此诗，境界开阔，心情旷达，一洗悲酸之气，可谓独标高格。

这首诗具体的写作时间不详，杜少府究竟是谁，也待考证。但是，王勃的旷达并非偶然。《滕王阁序》："嗟乎！时运不齐，命途多舛。冯唐易老，李广难封。屈贾谊于长沙，非无圣主；窜梁鸿于海曲，岂乏明时？所赖君子见机，达人知命。老当益壮，宁移白首之心？穷且益坚，不坠青云之志。酌贪泉而觉爽，处涸辙以犹欢。北海虽赊，扶摇可接。东隅已逝，桑榆非晚。孟尝高洁，空余报国之情；阮籍猖狂，岂效穷途之哭！"此即旷达之谓也。

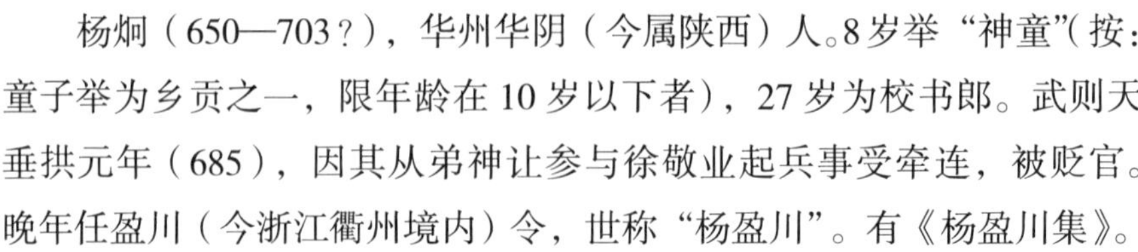

杨 炯

杨炯（650—703？），华州华阴（今属陕西）人。8岁举“神童”（按：童子举为乡贡之一，限年龄在10岁以下者），27岁为校书郎。武则天垂拱元年（685），因其从弟神让参与徐敬业起兵事受牵连，被贬官。晚年任盈川（今浙江衢州境内）令，世称“杨盈川”。有《杨盈川集》。

《唐才子传》：“炯恃才凭傲，每耻朝士矫饰，呼为麒麟楦。或问之，曰：‘今假弄麒麟戏者，必刻画其形覆驴上，宛然异物，及去其皮，还是驴耳。’闻者甚不平，故为时所忌。”

《唐才子传》：“炯博学善文，与王勃、卢照邻、骆宾王以文辞齐名海内，称四才子，亦曰四杰。效之者风靡焉。炯尝谓：‘吾愧在卢前，耻居王后。’张说曰：‘盈川文如悬河，酌之不竭，耻王后，愧卢前，谦也。’”按照闻一多先生的解释，则是：“杨年纪比卢小得多，名字反在卢前，有愧不敢当之感，所以说‘愧在卢前’；反之，他与王多分是同年，名字在王后，说‘耻居王后’，正是不甘心的意思。”（《唐诗杂论·四杰》）不过，杨炯对王勃还是很欣赏的。王勃死后，杨炯曾为他的《王子安集》作序，评价很高。

从军行[1]

杨 炯

烽火照西京，心中自不平。
牙璋辞凤阙[2]，铁骑绕龙城[3]。
雪暗凋旗画，风多杂鼓声。
宁为百夫长，胜作一书生。

[1] 从军行：汉乐府“相和歌辞·平调曲”旧题。

[2] 牙璋：兵符。分凹凸两块，相嵌合处呈牙状。皇帝、主帅各执一

块，用兵则合。凤阙：汉建章宫东有圆阙，上有金凤，故称凤阙。此处指皇宫。

[3] 龙城：汉时龙城为匈奴大会祭天之所，在今蒙古国境内；十六国时龙城在今辽宁辽阳；唐时属于营州柳城郡（今辽宁朝阳）。此处泛指敌方要地。

此诗写慷慨从军之豪情，体现了唐代尚武的主流价值观，诗风雄浑刚健。

卢照邻

卢照邻（634？—686？），字升之，范阳（今河北涿州）人。博学多才。20 岁为邓王（李元裕，高祖第十七子）府典签。王爱重，谓人曰："此吾之相如。" 30 岁左右，迁新都（今属四川）尉。40 岁染风疾。乃辞官，居长安太白山，从孙思邈问医道，自号幽忧子。《新唐书》卷二〇一《文艺传》上："疾甚，足挛，一手又废，乃去具茨山（河南阳翟境内）下，贾园数十亩，疏颍水周舍，复预为墓，偃卧其中。""病既久，与亲属执别，遂投颍水而死。"大约活了 52 岁。有《幽忧子集》。

长安古意[1]

卢照邻

长安大道连狭斜[2]，青牛白马七香车[3]。
玉辇纵横过主第[4]，金鞭络绎向侯家。
龙衔宝盖承朝日，凤吐流苏带晚霞[5]。
百丈游丝争绕树，一群娇鸟共啼花。
啼花戏蝶千门侧，碧树银台万种色。
复道交窗作合欢[6]，双阙连甍垂凤翼[7]。

梁家画阁天中起[8]，汉帝金茎云外直[9]。
楼前相望不相知，陌上相逢讵相识？
借问吹箫向紫烟，曾经学舞度芳年[10]。
得成比目何辞死，愿作鸳鸯不羡仙。
比目鸳鸯真可羡，双去双来君不见？
生憎帐额绣孤鸾[11]，好取门帘帖双燕。
双燕双飞绕画梁，罗帏翠被郁金香[12]。
片片行云著蝉鬓，纤纤初月上鸦黄[13]。
鸦黄粉白车中出，含娇含态情非一。
妖童宝马铁连钱[14]，娼妇盘龙金屈膝[15]。
御史府中乌夜啼，廷尉门前雀欲栖[16]。
隐隐朱城临玉道，遥遥翠幰没金堤[17]。
挟弹飞鹰杜陵北[18]，探丸借客渭桥西[19]。
俱邀侠客芙蓉剑[20]，共宿娼家桃李蹊。
娼家日暮紫罗裙，清歌一啭口氛氲[21]。
北堂夜夜人如月，南陌朝朝骑似云。
南陌北堂连北里[22]，五剧三条控三市[23]。
弱柳青槐拂地垂，佳气红尘暗天起。
汉代金吾千骑来[24]，翡翠屠苏鹦鹉杯[25]。
罗襦宝带为君解，燕歌赵舞为君开。
别有豪华称将相，转日回天不相让[26]。
意气由来排灌夫[27]，专权判不容萧相[28]。
专权意气本豪雄，青虬紫燕坐春风[29]。
自言歌舞长千载，自谓骄奢凌五公[30]。
节物风光不相待，桑田碧海须臾改。
昔时金阶白玉堂，即今惟见青松在。
寂寂寥寥扬子居[31]，年年岁岁一床书。
独有南山桂花发[32]，飞来飞去袭人裾。

简注

［1］古意：拟古之作。

［2］狭斜：小巷子。

［3］七香车：用七种香木做成的车。

［4］主第：公主之府第。

［5］“龙衔宝盖”二句：车上竖有伞状的车盖，即宝盖。车盖的支柱雕成龙形，龙口好像衔着车盖。车盖上还有立凤，凤的嘴端挂着下垂的丝缕，即流苏。

［6］复道：连接楼阁的架空通道，因楼阁不止一层，故曰复道。交窗：用木条交错制成的窗。

［7］双阙：汉未央宫有北阙、东阙，故名。甍（méng）：屋脊。

［8］梁家：东汉顺帝时的外戚梁冀，这里借指长安的权贵之家。

［9］金茎：汉武帝在建章宫内所立铜柱，铜柱上有仙人掌、承露盘。

［10］“借问”二句：写一位像仙女弄玉一样的舞女。传说秦穆公的女儿弄玉从丈夫箫史学吹箫，常作凤鸣。一日，忽有凤凰来，将他们夫妇接走了，都成了仙。借问：向人打听。向紫烟：即飞升成仙。

［11］生憎：最厌恶。

［12］翠被：用翠鸟羽毛织成的被子。

［13］鸦黄：嫩黄色。六朝和唐代的女子喜在额上涂黄为饰，叫额黄，又叫鸦黄。初月上鸦黄：把额黄涂成初月的形状。

［14］妖童：歌童。铁连钱：即连钱马，一种有青色圆钱之斑纹的马。

［15］盘龙：屈膝上的雕纹。屈膝：门窗、橱柜和屏风上的环纽、搭扣。

［16］御史：掌弹劾之官。《汉书·朱博传》：“是时，御史府……中列柏树，常有野乌数千栖宿其上，晨去暮来，号曰‘朝夕乌’。”廷尉：掌刑狱之官。《史记·汲郑列传》：“始翟公为廷尉，宾客阗门；及废，门外可设雀罗。”

［17］翠幰（xiǎn）：饰以翠羽的车帷。金堤：喻堤之坚固。

［18］“挟弹”句：写王孙公子的豪纵生活。《后汉书·袁术传》：“少以

侠气闻，数与诸公子飞鹰走狗。”杜陵：汉宣帝的陵墓，在长安东南。

［19］探丸借客：指杀吏和助人复仇的行为。汉时长安少年有专门刺杀官吏、为人报仇的组织，每次行动前设赤黑白三种弹丸，供各人摸取。《汉书·尹赏传》：“闾里少年群辈杀吏，受赇报仇，相与探丸为弹，得赤丸者斫武吏，得黑丸者斫文吏，白者主治丧。”渭桥：横跨渭水的一座桥，在长安西。

［20］芙蓉剑：春秋时越国所铸之剑，如“芙蓉始生于湖”。（见《吴越春秋》）

［21］氛氲：香气浓郁。

［22］北里：长安妓女聚居之处，即平康里。

［23］五剧三条控三市：五剧：道路交错者；三条：道路三条相通者。三市：每天三次集市，包括大市、朝市、夕市。

［24］金吾：即执金吾，统率禁军、负责京师巡防的官。

［25］翡翠：形容酒的颜色。屠苏：酒名。鹦鹉杯：用鹦鹉螺加工制成的酒杯。

［26］转日回天：形容权力极大，可以操纵皇帝。

［27］灌夫：西汉时一个勇猛任侠、好使酒骂座的将军，汉武帝时被丞相田蚡陷害，族诛。

［28］判：同拚，豁出去的意思。萧相：指萧望之，此人在汉宣帝时为御史大夫、太子太傅，在元帝时为前将军，自谓“备位将相”，结果被中书令石显陷害，自杀。

［29］青虬：龙类，这里代指骏马。紫燕：骏马名。

［30］五公：指东汉张汤、杜周、萧望之、冯奉世、史丹，皆著名权贵。

［31］扬子：扬雄，西汉著名文学家和学者，著有《太玄》《方言》等。左思《咏史》：“寂寂扬子宅，门无卿相舆。……悠悠百世后，英名擅八区。”

［32］南山：终南山。

这是一首托古讽今的作品，写的是汉代长安的历史画面，反映的是唐代长安的现实问题。全诗可分两部分。第一部分从开头到“青虬紫燕坐春风”，用洋洋洒洒长达58句的篇幅，写长安的各色人物追逐奢华，追逐情欲，追逐财富，追逐权力。第二部分从“自言歌舞长千载”到结尾，仅用10句，写一切的奢华、财富、权力等等，都随着时间的流逝而化为尘土。而自甘淡泊的学者，则可以流芳百世。作者对历史、对人生的认知非常深刻，可以说是对现世浮华的一声棒喝，永远都具有警世的意义。在初唐，只有骆宾王的《帝京篇》可与之媲美。闻一多先生讲：“卢、骆的到来，能使人们麻痹了百余年的心灵复活。”（《唐诗杂论·四杰》）

如此洋洋洒洒的长篇七古，在初唐极为少见。情感深沉，笔力雄健。作品在艺术上有这样几个特点：

一是善用赋笔。既有总体的描述，又有细节的刻画，而且详略有别，并不平均使用力气。

二是多四句换景，或者换意，而转换之处则多用“连珠格”（又称“顶真格”），音节浏亮，给人以一气呵成、累累如贯珠之感。

三是多用对比。或今昔对比：昔时金阶白玉堂，即今惟见青松在；或空间对比：终南山的寂寥与长安的豪华；或命运对比：豪华者声名俱灭，寂寥者百世流芳；或篇幅对比：写豪华用了58句，写寂寥只用10句；或色彩对比：写豪华浓墨重彩，写寂寥朴实无华。

骆宾王

骆宾王（635？—684？），字观光，义乌（今属浙江金华）人。7岁能赋诗，作《咏鹅》，号称“神童”。曾为道王府属。高宗乾封元年（666）应举及第。曾从军出塞，又曾奉使西南。高宗仪凤三年

（678），因上疏言事，被诬下狱达一年之久。后遇赦，贬临海县丞，故世称“骆临海”。光宅元年（684），徐敬业在扬州起兵讨伐武则天，骆宾王为记室，作《代徐敬业传檄天下文》，斥武后罪。据《新唐书》卷二〇一《文艺传》上：武后读到“蛾眉不肯让人，狐媚偏能惑主”，但嘻笑。至“一抔之土未干，六尺之孤安在”，矍然曰：“谁为之？”或以宾王对。后曰：“宰相安得失此人？”徐敬业兵败被杀，宾王不知所终。关于他的下落，当时就有三种说法：一是被杀；二是逃亡，最后客死于南通；三是投水而死。闻一多先生对骆宾王的评价很高，说他是“教历史上第一位英威的女性破胆的文士，天生一副侠骨，专喜欢管闲事，打抱不平、杀人报仇、革命、帮痴心女子打负心汉，都是他干的”（《唐诗杂论·四杰》）。

骆宾王五、七言皆擅，《在狱咏蝉》《帝京篇》为其名作。中宗即位，下令搜访骆宾王诗文。有《骆宾王文集》。

在狱咏蝉

骆宾王

西陆蝉声唱[1]，南冠客思侵[2]。
那堪玄鬓影[3]，来对白头吟。
露重飞难进，风多响易沉。
无人信高洁[4]，谁为表予心。

［1］西陆：指秋天。《隋书·天文志》：“日循黄道东行……，行东陆谓之春，行南陆谓之夏，行西陆谓之秋，行北陆谓之冬。”

［2］南冠：囚犯。《左传·成公九年》：“晋侯观于军府，见钟仪，问之曰：‘南冠而絷得谁也？’有司对曰：‘郑人所献楚囚也。’”骆宾王系南方人，故云。

［3］玄鬓：指蝉。

［4］高洁：蝉饮露而不食，被古人视为高洁的象征。陆云《寒蝉赋序》：

“含气饮露，则其清也；黍稷不食，则其廉也。”骆宾王《在狱咏蝉序》：“故洁其身也，禀君子达人之高行。”作者因上疏言事而得罪，被诬有贪赃枉法之事。

此诗以蝉自喻，亦物亦人，形神兼备，意在言外。诗前有小序，过长，不录。

小结

王、杨、卢、骆四人，都是官小而才大，名高而位卑。其中王、杨、骆三人还都是“神童”。从性格和为人来看，四人都很自信，都有些恃才傲物，甚至都有些不拘小节。

在诗体方面，王、杨、卢、骆各有所长，卢、骆长于七古，王、杨长于五律，但是在诗的内容、情感、风格方面，则有共通之处。第一，他们的作品反映了较为广阔的社会生活和较为丰富的内心世界。第二，他们的作品既有对功名事业的热望，同时又包含对盛衰成败、荣辱得失的思考。第三，他们的风格虽然也有绮丽的一面，未能完全摆脱“宫体诗”的影响，但是另一方面，或者说主要的一面，还是以刚健为主，体现了唐诗的健康的发展方向。杨炯《王勃集序》：“尝以龙朔初载，文场变体，争构纤微，竞为雕刻。糅之金玉龙凤，乱之朱紫青黄。影带以徇其功，假对以称其美，骨气都尽，刚健不闻。思革其弊，用光志业。”这表明，他们对刚健之美的追求乃是一种自觉。杜甫《戏为六绝句》：“王杨卢骆当时体，轻薄为文哂未休。尔曹身与名俱灭，不废江河万古流。”所谓“当时体”，就是他们那种既未完全摆脱“宫体诗”的影响，又为唐诗开辟了新的发展道路的诗体。可以说是很客观地肯定了他们在初唐诗坛的地位。

第二讲 格律诗的定型

讲唐代的格律诗，必须事先知道永明体。所谓永明体，就是与古体诗相对的、讲究声律和对偶的一种新诗体。由于这种新诗体是在齐武帝永明年间产生的，故称永明体。

《南齐书 · 陆厥传》：

> 永明末，盛为文章，吴兴沈约、陈郡谢朓、琅邪王融以气类相推毂；汝南周颙，善识音韵。约等文皆用宫商，以平上去入为四声，以此制韵，不可增减，世呼为“永明体”。

永明体的特征是：句式渐趋于定型，以五言四句、八句为多，律句大量涌现，平仄相对的观念比较明确，但是还没有形成“粘”的概念。此外，用韵由疏而密，押平声韵居多，押仄声韵很严，至于通韵，很多已接近唐人。[①]

唐代格律诗是在永明体的基础上发展起来的。过去人们讲格律诗在唐代的定型，往往只讲到沈佺期和宋之问，如元稹《唐故工部员外郎杜君墓系铭并序》：“沈、宋之流，研练精切，稳顺声势，谓之为律诗。自是而后，文体之变极焉。”又如《新唐书》卷二〇二《文艺中 · 宋之问传》：“魏建安后迄江左，诗律屡变，至沈约、庾信，以音韵相婉附，属对精密。及之问、沈佺期，又加靡丽，回忌声病，约句准篇，如锦绣成文，学者宗之，号为‘沈宋’。”

其实在格律诗的定型方面，初唐许多诗人都是作出了贡献的。例如“初唐四杰”中的杨炯，现存 14 首五言律，完全符合近体诗的粘式律。杜审言现存 28 首五言律，只有一首失粘，其余的完全符合近体诗的粘式律。许学夷《诗源辩体》卷一三云：“五言律体实成于杜、沈、宋，而后人但言成于沈宋，何也？审言较沈、宋复称俊逸，而体自整栗，语自雄丽，其气象风格自在，亦是律诗正宗。”所以这一讲要讲三个人：杜审言、沈佺期和宋之问。

① 参见刘跃进：《门阀士族与永明文学》，三联书店 1996 年版。

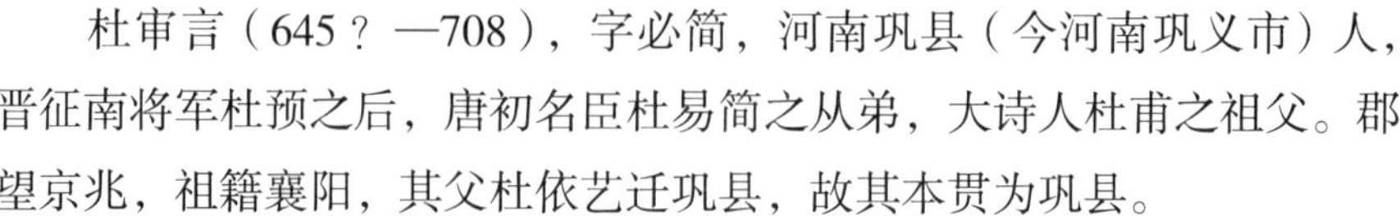

杜审言

杜审言（645？—708），字必简，河南巩县（今河南巩义市）人，晋征南将军杜预之后，唐初名臣杜易简之从弟，大诗人杜甫之祖父。郡望京兆，祖籍襄阳，其父杜依艺迁巩县，故其本贯为巩县。

杜审言于高宗咸亨元年（670）中进士。恃才傲物，为人所嫉。《新唐书》卷二〇一《文艺传》载："苏味道为天官（吏部）侍郎，审言集判，出谓人曰：'味道必死。'人惊问故，答曰：'彼见吾判，且羞死。'"杜审言与李峤、崔融、苏味道并称"文章四友"，他与苏是有交情的，苏也是一位优秀诗人，有"火树银花合，星桥铁索开。暗尘随马去，明月逐人来"（《正月十五日夜》）这样的名作，因此有人对这一条记载的真实性表示怀疑。但是，杜审言的自负是出了名的。他还说："吾文章当得屈、宋作衙官，吾笔（书法）当得王羲之北面。"连屈、宋、王羲之都不放在眼里，可见他的自负已经近乎狂妄。不过当时也有人推崇他，例如陈子昂对他的评价就很高。

杜审言由于恃才傲物，得罪了权贵，自洛阳县丞贬为吉州司户，又与同僚不和。司马周季重与司户郭若讷设计陷害，决定找个事由杀了他。杜审言有个儿子叫杜并，那时才 13 岁，为报父仇，密揣一把匕首，趁周季重参加宴会时，去刺杀他。结果周季重真的被刺死，杜并本人也被害。周季重临死时说："吾不知杜审言有孝子，郭若讷误我至此！"审言由此被免官，回到洛阳。

不久，武则天召见他，准备起用。武后问："你欢喜吗？"审言舞蹈表示感谢。武后让他作了一首《欢喜诗》，叹重其才，授著作郎。中宗神龙元年（705），武后病重。宰相崔玄晖、张柬之等发动兵变，迎太子至玄武门，诛杀武后的宠臣张易之、张昌宗兄弟。武后退位，与二张关系密切的崔融、李峤、杜审言、宋之问、沈佺期等八人发配岭南。杜审言流放到峰州（今越南河内附近）。第二年还京，授国子监主簿。

有趣的是，据说杜审言临死之前，宋之问、武平一等人去看他。

他说：“老天爷把我折磨得这么苦，我还有什么好说的？我活着，长期压着你们。我现在要死了，你们应该感到欣慰。只是不知道我的替身是谁？”这个传说不一定可信。但是为什么会有这样一个传说呢？我想不完全是空穴来风。其原因，就是杜审言这一生，实在是太自负了。

杜审言虽然自负，但也有自负的理由。他的诗、书法都很好。在“文章四友”中，他的诗才是最高的。

和晋陵陆丞早春游望[1]

杜审言

独有宦游人，	仄仄仄平平
偏惊物候新[2]。	平平仄仄平
云霞出海曙[3]，	平平仄仄仄
梅柳渡江春。	平仄仄平平
淑气催黄鸟[4]，	仄仄平平仄
晴光转绿苹[5]。	平平仄仄平
忽闻歌古调[6]，	仄平平仄仄
归思欲沾巾。	平仄仄平平

[1] 晋陵：唐时常州的一个属县。杜审言在武则天永昌元年（689）前后，曾在常州的另一个属县江阴做官，与晋陵县丞陆某人同游唱和，这首诗当是写在这个时候。

[2] 物候：随气候的变化而变化或变迁的植物、动物及某些天气现象。

[3] “云霞”句：江南地近东海，气候温和，而且多云，当太阳从东海上升起的时候，满天都是云霞。

[4] “淑气”：春天的温暖气候。“黄鸟”：即黄莺，又名“仓庚”。《礼记·月令》：仲春二月，“仓庚鸣”，江南江北皆然，而江南尤甚。

[5] 绿苹：即浮萍。《礼记·月令》：在中原，季春三月，“苹始生”。而在江南，物候早了一个月，苹草已经一片青绿了。南朝江淹

《咏美人春游》:“江南二月春，晴光转绿苹。”

[6] 古调：对陆丞原作的尊重用语，说他的诗具有古诗的风调。

本诗第八句第二字“思”为去声。

杜审言也是一个才大而官小、名高而位卑的人。他在高宗咸亨元年（670）中进士后，一直充任县丞、县尉一类的地方官。到永昌元年（689），宦游已近20年，仍然远离京师，在江阴这个地方继续当这么一个小小的地方官。江南的物候，让他感到又是一个春天到了，年华又老了一岁，而仕途仍然蹭蹬，功名仍然无望，生命的社会价值仍然未能实现，所以他要为之“心惊”。正在“心惊”之际，又读到了陆丞的诗。这陆丞也是一个小小的地方官，想来也是很不得志。杜审言本来就因物候而“心惊”，此时又读了陆丞的诗，所以就“归思”顿起，心想这官有什么做头？还不如回家算了。然而毕竟拿了朝廷的俸禄，又要养活一家老小，升迁之念也不是那么容易放得下，不是思归就可以归得的。无可奈何之际，就只有泪“沾巾”了。

这首诗是他的五言律诗的代表作。章法严密，对仗工整，格律精切。胡应麟《诗薮·内编》推为初唐五律第一。

沈佺期

沈佺期（656？—715），字云卿，相州内黄（今属河南）人。高宗上元二年（675）进士。善属文，尤长于五、七言律诗。在诗坛与宋之问齐名，时人称为“沈宋”。

沈佺期在政治上是一个有争议的人。武后长安四年（704）春夏之际，因被举报受贿而下狱，秋季获释。第二年，即中宗神龙元年（705）正月，武后病重，宰相崔玄晖、张柬之等发动宫廷政变，中宗复位，张易之、张昌宗兄弟被诛，沈佺期因与张易之关系密切，被流放驩州（今越南荣市），第二年六月遇赦北归。

独不见[1]

沈佺期

卢家少妇郁金堂[2]，　　平平仄仄仄平平
海燕双栖玳瑁梁[3]。　　仄仄平平仄仄平
九月寒砧催木叶，　　仄仄平平平仄仄
十年征戍忆辽阳。　　平平平仄仄平平
白狼河北音书断[4]，　　仄平平仄平平仄
丹凤城南秋夜长[5]。　　平仄平平平仄平
谁谓含愁独不见，　　平仄平平仄仄仄
更教明月照流黄[6]。　　平平仄仄仄平平

[1] 诗题本作《古意呈乔补阙知之》，《乐府诗集》作《独不见》。《独不见》者，乐府旧题，所谓“伤思而不得见也”。

[2] 卢家少妇：梁武帝萧衍《河中之水歌》：“河中之水向东流，洛阳女儿名莫愁。……十五嫁为卢家妇，十六生儿字阿侯。卢家兰室桂为梁，中有郁金苏合香。”

[3] 海燕：又名越燕，筑巢于梁间。玳瑁梁：饰有玳瑁花纹的屋梁。玳瑁：似龟的动物。

[4] 白狼河：即大凌河，在辽宁朝阳西南。

[5] 丹凤城：指长安。

[6] 流黄：黄紫相间的丝织品，此指少妇所捣之衣物。

写思妇之愁苦，含思婉转，感人至深。格律上对仗工整，平仄谐和。

宋之问

宋之问（656？—713？），字延清，汾州西河（今山西汾阳）人。仪貌俊伟，辩才无碍，弱冠知名。尤善五言诗，当时无能出其右者。上元二年（675），与沈佺期同举进士。《通鉴》卷二〇六："太后又多选美少年为奉宸内供奉。"之问由此任左奉宸内供奉，并与张易之、张昌宗兄弟关系密切。武后游龙门，诏从臣赋诗，先成者赏锦袍。左史东方虬诗先成，后赐锦袍。之问俄顷献，文理兼美，后览之嗟赏，更夺锦袍以赐。

宋之问在政治上、人品上是一个有争议的人物，一生曾经三贬。中宗神龙元年（705）正月，张易之、张昌宗兄弟败，之问贬泷州（今广东罗定）参军。二年春即逃归，匿于洛阳人张仲之家。会武三思复用事，仲之与驸马都尉王同皎等谋杀武三思，之问令兄子发其事以自赎。及同皎等获罪，起之问为鸿胪主簿，由是深为义士所讥[①]。然亦有不同说法，谓告发者乃之问弟之逊（之逊与之问同贬岭南，且同偕逃归，匿王同皎家），之问或即因其弟之功而擢授官职（傅璇琮《唐才子传校笺》）。

又据《新唐书》卷二〇二《文艺传》：中宗时，之问因"谄事太平公主，故见用。及安乐公主（中宗女）权盛，复往谐结，故太平深疾之。中宗将用为中书舍人，太平发其知贡举时赇饷狼藉，下迁汴州长史，未行，改越州长史"。有人认为，据《通鉴》，"太平、安乐各树朋党，更相谮毁"。而《旧唐书》本传则载之问"及典举，引拔后进，多知名者"，则所谓"知贡举时赇饷狼藉"，亦仅为藉口耳。

又据《旧唐书》卷一九〇《文苑传》："睿宗即位，以之问尝附张易之、武三思，配徙钦州。（玄宗）先天（712）中，赐死于徙所。"

---

① 见《旧唐书》卷一九〇《文苑传》，《新唐书》卷二〇二《文艺传》亦有记载。

度大庾岭[1]

宋之问

度岭方辞国，	仄仄平平仄
停轺一望家。	平平仄仄平
魂随南翥鸟，	平平平仄仄
泪尽北枝花[2]。	仄仄仄平平
山雨初含霁，	仄仄平平仄
江云欲变霞。	平平仄仄平
但令归有日，	平平平仄仄
不敢恨长沙。	仄仄仄平平

[1] 大庾岭：一名梅岭，又名东峤山，为五岭之一。在今江西大余和广东南雄之间。原岭崎岖险峻，自张九龄于唐玄宗开元初主持另开新道，遂成坦途。

[2] 北枝花：《白氏六帖·梅部》：大庾岭南北冷暖迥异，岭上之梅常南枝已落而北枝犹开。

此为宋之问第一次贬岭南（泷州）途经大庾岭时作。宋同时还有一首《题大庾岭驿》："阳月南飞雁，传闻至此回。我行殊未已，何日复归来。"阳月即农历十月，正是岭上梅开时节。此诗对仗工整，格律精严。既被贬谪，又远离家乡，故感慨沉痛。

小结

杜、沈、宋三人，不仅同时代，而且同遭遇，都因与张易之、张昌宗兄弟关系密切而贬岭南，都在格律诗的定型方面作出了重要贡献。赵翼《瓯北诗话》卷一二云："至唐初沈、宋诸人，益讲求声病，于是五七律遂成一定格式，如圆之有规，方之有矩，虽圣贤复起，不能改易矣。”他们的贡献，就是完全解决了“粘对”的问题。从此以后，唐人作诗失粘的现象就极为少见了。

说到与张易之、张昌宗兄弟的关系，我们不妨做点独立思考，不一定要附和古代史家的观点。

第一，武则天是一个敢作敢为的女人，也是一个对历史的进步作出了重要贡献的皇帝，寡居之后，身边有几个美男子，也不是什么大不了的事。

第二，崔玄晖、张柬之等人诛杀张易之兄弟，主要原因在于反对武则天。因为反对武则天，就仇视武则天身边的人；因为仇视武则天身边的人，就对其身边的文士进行打击。这种做法是不足取的。

第三，杜、沈、宋等人与张易之兄弟关系密切，固然是功利心使然，但也不排除张易之兄弟对他们的才华的赏识。《旧唐书》宋之问本传讲到宋任左奉宸内供奉后说：“易之兄弟雅爱其才，之问亦倾附焉。”可以说是顾及了两个方面的因素。

第四，历史学家范文澜曾说，唐朝只有两个半好皇帝：一个是李世民，一个是武则天，一个是前半生的李隆基。武则天既然是个好皇帝，那么她所信任的人包括张易之等，也就不一定真的坏到哪里去。张易之等人既然不一定真的坏到哪里去，那么与张易之等人关系密切的人，也不一定真的就坏到哪里去。所以杜、沈、宋等八人贬官岭南，不满一年就都由唐中宗给特赦了。

当然，我们无意在政治上为杜、沈、宋辩护。文人从政，总不免卷进一些是是非非，我们也没有这个必要为他们辩护。我们所要强调的是，不要因为他们在政治上的一些是是非非，就把他们的人品说得一无是处；更不要因为他们在政治上、人品上有些争议，就忽略了他们对于文学的贡献。

第三讲

宇宙人生之思

在这一讲里，我要讲三个人。一个是刘希夷，一个是张若虚，一个是陈子昂。在我之前，从来没有人把他们三个人放在一起讲过。因为他们既非并称，例如“王杨卢骆”“沈宋”之类，更不属于一个流派，例如“山水田园诗派”“边塞诗派”之类。人们讲这三个人时，都是把他们分开来讲，尤其要把陈子昂作为重点分开来讲。几乎所有的人都认为，陈子昂和刘希夷、张若虚根本不是一路人。我为什么要把这三个人放在一起讲呢？自然有我的理由。为了更好地说明这个理由，并且让大家理解我这种讲法，我想先介绍他们的有关作品。等把有关作品讲完之后，再来说明我的理由。

刘希夷

刘希夷（651—678？），字庭芝，汝州（今属河南）人。高宗上元二年（675）进士。《唐才子传》称其“美姿容，好谈笑。善弹琵琶。饮酒至数斗不醉，落魄不拘常检”。《旧唐书》卷一九〇《文苑中·乔知之传》称其“善为从军、闺情之诗，词调哀苦，为时所重”。唐人孙翌编《正声集》，把刘希夷列在卷首。

代悲白头翁[1]

刘希夷

洛阳城东桃李花，飞来飞去落谁家？
洛阳女儿好颜色，坐见落花长叹息。
今年花落颜色改，明年花开复谁在？
已见松柏摧为薪，更闻桑田变成海。
古人无复洛城东，今人还对落花风。
年年岁岁花相似，岁岁年年人不同。
寄言全盛红颜子，应怜半死白头翁。
此翁白头真可怜，伊昔红颜美少年[2]。

公子王孙芳树下，清歌妙舞落花前。
光禄池台开锦绣[3]，将军楼阁画神仙[4]。
一朝卧病无相识，三春行乐在谁边？
宛转蛾眉能几时，须臾鹤发乱如丝。
但看古来歌舞地，惟有黄昏鸟雀悲。

简注

[1] 诗题一作《白头吟》。《代悲白头翁》之代，表示拟古乐府之作。

[2] 伊：句首语气词。

[3] “光禄”句：《汉书·元后传》：光禄勋曲阳侯王根，大治室第，骄奢谮上，“第中起土山，立两市，殿上赤墀，户青琐”。

[4] “将军”句：《后汉书·梁冀传》：东汉大将军梁冀府第豪华，“堂寝皆有阴阳奥室，连房洞户。柱壁雕镂，加以铜漆；窗牖皆有绮疏青琐，图以云气仙灵”。

这首诗，实际上是借洛阳女儿的叹息和白头翁的悲伤，讲人生的有限和时间的无限，讲有限的人生和无限的时间之间的矛盾，以及这种矛盾给人带来的伤感、迷茫和纠结，它所体现的是一种生命意识。

值得注意的是，这种生命意识因何而起？显然，是“洛阳城东”那“飞来飞去”的“桃李花”，这是暮春三月的物候。抒情主人公由这暮春三月的物候，想到了时间的无情、个体生命的短暂与人世的沧桑。《红楼梦》里那首脍炙人口的《葬花吟》，可以说是对这首诗的一个演绎：

花谢花飞飞满天，红消香断有谁怜？
游丝软系飘春榭，落絮轻沾扑绣帘。
闺中女儿惜春暮，愁绪满怀无着处。
手把花锄出绣帘，忍踏落花来复去？
柳丝榆荚自芳菲，不管桃飘与李飞。

桃李明年能再发，明年闺中知有谁？
三月香巢初垒成，梁间燕子太无情！
明年花发虽可啄，却不道人去梁空巢已倾。
一年三百六十日，风刀霜剑严相逼。
明媚鲜妍能几时？一朝飘泊难寻觅。
花开易见落难寻，阶前闷杀葬花人。
独把花锄偷暗洒，洒上空枝见血痕。
杜鹃无语正黄昏，荷锄归去掩重门。
青灯照壁人初睡，冷雨敲窗被未温。
怪奴底事倍伤神？半为怜春半恼春：
怜春忽至恼忽去，至又无言去不闻。
昨宵庭外悲歌发，知是花魂与鸟魂？
花魂鸟魂总难留，鸟自无言花自羞。
愿奴此日生双翼，随花飞到天尽头。
天尽头！何处有香丘？
未若锦囊收艳骨，一抔净土掩风流。
质本洁来还洁去，强于污淖陷渠沟。
尔今死去侬收葬，未卜侬身何日丧？
侬今葬花人笑痴，他年葬侬知是谁？
试看春残花渐落，便是红颜老死时。
一朝春尽红颜老，花落人亡两不知！

——《红楼梦》第二十七回

曹雪芹借小说人物林黛玉之口，用长达52句的七言歌行，淋漓尽致地表达了一种深入骨髓的生命意识之后，还嫌意犹未尽，还要借贾宝玉的感慨，再作一番推求：

话说林黛玉只因昨夜晴雯不开门一事，错疑在宝玉身上。至次日又可巧遇见饯花之期，正是一腔无明，未曾发泄，又勾起伤春愁思，因把些残花落瓣去掩埋，由不得感花伤己，哭了几声，便随口念了几句。不想宝玉在山坡上听见，先不过点头感叹；次后听到“侬今葬花人笑痴，他年葬侬知是谁？……一朝春尽红颜老，花落人亡两不知”等句，不觉恸倒山坡之上，怀里兜的落花撒了一地。试想林黛玉的花颜月貌，将来亦到无可寻觅之时，宁不心碎肠断！既黛玉终归无可寻觅之时，推之于他人，如宝钗、香菱、袭人等，亦可以到无可寻觅之时矣。宝钗等终归无可寻觅之时，则自己又安在呢？且自身尚不知何在何往，则斯处、斯园、斯花、斯柳，又不知当属谁姓矣！——因此一而二，二而三，反复推求了去，真不知此时此际，如何解释这段悲伤！正是：花影不离身左右，鸟声只在耳东西。

——《红楼梦》第二十八回

这个让林黛玉“一面低吟，一面哽咽”，让贾宝玉“心碎肠断”“不觉恸倒山坡之上”的对于生命的悲伤，究竟因何而起？其实也就是春天的物候，所谓“花谢花飞飞满天”是也。而贾宝玉的那种“一而二，二而三”的，由个体生命到群体生命，由人的生命到花、柳的生命的“反复推求”，可以说是把“伤春”之人对于一切生命现象的惶惑、迷茫与虚无之感，表达得既具体入微，又入木三分。

《代悲白头翁》是刘希夷的代表作。据《大唐新语》《刘宾客嘉话录》及《本事诗》等唐人笔记记载，刘希夷“尝为《白头翁》咏曰：‘今年花落颜色改，明年花开复谁在？’既而自悔曰：‘我此诗似谶，与石崇“白首同所归”何异也？’乃更作一句云：‘年年岁岁花相似，岁岁年年人不同。’既而叹曰：‘此句复似向谶矣。然死生有命，岂复由此？’乃两存之。诗成未周，为奸所杀。或云宋之问害之”（《大唐新语》卷八）。而宋之问乃其舅，“苦爱此两句，知其未示人，恳乞，许而不与。之问怒，以土袋压杀之”（《刘宾客嘉话录》）。然自宋代起，即有人对此表示怀疑。第一，“之问集中尽有好句，而希夷之句殊无可采，不知何事压杀用夺之？”（魏泰《临隐轩居诗话》）第二，“宋之问诗中未有涉及希夷处，之问是否为其舅父，亦甚可疑”（傅璇琮《唐才子传校笺》）。

张若虚

张若虚（660？—720？），扬州人。曾官兖州兵曹。与贺知章、包融、张旭并以文辞俊秀知名，号“吴中四士”。

春江花月夜[1]

张若虚

春江潮水连海平，海上明月共潮生。
滟滟随波千万里[2]，何处春江无月明。
江流宛转绕芳甸，月照花林皆似霰[3]。
空里流霜不觉飞，汀上白沙看不见。
江天一色无纤尘，皎皎空中孤月轮。
江畔何人初见月？江月何年初照人？
人生代代无穷已，江月年年望相似。
不知江月待何人？但见长江送流水。
白云一片去悠悠，青枫浦上不胜愁。
谁家今夜扁舟子？何处相思明月楼？
可怜楼上月徘徊，应照离人妆镜台。
玉户帘中卷不去，捣衣砧上拂还来[4]。
此时相望不相闻，愿逐月华流照君。
鸿雁长飞光不度[5]，鱼龙潜跃水成文[6]。
昨夜闲潭梦落花，可怜春半不还家。
江水流春去欲尽，江潭落月复西斜。
斜月沉沉藏海雾，碣石潇湘无限路[7]。
不知乘月几人归？落月摇情满江树[8]。

[1] 春江花月夜：乐府“清商曲辞·吴声歌”旧题，创始于陈后主。

原词已佚。今所见最早之《春江花月夜》，为隋炀帝所作，五言四句。

[2] 滟滟（yàn yàn）：水波浮动貌。

[3] 霰（xiàn）：小雪珠，或叫“雪子”。

[4] 捣衣砧（zhēn）：捶衣物时用的石头。衣服洗过之后，再把它放在石头之上，用木棒敲打，把衣服中的水分及污物敲打出来。

[5]“鸿雁”句，谓路途遥远，鸿雁虽可传书（见《汉书·苏武传》），但也飞不出月的光影。

[6]“鱼龙”句：谓鱼龙虽能传书，但也只能在深水里跃动，激起水面上的波纹。古诗：“客从远方来，遗我双鲤鱼。呼儿烹鲤鱼，中有尺素书。上言加餐饭，下言长相思。”

[7] 碣石：在今河北昌黎北渤海边上，现已沉没。潇湘：潇水和湘水，均在今湖南境内。

[8] 摇情：摇荡情思。

这首诗，以“月”为中心意象，以月升、月到中天、月斜、月落为时间线索，描写了春江花月夜的纯净、优雅、灵动之美，描写了月光下的爱情，展开了关于宇宙人生的思考。结构完整，语言清丽，诗情画意中蕴含着深刻的哲理。

闻一多先生称这首诗，“有的是强烈的宇宙意识，被宇宙意识升华过的纯洁的爱情，又由爱情辐射出来的同情心。这是诗中的诗，顶峰上的顶峰”。“至于那一百年间梁陈隋唐四代宫廷所遗下的那份最黑暗的罪孽，有了《春江花月夜》这样一首宫体诗，不也就洗净了吗？”（《唐诗杂论·宫体诗的自赎》）

闻先生说这首诗“有的是强烈的宇宙意识”，体现了他作为诗人的独到眼光；但是他把这首诗当作是宫体诗，则与他自己对宫体诗的定义相矛盾。他说：“宫体诗就是宫廷的，或以宫廷为中心的艳情诗，它是个有历史性的名词，所以严格地讲，宫体诗又当指以梁简文帝为太子时的东宫及陈后主、隋炀帝、唐太宗等几个宫廷为中心的艳情诗。"(《唐诗杂论·宫体诗的自赎》)可是张若虚这首诗根本就不是一首"以宫廷为中心的艳情诗"。第一，它不以宫廷为中心；第二，它所写的不是艳情；第三，它既然不是宫体诗，也就不存在为"宫体诗"赎罪的问题。

闻先生还把卢照邻的《长安古意》、骆宾王的《帝京篇》、刘希夷的《代悲白头翁》等，都称作宫体诗，这种认知，与他对宫体诗的定义同样是矛盾的。不能因为这些作品声调谐美，某些词藻比较华丽，就说它是宫体诗。

陈子昂

陈子昂（659—700），字伯玉，梓州射洪（今属四川）人。卢藏用《陈氏别传》：子昂"始以豪家子，驰侠使气，至年十八未知书。尝从博徒入乡学，慨然立志，因谢绝门客，专精坟典，数年之间，经史百家，罔不该览"。光宅元年（684）进士。同年诣阙上书，谏（高宗）灵驾入京。武后召见，奇其才，擢麟台（秘书省）正字，世称"陈正字"。以继母忧解官，服阕，拜右拾遗，故世称"陈拾遗"。曾两次从军边塞，一次为张掖，一次为幽州。

据《陈氏别传》：子昂"以父老，表乞罢职归侍。天子优之，听带官取给而归。遂于射洪西山构茅宇数十间，种树采药以为养"。会父丧，庐冢次，每哀痛，闻者为涕。"属本县令段简贪暴残忍，闻其家有财，乃附会文法，将欲害之。子昂惶惧，使家人纳钱二十万，而简意未已，数舆曳就吏。子昂素羸疾，又哀毁，杖不能起，外迫苛政，自度力气，恐不能全，因命蓍自筮，卦成，仰而号曰：'天命不佑，吾其死矣！'于是遂绝。"按岑仲勉、王运熙等提出不同意见，所谓"附会文法"，可能是武后之侄武三思、武承嗣以谋反之罪名，借段简之手加害之。可参考。

关于陈子昂在唐代诗坛上的地位，历来的评价都是很高的。元好问甚至讲："论诗若准平吴例，合著黄金铸子昂。"（《论诗三十首》）意思是说，陈子昂对于诗的贡献，可以和春秋时期协助越王勾践灭吴的范蠡相比。据《吴越春秋》载：范蠡协助越王勾践灭吴之后，功成身退，泛舟五湖。越王命金匠用良金铸了一尊范蠡的像，置于座侧，加以礼拜。

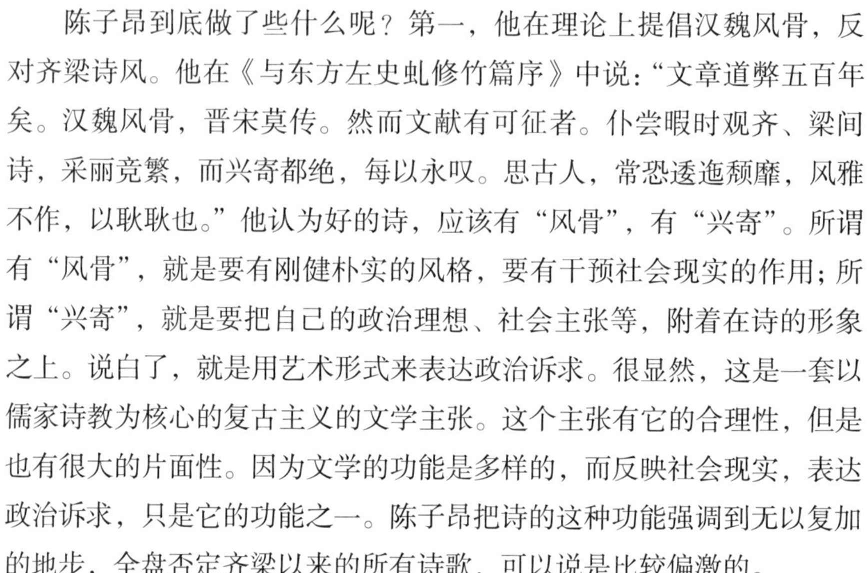

陈子昂到底做了些什么呢？第一，他在理论上提倡汉魏风骨，反对齐梁诗风。他在《与东方左史虬修竹篇序》中说："文章道弊五百年矣。汉魏风骨，晋宋莫传。然而文献有可征者。仆尝暇时观齐、梁间诗，采丽竞繁，而兴寄都绝，每以永叹。思古人，常恐逶迤颓靡，风雅不作，以耿耿也。"他认为好的诗，应该有"风骨"，有"兴寄"。所谓有"风骨"，就是要有刚健朴实的风格，要有干预社会现实的作用；所谓"兴寄"，就是要把自己的政治理想、社会主张等，附着在诗的形象之上。说白了，就是用艺术形式来表达政治诉求。很显然，这是一套以儒家诗教为核心的复古主义的文学主张。这个主张有它的合理性，但是也有很大的片面性。因为文学的功能是多样的，而反映社会现实，表达政治诉求，只是它的功能之一。陈子昂把诗的这种功能强调到无以复加的地步，全盘否定齐梁以来的所有诗歌，可以说是比较偏激的。

第二，陈子昂通过自己的创作来实践自己的上述主张。他一连写了 38 首《感遇诗》。这些作品，基本上都是把自己的带有浓厚儒家色彩的政治诉求简单地附着在形象之上，真正具有艺术感染力的作品并不多。

有人讲，"陈子昂的诗歌创作和理论主张影响了有唐一代。他对风骨的追求，他提出的诗美理想，对于唐诗的变革具有关键性的意义"[①]。事实上，唐诗的变革并不是从陈子昂开始的。陈子昂的理论有些偏颇。他的 38 首《感遇诗》并不像有些人说的那么好。陈子昂最好的诗，是《登幽州台歌》，而不是《感遇诗》。

---

① 袁行霈主编：《中国文学史》第二册，高等教育出版社 1999 年版，第 231 页。

登幽州台歌[1]

陈子昂

前不见古人，后不见来者。
念天地之悠悠，独怆然而涕下。

［1］幽州台，即黄金台，有两处，一在今河北易县境内，一在今北京市朝阳门外东南，又称蓟北楼。《长安客话》载：“都城黄金台，出朝阳门循濠而南，至东南角，岿然一土阜是也。日薄崦嵫，茫茫落落，吊古之士登斯台者，辄低回眷顾，有千秋灵气之想。京师台景有曰‘金台夕照’，即此。”战国时，燕昭王听从谋士郭隗的建议，建黄金台，上置黄金千两，以招天下贤士，于是邹衍、乐毅先后至，燕国由弱变强。

武则天万岁通天元年（696），契丹陷营州，武攸宜奉命率军征讨，表陈子昂为参谋。攸宜轻率无将略，陈子昂屡谏不听，反被降为军曹。《陈氏别传》云：“子昂知不合，因钳默下列，但兼掌书记而已。因登蓟北楼，感昔乐生（毅）、燕昭之事，赋诗数首，用泫然流涕而歌。”

这首诗有两重意义。表层的意义，是因乐毅、燕昭之事，写自己的怀才不遇；深层的意义，是由宇宙之无限想到人生之渺小，充满了孤独和无奈之感。

小结

讲完了刘希夷、张若虚、陈子昂的代表作之后，我要来回答为什么把他们三人放在一起讲。

首先，我要讲讲什么是宇宙人生之思。何谓“宇宙”？“宇”，指无限空间；“宙”，指无限时间。“宇宙”是无限的，而人生是有限的。人在宇宙中是个什么样的存在？价值如何？意义如何？关于这一类的思

考，便是宇宙人生之思。这种思考超越了对具体的、个别的现实问题的思考，带有普遍性和形而上的特点，因而是一种最有深度和广度的思考。由于这种思考不是从概念到概念，而是从形象到形象，是形象思维和理性思维的结合，可以说是文学的最高境界。

过去讲初唐诗的人，普遍认为它的思想艺术价值不及盛唐，甚至不及中唐和晚唐，这是受了庸俗社会学的影响。他们认为文学是社会的反映，把社会问题反映得越广阔、越细致、越深刻，就越是好文学。其实文学有三个层次，三种功能。第一个层次，是反映社会问题，包括揭露上流社会的种种腐败，描写下层社会的种种苦难，抨击社会的种种不公平等，体现的是社会认识功能；第二个层次，是表现人的内心世界，即表现人的喜怒哀乐惧恶欲等，体现的是心理调适功能；第三个层次，是思考宇宙（时间和空间）问题，即思考人和宇宙的关系，体现的是哲学认知功能。但文学毕竟不是社会学，不是心理学，也不是哲学。文学的基本特质，在于它的形象性。文学用生动可感的、富有独创性的形象，来反映社会问题，表现心理问题，思考哲学问题，才是有价值的文学；文学用生动可感的、富有独创性的形象，由对社会问题的反映，进入到对人心的体验，再上升到对宇宙问题的思考，这才是最好的文学。从这个意义上讲，初唐诗歌的价值应该是很高的。因为初唐的不少诗歌，已经上升到对宇宙人生之关系的思考这个层次了。

正是从这个意义上讲，我们推崇刘希夷的《代悲白头翁》，推崇张若虚的《春江花月夜》，推崇陈子昂的《登幽州台歌》。因为这些作品已经由对某些社会现实问题的思考，上升到对宇宙人生之关系的思考，也就是人在宇宙中的位置、价值和意义问题，可见它们已经达到文学的最高境界。

我们不太推崇陈子昂的那些向来为人们所称道的“感遇诗”。因为这些“感遇诗”所思考的，只是君臣遇合问题，也就是人的社会价值的实现问题。这种思考虽然也有价值，但还不是最高的价值。而《登幽州台歌》则不一样，这首诗的表层意义，是思考人的社会价值的实现，而它的深层意义，则是宇宙人生问题，这才是文学的最高境界。

第四讲

山水田园诗派

中国现代的文学流派有这样几个要素：一是有自己的领袖人物或代表人物，二是有相同或相近的创作主张，三是有相同或相近的创作倾向，包括题材、审美风格等，四是有或松散或紧密的社团组织，五是有定期或不定期的组织活动，六是有自己的刊物。

中国古代的文学流派只有这样几个要素：一是有自己的领袖人物或代表人物，二是有相同或相近的创作倾向，包括题材、审美风格等，三是有定期或不定期的组织活动，古人称为“雅集”，或者“文酒之会”。

中国古代的文学流派，至少是宋代以前的文学流派，和现代的相比，是一种宽泛意义上的文学流派。他们并没有自己的创作主张，也没有自己的社团组织（充其量只有一些不定期的聚会），更没有自己的刊物。他们之所以被后人视为某个流派，主要是就他们共同的创作倾向而言，包括共同的题材、审美风格等。唐代的山水田园诗派就属于这种类型。

山水田园诗是中国古代诗歌的一个重要的题材类型。在晋宋之际，就出了两位山水田园诗的著名诗人，一位是以田园诗人著称的陶渊明，一位是以山水诗人著称的谢灵运。但他们那个时候还没有山水田园诗派。因为他们的追随者并不多，在诗坛上并没有形成气候。

至唐代，写山水田园诗的人就很多了，盛唐尤其多，知名诗人几乎都写过山水田园诗。而在这些诗人中，又以王维、孟浩然等人最为杰出。王维也写过边塞诗，而且写得很好，但是人们并不称他为边塞诗人，而称他为山水田园诗人。这是因为他在山水田园诗方面的成就和影响实在是太大了。

王、孟之外，储光羲、常建，以及中唐的韦应物也都是有影响的山水田园诗人。

李白、杜甫也写过许多山水诗，但很难把他们划入这一派，因为他们的题材很丰富，例如他们也写过许多边塞诗。如果我们把他们划入山水田园诗派，那么我们是不是也可以把他们划入边塞诗派呢？

唐代山水田园诗派的兴起，有其独特的历史文化背景，以及诗人本身的原因。概括起来，有如下几点值得注意：

第一，山水田园诗派的思想基础就是佛道思想，尤其是佛教禅宗的思想。唐代是一个儒、释、道三教并举的时代，唐代的诗人除了受正统的儒家思想的影响，还在不同程度上受到佛教和道家思想的影响，像韩愈这样力排佛老的人毕竟是少数。唐代山水田园派诗人如王维、孟浩然、常建、韦应物等，都受到佛家思想尤其是禅宗的影响。“禅宗讲体的自性，是言语道断、心行处灭的，藉着具体的物象，来表现难以言传的一点禅机。这是一种更深沉的影响，也是一种更为重要的影响。”山水田园诗中那种“空寂的境界，明净和平的趣味，淡泊而又深厚的含蕴，就是从这里来的”。[①]

第二，由于向往佛教尤其是禅宗的境界，加之仕途又不那么顺利，所以唐代的山水田园诗人都有隐逸山林的经历。例如王维隐于终南山，孟浩然隐于襄阳鹿门山，常建隐于鄂州西山，韦应物隐于长安西郊之善福寺精舍和苏州郊外之永定寺，所以山水田园诗人又称“隐逸诗人”。当然，这些人都不是“全隐居”。鲁迅先生讲：“非隐士的心目中的隐士，是声闻不彰，息影山林的人物。但这种人物，世间是不会知道的。”（《且介亭杂文二集·隐士》）王维的隐居，固然是受了佛教的影响，包括受了笃信佛教的母亲的影响，但是与他在仕途上的不如意也是有关系的。孟浩然的隐居，最初是受了襄阳地区隐逸文化传统的影响，而他后来的再次归隐鹿门，则与科举失意有关。常建、韦应物的隐居，也都与仕途不如意有关。

第三，隐居之地不仅有优美奇丽的山水，还有自己的田园、别墅或者庄园。例如陶渊明有自己的田园，所谓“方宅十余亩，草屋八九间。榆柳荫后檐，桃李罗堂前”（《归园田居》）；谢灵运在始宁（今浙江上虞）有自己的别墅。唐代的山水田园诗人也是如此。王维有自己的“蓝田别墅”，孟浩然有自己的“南涧园”。常建曾经招王昌龄、张偾至西山和自己一道隐居，可见也是有自己的田园的，所谓“贫士任枯槁，捕鱼清江滨。有时荷锄犁，旷野自耕耘”（《鄂渚招王昌龄张偾》）。韦

① 参见袁行霈主编：《中国文学史》第四编《绪论》，高等教育出版社1999年版，第2册，第206—207页。

应物虽然自称“家贫”，也曾“聊租二顷田，方课子孙耕”（《寓居永定精舍》）。鲁迅先生讲：“虽是渊明先生，也还略略有些生财之道在，要不然，他老人家不但没有酒喝，而且没有饭吃，早已在东篱旁边饿死了。”又讲：“汉唐以来，实际上入仕并不算鄙，隐居也不算高，而且也不算穷。必须欲隐而不得，这才看作士人的末路。”（《隐士》）所以山水田园诗派的兴起，是有一定的物质基础的。

第四，东晋以来的山水田园诗的传统，也影响了唐代山水田园诗派的形成。这个道理不用多讲。

需要说明的是，讲唐代的山水田园诗派，不能不讲讲张九龄这个人。虽然他并没有隐逸的经历，但是，他的为人和诗风，对这个流派是有影响的。这个影响体现在两个方面：

一是推荐、提携过王维，任用过孟浩然。王、孟一生进退出处，与张九龄是有关系的。

二是张九龄的诗风，对王、孟等人是有影响的。明代胡应麟《诗薮·内编》卷二云：“张子寿首创清淡之派，盛唐继起，孟浩然、王维、储光羲、常建、韦应物本曲江之清淡，而益以风神者也。”

张九龄

张九龄（678—740），字子寿，祖籍韶州始兴，生于曲江（今属广东韶关市）。七岁知属文。《传法正宗记》卷六《慧能尊者传》：“昔唐相始兴公张九龄为童，其家人携拜大鉴，大鉴抚其顶曰：‘此奇童也，必为国器。’”可见他和禅宗是有缘分的。

张九龄是唐玄宗开元年间的贤相。他没有什么特殊的家庭背景，他能够做到宰相，靠他的文才、学识，靠他手上的那支笔，当然，也与宰相诗人张说的提携和推荐有关。张说临死之前，唐玄宗问他：你走之后，谁可备顾问？张说答：张九龄可备顾问。于是张九龄很快得到重用，56岁任中书侍郎同中书门下平章事（宰相）。四年之后，贬为荆州大都督府长史。63岁在韶州曲江家中去世，谥“文献”，世称“张曲江”。有《曲江集》20卷。

张九龄一生事迹可圈可点者多，这里只讲三点。

第一，主持开凿大庾岭路。大庾岭就是从江西大庾（大余）到广东南雄的那个山岭，也叫梅岭，这是从内地到岭南的一条交通要道。在此之前，大庾岭路只是一条羊肠小道，狭窄难行。我们知道，广州（番禺）在汉代就是全国九大都会之一，在唐代更是一个具有国际声誉的对外贸易城市。但是由于交通不便，广州的货物运到内地遇到重重困难。

唐玄宗开元四年（716），张九龄以左拾遗内供奉出使韶州，他专门给皇帝上表，希望能够开凿大庾岭路，得到批准。皇帝让他以左拾遗内供奉出使韶州的身份，主持开凿大庾岭路。于是张九龄亲自勘察，亲自设计，亲自主持施工。不到一年，大庾岭路就修通了。大庾岭路修通之后，广州的货物就可以通过北江的支流浈江运到南雄（浈昌），然后越过大庾岭，进入赣江，再由长江、大运河转往全国各地。全国各地的货物也可以经过这一条国道运到南雄（浈昌），然后转水运，到达广州。

大庾岭路的开通，也为岭南和内地的文化交流提供了巨大的便利。内地官员赴岭南，多是走大庾岭路。内地人移民岭南，多是通过大庾岭，在南雄的珠玑巷小作停留，然后再往珠江三角洲各地。如今许多珠三角的人，都说自己的祖先来自南雄珠玑巷。我们在南雄珠玑巷，可以看到许多珠三角的人，包括许多已经移民海外的珠三角人在那里修的祠堂。珠玑巷的名气那么大，与大庾岭路的开通是有直接关系的。大庾岭路是一条物资通道，更是一条文化通道。明代学者丘濬在《唐丞相张文献公开凿大庾岭碑阴记》中写道：“兹路既开，然后五岭以南之人才出矣，财货通矣，中朝之声教日逮矣，遐陬之风俗日变矣。公之功于是为大。”

关于张九龄主持开通大庾岭路的事，新、旧《唐书》等官修史书上都没有记载，只有张九龄的《开凿大庾路序》这篇文章有比较详细的介绍，如果不读这篇文章，就不知道他还做了这么一件善事。

第二，请诛安禄山。安禄山原是范阳节度使张守珪手下的一员偏将，因为不服从命令，轻率用兵，结果损兵折将，罪当处死。张守珪把他押解到长安。张九龄上疏："禄山不宜免死。"但是"玄宗惜其勇锐，但令免官，白衣效展"。张九龄又上《请诛安禄山疏》：说他"狼子野心，兽面逆毛"，"形相已逆，肝胆多邪，稍纵不诛，终生大乱"。但唐玄宗不但不听，反而质问张九龄："卿岂以王夷甫识石勒，便臆断禄山难制耶？"（姚汝能《安禄山事迹》）

结果安禄山不但没有被处死，反而还得到唐玄宗和杨贵妃的宠信。《安禄山事迹》载：

晚年益肥，腹垂过膝，自秤得三百五十斤。每朝见，玄宗戏之曰："朕适见卿腹几垂至地。"禄山每行，以肩膊左右抬挽其身，方能移步。玄宗每令其作《胡旋舞》，其疾如风。

贵妃以绣绷子绷禄山，令内人以彩舆舁之，欢呼动地。玄宗使人问之，报云："贵妃与禄山作三日洗儿，洗了又绷禄山，是以欢笑。"玄宗就观之，大悦，因加赏赐贵妃洗儿金银钱物，极乐而罢。自是，宫中皆呼禄山为禄儿，不禁其出入。

再后来，安禄山竟身兼平卢、范阳、河东三镇节度使，相当于今天的三个大军区司令。

天宝十四载（755）冬十一月，安禄山联手史思明，打着诛杀杨国忠的旗号，从范阳起兵，"安史之乱"爆发。这场长达八年的内乱，彻底毁掉了"开元盛世"。唐玄宗后悔不已。《安禄山事迹》载：

玄宗至蜀，追恨不从九龄之言，遣中使至曲江祭酹，其诰辞刻于白石山崖壁中。至建中元年十一月五日，德宗以九龄未睹先明，追赠司徒。

唐玄宗派人至曲江祭奠时，张九龄已经死了16年；唐德宗追赠司徒时，张九龄已经死了40年。如果当年唐玄宗听从张九龄的意见，诛杀安禄山，这一场长达八年的大动乱就可以避免了。

第三，提携后进文士。张九龄提携的文士不在少数，而王维、孟浩然就在其中。王维于开元九年（721）中进士，为太乐丞，因伶人

舞黄狮子而贬为济州司仓参军。开元十五年（727）任满，隐居淇水（今河南省淇县境内）。两年后回到长安，一直赋闲。直到开元二十三年（735），因张九龄的推荐，才出任右拾遗。张九龄贬荆州长史之后，王维写了一首《寄荆州张丞相》：

所思竟何在？怅望深荆门。

举世无相识，终身思旧恩。

由此可见他对张九龄是终生铭感的。

孟浩然两次进京求仕都无果。张九龄任荆州长史后，“署为从事”。由于张九龄的赏识，孟浩然才有了一次为人民服务的机会。

张九龄是著名的开元贤相，为人刚正不阿，深谋远虑，能诗善文，乐于奖掖文士，又特别有风度。据说当时许多人向唐玄宗推荐人才，玄宗每问：“风度得如九龄否？”意思是说，有张九龄的风度，我就用；没有张九龄的风度，我就不用。张九龄是一个标杆。如今在张九龄的家乡韶关市的曲江区，还有一条大马路，名叫“风度路”。

丘浚在《唐丞相张文献公开凿大庾岭碑阴记》中说：

公之气节文章，治功相业，著在信史，百世共知。自公生后，五岭以南，山川烨烨有光气。士生是邦，北仕于中州不为海内士大夫所鄙夷者，以有公也。凡生岭海之间，与夫宦游于斯土者，经公所生之乡，行公所辟之路，而不知所以起敬起慕，其非夫哉！

丘浚是海南琼山人，进士出身，官至礼部侍郎，加太子太保兼文渊阁大学士。他的这番话，可以说是表达了岭南读书人的共同心声。

张九龄祠堂对联：

蜀道铃声，此际问公其晚矣；

曲江风度，他年作相孰如之。

张九龄被称为“岭南诗宗”，也可以说是唐代山水田园诗派的开山人物。他写过不少山水诗，较知名的如《湖口望庐山瀑布水》：

万丈红泉落，迢迢半紫氛。

奔流下杂树，洒落出重云。

日照虹霓似，天清风雨闻。

灵山多秀色，空水共氤氲。

这首诗气势磅礴，色彩绚丽，豪情满怀，几乎可以说是李白《望庐山瀑布》的前身了。

当然，他最有名的作品，还是《望月怀远》。

望月怀远

张九龄

海上生明月，天涯共此时。
情人怨遥夜，竟夕起相思。
灭烛怜光满，披衣觉露滋。
不堪盈手赠[1]，还寝梦佳期。

［1］“不堪”：不能。陆机《拟明月何皎皎》：“照之有余辉，揽之不盈手”。

首联起句，点明题中的“望月”，看似平淡无奇，实则意境雄浑阔大，为千古佳句。对句由景入情，转入“怀远”。颔联，因“月”而“相思”，因“相思”而“竟夕”，因“竟夕”而“怨”。颈联，细致而巧妙地写望月。出句写室内之月，对句写室外之月，月既可爱，望月亦久。尾联写求之梦寐。

这首诗和前一首不同。前一首绚丽，这一首清淡，是其本色。

孟浩然

孟浩然（689—740），襄州襄阳（今湖北襄阳）人。他是唐代山水田园诗派的代表人物，与王维齐名，并称“王孟”。但是年纪比王维大11岁。

《旧唐书》的《文苑传》，《新唐书》的《文艺传》，还有辛文房的《唐才子传》，都说他“隐鹿门山”。这个“鹿门山”，就在襄阳城的东南，也就是东汉末年庞公的栖隐之处。襄阳这个地方出隐士。东汉末年，徐庶、石韬、司马徽、黄承彦、崔州平、诸葛亮等，都曾在这一带隐居。这个地方具有隐逸文化的传统。孟浩然隐居鹿门山，可以说是步武前贤。

关于孟浩然的生平，有以下几个问题值得注意：

第一，他的居处，除了鹿门山，还有涧南园。历来人们都说孟浩然隐居襄阳鹿门山，其实在襄阳城外，他还有一处祖业，叫“涧南园”。他的《涧南园即事贻皎上人》诗写道：

弊庐在郭外，素业唯田园。
左右林野旷，不闻朝市喧。
钓竿垂北涧，樵唱入南轩。
书取幽栖事，还寻静者论。

可见他在襄阳的居所并非鹿门山一处。

第二，孟浩然并非一辈子隐居，40岁时曾到长安应试求官。他一生的足迹也比较广，曾南游江、湘，北去幽州，甚至还一度寓居洛阳，游历越中。

开元十六年（728），40岁的孟浩然第一次到长安，次年赋秘省，以“微云淡河汉，疏雨滴梧桐”一联名动京师，但最后却不幸落第。《新唐书·文艺传》记载说：

（王）维私邀入内署，俄而玄宗至，浩然匿床下，维以实对。帝喜曰：“朕闻其人而未见也。何惧而匿？”诏浩然出。帝问其诗，浩然再拜，自诵所为，至“不才明主弃，多病故人疏”之句，帝曰：“卿不求仕，而朕未尝弃卿，奈何诬我？”因放还。

王定保的《唐摭言》、辛文房的《唐才子传》都有类似记载，传播很广，影响很大。但是这条记载有多处细节经不住推敲。

首先，孟浩然40岁至长安，按他的出生年推算，应该是在开元十六年（728），这个时候的王维在淇水隐居，开元十七年（729）才回到长安，但是并未居官。直到开元二十三年（735）三月，才因张九龄之荐，出任右拾遗。

其次，即便王维当时在长安并且居官，也不可能冒犯禁令而私招孟浩然于内署，因为孟浩然只是一介布衣，布衣是不可以私入宫禁的。

再次，孟浩然既入宫禁，又冒犯了皇帝，皇帝不可能仅以“放还”了之，按律应该治罪。

这个说法虽然在细节上经不住推敲，但是，能被正史记载，能广泛流传开来，说明它在“基本事实”这个层面上还是真实的。毕竟孟浩然到过长安，毕竟没有考中进士，毕竟没有求到官，毕竟回到了襄阳。这些“基本事实”还是真实的。原诗如下：

岁暮归南山

孟浩然

北阙休上书，南山归敝庐。
不才明主弃，多病故人疏。
白发催年老，青阳逼岁除。
永怀愁不寐，松月夜窗虚。

孟浩然进士不第，求官不成的根本原因是什么，不是他没有学识，没有才华，而是因为没有过硬的关系，用他的话来讲，就是“当路无人”，用现在的话来讲，就是上面没人。所以他最终还是选择了隐居。

第三，孟浩然45岁时，曾第二次到长安求官。孟浩然开元十六年到长安求官失败，五年之后，即开元二十一年（733），又到过一次长安。这一次是应韩朝宗之约。韩当时任荆州大都督府长史兼判襄州刺史、山南东道采访处置使，名声很大。李白讲：“生不用封万户侯，但愿一识韩荆州。”这个“韩荆州”就是指韩朝宗。据王士源《孟浩然集序》：

山南采访使本郡守昌黎韩朝宗，谓浩然间代清律，置诸周行，必咏穆如之颂，因入秦，与偕行。先扬于朝，与期，约日引谒。及期，浩然会僚友文酒，讲好甚适，或曰："子与韩公预诺而怠之，无乃不可乎？"浩然叱曰："仆已饮矣，身行乐耳，遑恤其他！"遂毕席不赴，由是间罢。既而浩然亦不之悔也，其好乐忘名如此。

《新唐书·文艺传》亦载此事。

由此可见，孟浩然是一个有真性情的人，他虽然也有功名之念，但是如何获取功名，他并不是很上心的。在他看来，"行乐"是第一位的，求官是第二位的，怎么能够为了求官而放弃与朋友饮酒行乐的机会呢？

第四，孟浩然并非"终生布衣"，他做过张九龄的幕僚。开元二十五年（737），张九龄罢相，贬为荆州大都督府长史，也就是当年韩朝宗做的那个官。张九龄到荆州之后，聘孟浩然为"从事"，也就是他的幕僚。这是孟浩然一生中唯一的一次出来为公家做事。

需要说明的是，孟浩然在荆州幕府的时间并不长。不久就因病辞职，回家养病。张九龄任荆州长史的时间也不长。他在开元二十七年（739）回到曲江老家，第二年就去世了。张九龄去世的那一年，孟浩然也去世了。

第五，孟浩然死于酒。开元二十七年，王昌龄贬官岭南，次年（740）北归，经襄阳，探望孟浩然。"时浩然疾疹发背，且愈，相得甚欢，浪情宴谑，食鲜疾动，终于冶城南园（即涧南园），年五十有二。"（王士源《孟浩然集序》）

这个记载再次说明，孟浩然是一个性情中人。

孟浩然在盛唐诗坛有很高的地位，王士源《孟浩然集序》说孟浩然的五言诗，"天下称其尽美"。

李白是一个自视极高的人，但是他对孟浩然却极为推崇和爱慕。其《赠孟浩然》云："吾爱孟夫子，风流天下闻。红颜弃轩冕，白首卧松云。"

望洞庭湖赠张丞相[1]

孟浩然

八月湖水平，涵虚混太清。
气蒸云梦泽[2]，波撼岳阳城[3]。
欲济无舟楫，端居耻圣明。
坐观垂钓者，徒有羡鱼情[4]。

[1] 诗题一作《临洞庭》，并于题下注云：献张相公。

[2] 云梦泽：水泽名。原为云、梦二泽，长江以北为云泽，长江以南为梦泽，地跨今湖北新洲、安陆、云梦、钟祥、枝江、松滋、监利、洪湖等县区市和湖南洞庭湖及其附近一带，后来大部分淤为陆地。

[3] 岳阳城：在洞庭湖东北。宋人范致明《岳阳风土记》："孟浩然洞庭诗有'波撼岳阳城'，盖城据湖东北，湖面百里，常多西南风，夏秋水涨，涛声喧如万鼓，昼夜不息。"

[4] 羡鱼情：典出《淮南子·说林训》："临河而羡鱼，不若归家织网。"

评说

关于这首诗的写作时间和投赠对象等，学术界有不同意见。第一种意见认为，此诗写于开元二十一年（733）孟浩然第二次入长安时，投赠对象为时任宰相的张九龄；一种意见认为，此诗写于开元二十五年至二十七年孟浩然任荆州从事时，投赠对象为时任荆州长史的张九龄；还有一种意见认为，此诗写于开元三年或四年，投赠对象为之前任宰相的张说。① 第一、三种意见都不能完全服人，这里采纳第二种意见。

开元二十五年（737），张九龄罢相，以尚书右丞左迁荆州长史，辟孟浩然为"从事"。孟浩然在荆州幕府时，经常陪同张九龄游览名胜，写诗唱和。据孟浩然的诗集记载，他们一同游览过荆州城楼，游览过

① 参见陈增杰：《唐诗志疑录·孟浩然洞庭湖诗张丞相考》，上海人民出版社2007年版，第34—39页。

纪南城，游览过渚宫（楚国的宫殿），游览过当阳城楼，也游览过岳阳楼。这首诗当是孟浩然陪同张九龄登岳阳楼，观洞庭湖之后写的。

这首诗的前半部分写洞庭湖，写得很壮观，很有气势，尤其是“气蒸云梦泽，波撼岳阳城”这两句，是写洞庭湖的千古名句。后半部分写自己想出来做官，可惜没有人推荐。意思就是想请张九龄推荐他取得功名，做一个正式的朝廷命官，而不只是做一个幕僚。作品的前半部分写洞庭湖的壮观景象，可作山水诗来看。后半部分写求仕不得的隐衷，可作干谒诗来看。但孟本是个脸皮很薄的人，干谒也很含蓄，很委婉。

春　晓

孟浩然

春眠不觉晓，处处闻啼鸟。
夜来风雨声，花落知多少。

“春眠不觉晓”这一句，说明睡眠的质量很高。“处处闻啼鸟”是指醒来之后才听到早晨的鸟叫声。因为听到鸟叫声，才联想到晚上似乎听到过“风雨声”。这是由一种声音联想到另一种声音，是一种很自然的联想。但晚上蒙蒙眬眬的，并没有完全醒来，意识并不清晰，所以不可能感觉到“花落知多少”。如果晚上就意识到“花落知多少”，那就说明睡眠的质量不高，因而“春眠不觉晓”这一句就落空了。

“花落知多少”是一句推测之词，并不确定究竟花落了多少，实际上并没有看见，作者只是由“处处闻啼鸟”联想到“夜来风雨声”，由“夜来风雨声”联想到“花落知多少”。实际上作者这个时候在哪里呢？还在床上。

这首诗看似平淡，其实内涵很丰富。第一，它表明诗人的睡眠质量很高。睡眠质量很高的人，就是幸福指数很高的人。第二，它流露了一种惜花的情绪。惜花就是惜春，惜春就是惜时，惜时就是珍惜生命。

所以作品流露的惜花情绪，实际上是一种可贵的生命意识。

作品的语言很自然，但是构思并不简单，它并不是平铺直叙，而是用了插叙的手法。由早晨的鸟声联想到晚上的“风雨声”，再由晚上的“风雨声”联想到“花落”，它的时间关系是跳跃的，意象是跳跃的，是靠两次联想衔接起来的。

前人讲孟浩然的诗“语淡而味终不薄”。何以见得“味终不薄”？这是需要体会的，不可匆匆读过。

过故人庄

孟浩然

故人具鸡黍[1]，邀我至田家。
绿树村边合，青山郭外斜[2]。
开轩面场圃[3]，把酒话桑麻[4]。
待到重阳日，还来就菊花[5]。

[1] 黍：又叫黍子、糜子、稷。稷是不黏（nián）的，黍是黏的。自《诗经》时代至唐宋时代，都是中国人的主食。《诗经·王风·黍离》：“彼黍离离，彼稷之苗。”黍为谷类，一年生，六月开花，七月结实，八月收获。不耐霜，耐旱。去皮之后，米呈黄色，所以又叫“黄米”。可食用，也可酿酒。孔子认为：黍为五谷之先。

[2] 斜：今读 xié，旧读 xiá。

[3] 轩：有窗的廊子或者小屋子，这里指窗户。场圃：场是禾场，打谷场；圃是菜园子。在有的地方，夏秋时把它作打谷场，冬春时把它作菜园子。一物两用，合理、高效地利用土地。

[4] 桑麻：泛指农作物。桑：桑树；麻：苎（zhù）麻。桑叶养蚕，蚕丝和苎麻的纤维，都是纺织品的重要原料。陶渊明《归园田居》：“相见无杂言，但道桑麻长。”

[5] 还：读 huán，返回原来的地方，动词。还家、还乡等，均此意。不

读 hái，hái 是副词的读音。就：就近，此为观赏之意。重阳赏菊，是一个传统。古代文人常以菊花象征隐逸者，陶渊明《饮酒》："采菊东篱下，悠然见南山。"

评说

沈德潜《唐诗别裁》评孟浩然诗"语淡而味终不薄"，即语言平淡，而韵味淳厚。这首诗的语言是平淡的，没有一个夸张的句子，没有一个令人兴奋的词语。用闻一多的话来讲，是"淡到看不见诗"。这和多数诗人的作法不一样。多数诗人写诗，都喜欢追求语言的"陌生化"，达到"一语惊人"的效果。像杜甫、韩愈、李贺等人就不用说了，即便是其他一些诗人，也或多或少、自觉不自觉地追求这种效果。孟浩然的诗不是这样。他的语言是平淡的、自然的、省净的，不渲染、不夸张、不做作，但是非常有韵味。

这首诗的韵味，就包含在这种平淡的语言里，需要体会。它的韵味主要是什么呢？在我看来，就是通过写人与人的关系，人与自然的关系，体现了一种"和谐"的美。

一是人与人之间关系的和谐。具体来讲，也就是"我"和"故人"之间的关系的和谐。这种和谐关系，可以从这样几个方面来看。

第一，谁请我？"故人"请我。

第二，我去不去？"邀"我即"至"，不拖延，更不推辞。

第三，如何去？"我"一人去，不兴师动众摆排场。

第四，在哪吃？家里吃，"开轩面场圃"。

第五，吃什么？自家的"鸡"和"黍"。

第六，吃饭时说什么？"把酒话桑麻"。

第七，吃过之后还去不去？"还来就菊花"。

二是人与自然之间关系的和谐。

这首诗有两句写到自然环境，即"绿树村边合，青山郭外斜"。

"郭"是城郭，古代在城的外围再筑一道城墙，就叫"郭"。孟浩然的"故人"所居住的村庄，是一个绿树环抱的村庄，不是村边上有几棵树，而是绿树环抱，所以叫“合”。“合”就是合围，绿树合围，就是绿树环抱。可见这个村庄的自然环境很好，绿化率很高，空气自然也很清新。用现在的话来讲，是一个“宜居环境”。

离村庄不远的地方，就是城郭。城郭的外围，有一道青山。青山是蜿蜒起伏的，是一道曲线，不是一道直线，所以叫“斜”。“斜”，体现了它的曲线美。村庄是绿树环抱，城市是青山相依，可见村庄和城市的自然环境和地理位置都很好。孟浩然的“故人”居住在这样一个村庄里，既避开了城市的喧嚣，又没有世外桃源似的孤僻。

孟浩然就喜欢这样的居住环境。他自己居住的地方也是这样。鹿门山就不用说了，且看他的祖业“涧南园”：

弊庐在郭外，素业唯田园。

左右林野旷，不闻城市喧。

——《涧南园即事贻皎上人》

孟浩然一生淡泊功名，住的环境又好，吃的又是绿色食品，所以身心和谐、健康。唐代王士源《孟浩然集序》称他“骨貌淑清，风神散朗”“救患释纷，以立义表”“灌蔬艺竹，以全高尚”。乐于帮助人，内心里又很淡泊；热爱劳动，吃、住、行又比较简单。所以健康，像神仙。

孟浩然的死是一个意外。

王维

王维（701—761），字摩诘，祖籍太原，生于蒲州河东（今山西永济）。九岁即能写作，长于草书、隶书和绘画，在音乐上有很高的造诣，深受唐睿宗之子岐王李范的器重。

在唐代诗史上，李白被称为“诗仙”，杜甫被称为“诗圣”，王维被称为“诗佛”，李贺被称为“诗鬼”。

关于王维的生平，有四件事情需要讲一讲。

一是举进士。《唐才子传》载：

> 维将应举，岐王谓曰："子诗清越者，可录数篇，琵琶新声，能度一曲，同诣九公主第。"维如其言。是日，诸伶拥维独奏，主问何名，曰："《郁轮袍》。"因出诗卷，主曰："皆我习讽，谓是古作，乃子之佳制乎？"延于上座，曰："京兆得此生为解头，荣哉！"力荐之。

这一条记载未必真实。王维举进士在开元九年（721），而所谓九公主，盖指睿宗第九女玉真公主，此人早于太极元年（712）就入道，做了道姑。但基本事实当是真实的。唐代的科举考试制度还不完善，一个人能不能中进士，除了自己是不是有才学，还要看有没有得力的人推荐，孟浩然、杜甫的遭遇就说明了这一点。

二是与张九龄的关系。王维开元九年中进士，为太乐丞，当年即因伶人舞黄狮子事贬为济州（治所在今山东茌平西南）司仓参军。开元十五年离任，隐居淇水，两年后回长安。张九龄为相，王维献《上张令公》求汲引。开元二十三年（735）三月，因张九龄的推荐，出任右拾遗；二十五年（737），迁监察御史。同年，张九龄罢相。

三是笃志奉佛，半官半隐。王维自从开元十五年济州司仓参军任满之后，即过着半官半隐的生活。先后隐居淇水、嵩山和终南山等地。

王维笃志奉佛，约始于 30 岁。《唐才子传》称他：

> 笃志奉佛，蔬食素衣。丧妻不再娶，孤居三十年。

大约 43 岁时，即天宝三载（744 年），王维买下宋之问的辋川别墅。《唐才子传》载：

> 别墅在蓝田县辋川，亭馆相望。尝自写其景物奇胜，日与文士丘丹、裴迪、崔兴宗游览赋诗，琴樽自乐。后表宅请以为寺。

《旧唐书》卷一九〇《文苑传》下：

> 维弟兄俱奉佛，居常蔬食，不茹荤血，晚年长斋，不衣文彩……在京师，日饭十数僧，以玄谈为乐。斋中无所有，唯茶铛、药臼、经案、绳床而已。退朝之后，焚香独坐，以禅诵为事。

王维信佛，有三个原因：一是时代的影响，二是他母亲的影响，三是仕途的影响，所谓“一生几许伤心事，不向空门何处销”（王维《叹白发》）。

四是“安史之乱”中被迫接受伪职。《新唐书》卷二〇二《文艺传》中：

> 安禄山反，玄宗西狩，维为贼得，以药下痢，阳喑（yīn）。禄山素知其才，迎置洛阳，迫为给事中。禄山大宴凝碧池，悉召梨园诸工合乐，诸工皆泣。维闻悲甚，赋诗悼痛（按，诗云：“万户伤心生野烟，百官何日再朝天？秋槐花落空宫里，凝碧池头奏管弦”）。贼平，皆下狱，或以诗闻行在。时缙位已显，请削官赎维罪，肃宗亦自怜之，下迁太子中允。

这个记载有一个地方不符合事实。王维自己在《大唐故临汝郡太守赠秘书监京兆韦公神道碑铭》一文中说：

> 伪疾将遁，以猜见囚。勺饮不入者一旬，秽溺（粪尿）不离者十月。白刃临者四至，赤棒守者五人。刀环筑口，戟枝叉头。缚送贼庭，实赖天幸。上帝不降罪疾，逆贼恫瘝在身。无暇戮人，自忧为厉（厉，通“癞”，恶疮）。公哀予微节，私予以诚。推食饭我，致馆休我。

可见王维在安禄山那里吃了许多苦，还坐过牢。

王维免罪的原因，大抵有三：一、《凝碧池》一诗闻于行在，肃宗怜之；二、其弟王缙请削己官以赎兄罪；三、为宰相崔圆绘斋壁，得其救解。

王维官至尚书右丞，故世称“王右丞”。

王维在诗歌、绘画、书法、音乐、禅宗诸多方面，都有很高的造诣。《唐才子传》称：

> 维诗入妙品上上，画思亦然……自为诗云：“当代谬词客，前身应画师。”……后人评维“诗中有画，画中有诗”，信哉！

使至塞上

王　维

单车欲问边，属国过居延[1]。
征蓬出汉塞，归雁入胡天。
大漠孤烟直，长河落日圆。
萧关逢候骑[2]，都护在燕然[3]。

[1]“属国”句：属国，即典属国（秦汉官名）的简称，汉代称负责周边国家事务的官员为典属国，这里代指使臣。居延：地名，汉时为居延县，北魏时废为居延城。又，唐时有居延海，乃弱水汇聚之所，原为一湖，后经淤积，至元时分为哈班、哈巴、喇失三海子，清以来分为东、西二海，在今甘肃张掖北。这里泛指辽远的边塞地区。

[2]萧关：唐时的萧关在今宁夏固原市北部，同心县南部，是中原通往塞北的重要关隘。

[3]燕然：山名，即今蒙古共和国境内的杭爱山。此用东汉窦宪故事。

评说

开元二十五年（737），河西节度副大使崔希逸战胜土蕃，时任监察御史的王维奉命出使河西一带劳军。作品描写了西部边塞地区的开阔壮丽之景，表现了诗人的用世热情与豪迈气概。尤其是第三联，写景非常壮美，历来为人们所称颂。

在对这首诗的评说中，“居延”和“萧关”这两个地理空间历来存在争议。据考证，开元二十五年（737），河西节度副大使崔希逸战胜吐蕃，王维以监察御史的身份奉命前往河西节度使所在地凉州（今甘肃省武威市）慰问将士，然而“居延”在唐代称居延海（在今内蒙古额济纳旗北境），王维出使河西实际上并不经过居延，而“属国过居延”这一句，意在赞美唐王朝的疆土之辽阔，并非写实；“萧关”在今宁夏固原北部，王维出使河西也不经过此关，此诗中的“萧关”，乃是化用何逊诗“候骑出萧关，追兵赴马邑”（《见征人分别诗》）之意，亦非写实。

王维的凉州之行是往河西走廊这个方向走，实际上并没有往北经过“居延”，也没有经过“萧关”，可是在许多唐诗选本和大、中学校教材中，往往将其首联解释为：轻车简从去慰问边关将士，途经居延属国。将其尾联解释为：在萧关遇到骑兵，告诉我都护已在燕然。这些都是误解。

观 猎

王 维

风劲角弓鸣，将军猎渭城[1]。
草枯鹰眼疾，雪尽马蹄轻。
忽过新丰市[2]，还归细柳营[3]。
回看射雕处，千里暮云平。

［1］渭城：本秦都咸阳，汉武帝时改为渭城，东汉并入长安县，在今咸阳市东北。

［2］新丰：故址在今陕西临潼城东之新丰镇。《雍录》卷七“新丰”：“丰者，高帝所生之邑也。太上皇思丰欲东归，高帝放写丰邑，创为此县以乐之。其枌榆里社，街衢栋宇，一如其旧，仍徙丰人以实之，不论男女老幼，既至各知屋室所奠，虽鸡犬混放，亦识其家焉。为其自故丰而徙此，故名新丰也。”人员复杂，民风剽悍。

［3］细柳营：故址在今咸阳西南。汉代名将周亚夫驻军处。《史记·绛侯周勃世家》：“文帝之后六年，匈奴大入边。乃以宗正刘礼为将军，军霸上。祝兹侯徐厉为将军，军棘门。以河内守亚夫为将军，军细柳，以备胡。上自劳军。至霸上及棘门军，直驰入，将以下骑送迎。已而之细柳军，军士吏被甲，锐兵刃，彀弓弩，持满。天子先驱至，不得入。先驱曰：‘天子且至！’军门都尉曰：‘将军

令曰：军中闻将军令，不闻天子之诏。’居无何，上至，又不得入。于是上乃使使持节诏将军：‘吾欲入劳军。’亚夫乃传言开壁门。壁门士吏谓从属车骑曰：‘将军约，军中不得驱驰。’于是天子乃按辔徐行。至营，将军亚夫持兵揖曰：‘介胄之士不拜，请以军礼见。’天子为动，改容式车。使人称谢：‘皇帝敬劳将军。’成礼而去。既出军门，群臣皆惊。文帝曰：‘嗟呼，此真将军矣！曩者霸上、棘门军，若儿戏耳，其将固可袭而虏也。至于亚夫，可得而犯邪？’称善者久之。”

这也是王维早期的作品。场面既壮阔，又富有动感。他写的这位将军，不知姓甚名谁，但射猎的本领很高，为人也很豪迈洒脱。这一点，通过“忽过新丰市”一句可以看出。同时，此人治军也很严明，通过“还归细柳营”一句可以看出。关于“新丰市”和“细柳营”这两个地名，应知其来历，明其寓意，不可当作一般地名匆匆看过。

少年行

王　维

新丰美酒斗十千[1]，咸阳游侠多少年[2]。
相逢意气为君饮，系马高楼垂柳边。

[1] 美酒斗十千：语出曹植《名都篇》：“归来宴平乐，美酒斗十千。”

[2] 咸阳：这里指唐都长安。

早期的王维，是一个有进取精神的人，也是一个深于感情的人。例如下面这三首脍炙人口的作品：

九月九日忆山东兄弟

王　维

独在异乡为异客，每逢佳节倍思亲。

遥知兄弟登高处，遍插茱萸少一人[1]。

[1] 茱萸：一名樾椒，一种有香气的植物。古人认为，九月九日重阳节前后的茱萸，气烈而色赤，采之而插在身上，可以辟灾。

此诗题下原注："时年十七。"

这一首写亲情。九月九日，是一个亲人团聚的日子；九月九日的登高，则是一个由来已久的民俗活动。这样的题材，写的人实在很多，要出新意并不容易。但是这首诗的写法却很别致，他不但写自己思亲，也写兄弟们思念自己，所谓"心已神驰到彼，诗从对面飞来"（浦起龙《读杜心解》评杜甫《月夜》语），比单纯地写自己思亲的效果要好得多。

这个作品营造了两个地理空间：一个是"异乡"，也就是长安；一个是"山东"。这个"山东"不是今天的山东省，而是华山以东的广大地区，包括蒲州河东，也就是他的家乡。在"异乡"（长安）这个空间里，只有他一个人，而在"山东"（蒲州河东）这个空间里，则有他众多的兄弟。在重阳节这个特殊的民俗节日里，"山东"的兄弟们按照家乡的习俗，结伴登高，在山上采下茱萸这种有香气的植物，然后佩戴在身上，用以避灾祈福。而他自己呢，虽处在一个繁华的大都市，人口众多，热闹非凡，但是长安有重阳登高、佩戴茱萸的习俗吗？即便有，也是长安人家的节目，与他这个"独在异乡为异客"者无关。诗人正是通过这样两个不同的地理空间的对比，来表达自己"独在异乡为异客"的孤单和寂寞，以及对家乡亲人的深切思念。

这个作品虽然建构了"异乡"和"山东"这两个空间，但主导性的空间还是"异乡"这个空间，主导人物还是"异客"，即诗人自己。

诗人因为“独在异乡为异客”，所以“每逢佳节倍思亲”。而现在又逢重阳佳节，所以孤单、寂寞和思乡的感受就油然而生。由于这个原因，诗人就营造了“山东”这个空间。他设想在“山东”这个空间里，兄弟们不仅结伴登高，采摘茱萸佩戴身上，而且还清点人数，发现少了王维这个兄弟。“王维怎么没有来呀？”“他在长安还好吗？”可见兄弟们没有忘记他。另造“山东”这一空间，使得作品的情意更丰富，在艺术表现上更委婉，也更有张力。而实际上，“山东”这个空间，以及这个空间的地景（高处）、实物（茱萸）、人物（兄弟）、事件（登高、遍插茱萸、清点人数）等，都是诗人虚构的，都是诗人为了表达自己的孤单与思乡之情而设置的，现实中的“山东”兄弟们未必如此。他虚构、设置了这一切，他才是作品的主体，才是作品地理空间的主体。

送元二使安西[1]

王　维

渭城朝雨浥轻尘[2]，客舍青青柳色新。
劝君更尽一杯酒，西出阳关无故人。

简注

[1] 诗题一作《渭城曲》。安西：唐都护府名，治所在今新疆库车市附近。

[2] 浥（yì）：湿润。

这一首写友情。写法也很别致，属于后来吴世昌先生所讲的“西窗剪烛型”，即由当下想到将来，空间变了，时间也变了。

因为“朝雨”，所以“柳色青青”；古人有折柳送别的习俗，这就很自然地过渡到三、四两句的送别。而最后的“西出阳关”，又与开头的“渭城”相照应。结构绵密，但笔下流畅。

何谓“阳关三叠”？有人说是“把末句‘西出阳关无故人’反复重

叠歌唱”（中国社会科学院文学研究所编《唐诗选》），似乎不是。当以沈括《梦溪笔谈》所说为准。即第一句唱一遍，第二、三、四句各唱两遍。宋词有“听唱阳关第四声”，第四声即第三句“劝君更尽一杯酒”。

相 思

王 维

红豆生南国[1]，春来发几枝。
愿君多采撷，此物最相思。

［1］红豆：即相思木所结之子，实成荚，子粒大小如豌豆，色鲜红而首黑。又名相思子，古人以之比喻爱情。

此诗托物寄情，构思精巧，意韵绵长，是淡笔写浓情的经典之作。据唐代范摅《云溪友议》载：“明皇幸岷山，百官皆窜辱，李龟年奔泊江南，曾于湘中采访使筵上唱‘红豆生南国’，又曰‘清风明月苦相思’。此辞皆王右丞所制，至今梨园唱焉。歌阕，合坐莫不望南幸而惨然。”可知此诗作于安史之乱以前。

作品本来是写爱情的，但人们用它来寄托对唐明皇的思念。这是文学作品在传播接受过程中常见的现象，即“作者未必然，读者未必不然”（谭献语）之谓也。

终南山[1]

王 维

太乙近天都[2]，连山到海隅。
白云回望合，青霭入看无。
分野中峰变[3]，阴晴众壑殊。
欲投人处宿，隔水问樵夫。

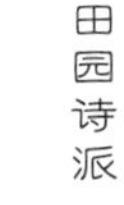

简注

[1] 终南山：在陕西西安市南50里，又称南山、秦岭，延绵八百余里，为渭水与汉水之分界。

[2] 太乙：终南山的主峰。

[3] 分野：古人将天上的星宿与地上的州郡相对应来划分其隶属关系，中峰即太乙，山北为雍州，星属井、鬼；山南为梁州，星属翼、轸。

这首诗，当是王维隐居终南山后的作品。首联出句写终南山之高，对句写终南山之长。颔联、颈联写终南山之广大，景象奇特，风格壮美，非亲历其境者不会有此独特感受。结尾一联，可谓大中有小，静中有动，壮美中含优美。

山居秋暝

王　维

空山新雨后，天气晚来秋。
明月松间照，清泉石上流。
竹喧归浣女，莲动下渔舟。
随意春芳歇，王孙自可留[1]。

[1] “王孙”句：《楚辞·招隐士》：“王孙兮归来，山中兮不可以久留。”

这是王维写山水的名作。这里的“山”，应该是指终南山。作品写山居时的所见、所闻、所感。第二联，先写视觉，再视、听合写；第三联，先视、听合写，再写视觉。整饬中有变化。

鹿　柴[1]

王　维

空山不见人，但闻人语响。
返景入深林，复照青苔上。

[1] 鹿柴：辋川别墅之一景。柴，用于防守的栅栏。

王维《辋川集并序》云："余别业在辋川山谷，其游止有孟城坳、华子冈、文杏馆、斤竹岭、鹿柴、木兰柴、茱萸沜、宫槐陌、临湖亭、南垞、欹湖、柳浪、栾家濑、金屑泉、白石滩、北垞、竹里馆、辛夷坞、漆园、椒园等，与裴迪闲暇各赋绝句耳。"《鹿柴》这一首，写其景点之一，首二句写声音的效果，结尾二句写光的效果，均从静中得来。这正是禅宗的境界。

竹里馆

王　维

独坐幽篁里[1]，弹琴复长啸。
深林人不知，明月来相照。

[1] 幽篁：深邃幽暗的竹林。《楚辞·九歌·山鬼》："余处幽篁兮终不见天，路险难兮独后来。"

此即为隐者的生活，与世疏离，自得其乐，唯有明月、古琴相伴。这种空明的境界和宁静之美，所体现的正是禅宗的意趣。

需要补充的是，王维并非辞官归隐，而是亦官亦隐。看似不彻底，实则在大、小隐之间。古语：大隐隐于朝，中隐隐于世，小隐隐于林。

常 建

常建，两《唐书》无传，生卒、籍贯、字号均不详。观其所作诗，多言其江南居止，其籍贯似在长江中下游一带。开元十五年（727）与王昌龄同榜登科。曾任县尉，不如意，后隐于鄂渚西山（今湖北鄂州市境内）。其诗多写山水田园风光和隐逸之趣，意境恬淡，语言清新，为时人所重。卒于天宝末、至德初。

题破山寺后禅院[1]

常 建

清晨入古寺，初日照高林。
曲径通幽处，禅房花木深[2]。
山光悦鸟性，潭影空人心[3]。
万籁此俱寂[4]，但余钟磬音。

[1] 破山寺：即兴福寺，在今江苏常熟虞山北麓，始建于南朝齐时，唐咸通九年（868）懿宗皇帝赐额为“破山兴福寺”。破山，即虞山。

[2] 禅房：后禅院中僧人住房。

[3] 空：涤除、净滤之意。人心：尘世之想。

[4] 万籁：自然界的各种声响。

此为题壁诗。借咏禅寺幽静之景，抒发隐逸闲适之情。“曲径”一联，尤为人所称道。

小结

一、山水田园诗的特点

1. 和谐的关系。
2. 恬静的心境。
3. 优美的风格。

二、山水田园诗体现了“天人合一”之境

中国哲学所推崇的最高境界是“天人合一”。“天”，就是“自然”；“人”，就是“人文”。“自然”与“人文”是一体的。人只是自然的一部分，人不能超越自然而存在，更不可能成为自然的主宰。

在西方，自从苏格拉底之后，“学者”变成了“智者”，哲学的核心问题，也由对宇宙、对自然本原的探讨，变为对人世间的道德伦理、科学知识的研究。在柏拉图那里，自然界与精神世界已经成了两个相互分离、相互对立的世界，物质与精神、身体与灵魂、本质与现象、形式与内容、个性与共性这一类的二元对立的思维模式已经形成。亚里士多德则进一步在形而上学、形式逻辑、科学分类诸领域为西方的理性主义、科学主义思想奠定了牢固的基础。到了近代，在西方的主流哲学家如培根、笛卡儿等人的著作中，自然已经被彻底地物质化、实体化，成为人类之外的、与人类相对立的一个“客观世界”，一种为人类提供福利的资源，一架遵循所谓客观规律运转的机器，人类的福利就建立在理性对自然的抗争上。而人类则是世界的中心，是自然的主宰，对自然拥有绝对权力。

简要地讲，在中国古代哲学里，“人”和“自然”是同一的，人是自然的一分子。在西方哲学里，“人”和“自然”是对立的，人是自然的主宰。

中国古代的文学，也是“与天地并生”的。刘勰《文心雕龙·原道》讲:“文之为德也大矣，与天地并生者，何哉?”与“天地并生的”

的境界，就是“天人合一”的境界。

就古典诗歌来讲，它与自然的关系似乎更为密切。刘勰《文心雕龙·明诗》：“人禀七情，应物斯感。感物吟志，莫非自然。”钟嵘《诗品》：“气之动物，物之感人，故摇荡性情，形诸舞咏。”这里所说的“物”，就是“自然”；这里所说的“感”，就是直接体验。“应物斯感”“感物吟志”，没有“自然”就没有诗，诗是人对自然界的直接体验的结果，诗和“自然”是合二而一的。这是中国古典诗歌的“天人合一”的传统，尤其是山水田园诗的传统，这是现代工业社会的诗歌所不及的。

三、当代中、西方人士对待自然的态度

但是20世纪以来，中国人对待自然的态度发生了根本的变化。人们把自然当作与主观世界对立的客观世界，强调“改造自然”“人定胜天”，做了许多违背自然规律的事，同时也不断地遭到自然的报复。

当代一些西方学者对待自然的态度也发生了根本的变化，他们不再把自然和人类社会对立起来。他们对中国古代的“天人合一”的哲学传统，反而比我们中国人看得更清楚。英国化学家、科学史家J·尼德海姆（1900—1995）在《中国的科学与文明》一书里讲道：

> 我们可以觉察到，《庄子》的某些章节也涉及了科学与自然之间的冲突，它使我们想起现代流行的话题——科学与社会福利之间的关系。这些寓言故事和虚构的对话明确地暗示：运用科学来为人类造福是不成熟的做法；对儒家来说，如果他想利用知识来提高人类的生活条件，他会首先皈依道家，投身对自然的聆听。在不理解自然的情况下拯救人类是不可能的。

J·尼德海姆在引用了《庄子》中黄帝和广成子的一段对话之后，指出：

> 广成子怒斥黄帝，是因为黄帝对自然的态度过于浮躁，他只想从事物的物质性表象的碎片中获取即时利益。广成子指出，对人类社会有益的唯一方法就是返回自然，阐明自然之本性。黄帝对待自然的态度和那些贪婪的自然的掠夺者非常相似，他们既没

有耐心等到云中的水汽自然累积而降雨，或庄稼的自然成熟，也没有耐心观察而后应用自然之本性。请记住，当今人类所了解的有关土壤保护、自然保护的知识和人类所拥有的一切关于自然和应用科学之间的正确关系的经验，都包含在《庄子》的这个章节中，这一章，和庄子所写的其他文字一样，看起来是如此深刻，如此富有预见性。

西方学者认识到，现代工业社会已经剥夺了人们对自然界的直接体验，使人们远离了事物的原生态。

美国环境学家杰里·德曼（1936—）在《神圣的缺席》(张春美译)一书中说：

（在美国）自然环境已大多为人工所取代。从视觉、听觉、触觉、味觉、嗅觉等诸多角度来看，我们所体验和理解的世界已经被人类加工处理过了。我们对世界的体验再也称不上是直接或者本原的了，而是间接的……我们居住于城市中，人与地球的直接体验就无从谈起了。事实上，所有的体验可以说都是间接的。水泥地覆盖了一切原本可以从土壤里生长出来的生物，建筑物遮住了自然美景。我们的饮用水是从水龙头里流出来的，而不是来自溪流或蓝天。所有植被也被人类的思维所局限，被人类按其品味任意改变。野生动物消失殆尽，多石地带不见了踪影，花开花落的反复循环也不复存在，甚至连昼夜也无法区分。

这就是工业社会的生活环境。在这样的环境下产生的诗歌，是没有什么自然属性可言的。

四、我们现在所面临的问题

一是环境受到严重破坏，二是道德水平严重下降。所谓道德水平严重下降，也就是讲人与人之间的关系越来越不诚实，越来越冷漠，越来越复杂，越来越紧张。

五、山水田园诗的现代价值

治理环境问题，需要用可持续发展的眼光，即生态学的眼光。生态学的首要法则，即“万物相互关联”。美国当代生态批评家威廉·鲁科特指出：“生态学的首要法则，适用于自然，同样也适用于诗歌。”“万物相互关联”的观点，即“天人合一”的观点，即“整体意识”。美国哲学家欧文·拉兹洛认为：“诗歌能有力地帮助人们恢复已经丧失的整体意识，所有伟大艺术也一样：美学经验使我们感觉与我们同在的人类，感觉与自然合而为一。”

中国古代的山水田园诗能够起到的作用，就是帮助我们恢复对于原生态的大自然的记忆，帮助我们恢复对于真诚的、热情的、单纯的、质朴的人际关系的记忆。

由于山水田园诗首先是一种感性的存在，是一种独特的审美形态，是一种独特的艺术，所以这种恢复，首先就是一种感性的过程，一种审美的过程，一种艺术欣赏的过程。山水田园诗既能帮助我们恢复美好的记忆，又能给我们以美的享受。

第五讲

边塞诗派

在唐代诗坛，与山水田园诗派相对应的另一重要流派，是边塞诗派。边塞诗派的诗人以盛唐诗人为主体，也有中唐诗人。这种情形也和山水田园诗派一样。

唐代边塞诗派兴起的原因：

第一，国家在军事上强大，武将地位尊崇，社会上流行尚武之风。唐太宗贞观四年（630），打败突厥，原属于东突厥的各属国归顺唐朝，唐太宗被推为“天可汗”，唐朝由此取代势力强大的突厥成为东亚盟主。贞观八年（634），大败吐谷浑。贞观十四年（640），平定高昌。高宗显庆二年（657），打败西突厥。唐朝势力强大，延续了一百多年，直到唐玄宗开元、天宝年间达到顶峰。“天可汗”的实际存在，达120余年之久。

武将在唐代的地位很高。据《旧唐书·刘文静传》，武德九年十月，唐太宗对唐初创业功臣论功行赏，按等级开列了一个多达43人的名单，其中32人是武将。社会上流行尚武之风。李贺诗云：“请君暂上凌烟阁，若个书生万户侯？”（《南园十三首》之五）杨炯诗云：“宁为百夫长，胜作一书生。”（《从军行》）

第二，国家的强大、进步，极大地鼓舞了唐代知识分子的进取心。唐代知识分子取功名，主要有两种途径，一是参加科举考试，一是从军，建立军功。比较起来，他们更倾向于后者。例如：

> 万里不惜死，一朝得成功。画图麒麟阁，入朝明光宫。
>
> ——高适《塞下曲》
>
> 丈夫三十未富贵，安能终日守笔砚？
>
> ——岑参《银山碛西馆》
>
> 黄沙百战穿金甲，不破楼兰终不还。
>
> ——王昌龄《从军行》
>
> 少小虽非投笔吏，论功还欲请长缨。
>
> ——祖咏《望蓟门》

第三，入幕之风盛行。唐代文人从军，并非亲自带兵打仗，或者拿刀杀人，而是入幕，也就是进入节镇幕府做幕僚。唐代的不少诗人，

如王翰、高适、王维、李白、杜甫、岑参、萧颖士、李华、梁肃、元结、杜牧、李商隐等，都有在幕府生活的经历。这些幕府，有许多就设在边塞。

唐代写边塞诗的诗人，不一定都到过边塞，但优秀的边塞诗，多数都是由到过边塞的诗人写的。

唐代诗人到边塞有两种形式：一种是入节镇的幕府做幕僚，如高适、岑参、李益等。还有一种是游历边塞，如王昌龄、李白、王之涣等。

唐代的边塞诗人，最著名的是高适、岑参，所以边塞诗派又称高岑诗派。除了高、岑，还有王之涣、王翰、李颀、王昌龄、崔颢、李益等。另外，王维、李白、杜甫等，也都写过边塞诗。

由于王维的成就和影响，主要在山水田园诗方面，所以人们不把他列入边塞诗派。而李白、杜甫是大诗人，他们的作品题材很丰富，山水田园诗、边塞诗都写，很难把他们划归哪一派。

王之涣

王之涣（688—742），字季凌，郡望晋阳（今山西太原），籍贯新绛（今山西新绛）。初以门荫补衡水主簿，被诬去官，赋闲15年，足迹遍于黄河南北，甚至到了西北边塞。晚年复补文安（今属河北）县尉，卒于任所。

《唐才子传》谓其“少有侠气，所从游皆五陵年少，击剑悲歌，从禽纵酒。中折节攻文，十年名誉自振”。

开元时与王昌龄、高适皆有交往。

唐人薛用弱的《集异记》卷二记载了一个“旗亭画壁”的故事：

> 开元中，诗人王昌龄、高适、王之涣齐名。时风尘未偶，而游处略同。一日天寒微雪，三诗人共诣旗亭，贳酒小饮。忽有梨园伶官十数人登楼会宴，三诗人因避席隈映，拥炉火以观焉。俄

有妙妓四辈，寻续而至，奢华艳曳，都冶颇极。旋则奏乐，皆当时之名部也。昌龄等私相约曰："我辈各擅诗名，每不自定其甲乙，今者可以密观诸伶所讴，若诗入歌词之多者，则为优矣。"俄而一伶拊节而唱曰："寒雨连江夜入吴，平明送客楚山孤。洛阳亲友如相问，一片冰心在玉壶。"（**王昌龄《芙蓉楼送辛渐》**）昌龄则引手画壁曰："一绝句。"寻又一伶讴之曰："开箧泪沾臆，见君前日书。夜台何寂寞，独是子云居。"（**高适《哭单父梁九少府》**）适则引手画壁曰："一绝句！"寻又一伶讴曰："奉帚平明金殿开，暂将团扇共裴回。玉颜不及寒鸦色，犹带昭阳日影来。"（**王昌龄《长信秋词》**）昌龄则又引手画壁曰："二绝句。"之涣自以得名已久，因谓诸人曰："此辈皆潦倒乐官，所唱皆巴人下里之词耳，岂阳春白雪之曲，俗物敢近哉！"因指诸妓之中最佳丽者曰："待此子所唱，如非我诗，吾即终身不敢与子争衡矣。脱是吾诗，子等当须列拜床下，奉吾为师。"因欢笑而俟之。须臾，次至双鬟发声，则曰："黄河远上白云间，一片孤城万仞山。羌笛何须怨杨柳，春风不度玉门关。"（**王之涣《凉州词》**）之涣即揶揄二子曰："田舍奴，我岂妄哉！"因大谐笑。诸伶不喻其故，皆起诣曰："不知诸郎君何此欢噱？"昌龄等因话其事。诸伶竞拜曰："俗眼不识神仙。乞降清重，俯就筵席。"三子从之，饮醉终日。

关于这个故事，明代胡应麟《少室山房笔丛》卷四一《庄岳委谈》尝辨其非实。傅璇琮《唐才子传校笺》云："《集异记》所写之具体情事或非实有，但唐人之绝句用之于歌唱者乃当时风习。且之涣与昌龄、高适交往亦有可征，故此事未可遽加否定。"

需要补充的是，高适这首诗乃五言古诗，这说明唐人所歌，亦有古诗，不全是绝句。

王之涣没有中过进士，官也很小，连个县令都没当过。新、旧《唐书》都没有他的传记。他的名气这么大，完全是因为他的作品。他留下来的诗只有六首，但经典作品就有两首。

登鹳雀楼[1]

王之涣

白日依山尽[2]，黄河入海流。
欲穷千里目，更上一层楼。

[1] 鹳雀楼：最早建于北周天和元年（566），原址在蒲州境内的黄河边上（今山西省永济市蒲州老城）。宋代沈括《梦溪笔谈》：“河中府鹳雀楼三层，前瞻中条，下瞰大河。”宋时的河中府即北周时的蒲州。此楼历北周、隋、唐、宋四代约700年，在金元易代之际被金兵烧毁。元、明、清诗人所写之鹳雀楼，实为河中府之西门城楼，并非真正的鹳雀楼。今天所见之鹳雀楼乃2002年9月建成，也不在原址，而是往西移了五华里。①

[2] 山：指华山，非中条山。中条山在鹳雀楼的东南面，华山在西南面，游人站在鹳雀楼上，面对西下的落日，他的视线里是不可能有中条山的，只能是华山。台湾学者简锦松在《唐诗现地研究》中讲，在鹳雀楼上朝落日的方向看，根本就没有山。这话未免武断。在天气晴好、没有云雾的时候，面朝落日，是可以看到西南的华山的。

评说

此诗前两句写景，很形象，也很壮观；后两句抒发感慨，很有胸怀，很有境界。

王之涣是开元时人，天宝元年就去世了。这首诗可以说是真实而形象地描写了“盛唐气象”。

所谓“盛唐气象”，就是一种朝气蓬勃、奋发向上的气象。就像这首诗，写的虽是暮景，但是一点也没有暮气沉沉的感觉，而是很明朗，

① 详见曾大兴：《中华名楼 · 高楼千载镇蒲关》，中国财经出版社2019年版，第207—211页。

很壮观，很有气势。

关于这首诗，唐人芮挺章所编之《国秀集》作朱斌诗，名为《登楼》，文字无异。《全唐诗》203 卷收录了朱斌的《登楼》，注明：“一作王之涣诗”；又于 253 卷收录了王之涣的《登鹳雀楼》，注明：“一作朱斌诗”。但是宋人沈括的《梦溪笔谈》、司马光的《温公续诗话》均作王之涣诗，宋代以来的所有唐诗选本亦作王之涣诗。

朱斌是一个“处士”，与王之涣、芮挺章系同时代人，他只留下了《登楼》这一个作品，并没有留下别的作品，因此没有旁证表明，他的写作能力达到了写作《登楼》这首诗的水准；王之涣就不一样了，他除了《登鹳雀楼》，还有《凉州词》这样的作品，而且《凉州词》又写得非常好，其影响甚至比《登鹳雀楼》还要大。通过他的《凉州词》，人们不难判断，他完全达到了写作《登鹳雀楼》这首诗的水准。

因此，在朱斌的著作权因为旁证缺乏而难以确认的情况下，人们就只能把这首诗归在王之涣的名下了。

凉州词（其一）[1]

王之涣

黄河远上白云间，一片孤城万仞山[2]。
羌笛何须怨杨柳[3]，春风不度玉门关[4]。

[1] 凉州：即今之甘肃武威，这是古代的一个音乐之乡。岑参《凉州馆中与诸判官夜集》诗：“凉州七里十万家，胡人半解弹琵琶。”唐代诗人作《凉州词》者很多。

[2] 仞：八尺。

[3] 杨柳：本指北朝乐府民歌《折杨柳歌辞》。

[4] 玉门关：汉代的玉门关在今天的敦煌市西北，唐代的玉门关在今天的嘉峪关市西北，也就是往东移了很多。《史记·大宛传》载：贰师将军李广利率兵数万攻大宛，战不利，士卒存者不过什一。请

罢兵。武帝闻之大怒，“使人遮玉门，曰：军有敢入者，辄斩之！”

这首诗的视点和上一首不一样。上一首是平视和俯视，这一首是仰视。

这一首的景致既博大，也荒凉，作者的心情也有些悲怆。所以这首诗的风格不是豪迈，而是悲壮。

“春风不度玉门关”，既是写季节物候，也是写戍边将士得不到朝廷的关怀。汉时，许多久戍边关的军人因思念家乡、不耐苦寒而逃跑，汉武帝下令：有敢过玉门关者，斩。

王　翰

王翰，字子羽，生卒不详，并州晋阳（今山西太原）人。睿宗景云元年（710）进士，先后做过昌乐（今河南南乐）县尉，秘书省正字，通事舍人，驾部、兵部员外郎，汝州（今河南临汝）长史，仙州别驾，道州司马。

《旧唐书》卷一九〇中《文苑传》称其“少豪荡不羁”。及张说为相，入朝为驾部员外郎，“枥多名马，家蓄妓乐。翰发言立意，自比王侯。颐指侪类，人多嫉”。“说既罢相，出翰为汝州长史，改仙州别驾。至郡，日聚英豪，纵禽击鼓，恣为欢赏。”“于是贬道州司马。卒。”

王翰多以恃才傲物、纵欲狂欢遭贬，然其才华却深为宰相张说赏识。他一生沉浮，与张说关系密切，如同王维之于张九龄。张说为人正派，善为文章，“善用所长，引文儒之士以佐王化”（《大唐新语》卷一）。张九龄即为其所荐引。

凉州词（二首选一）

王　翰

蒲萄美酒夜光杯[1]，欲饮琵琶马上催。
醉卧沙场君莫笑，古来征战几人回？

[1] 蒲萄：即葡萄酒。此酒来自西域，唐时已能自酿。夜光杯：夜间能发光的酒杯，初亦由西胡所献。

此诗语言明快，情绪热烈，风格豪迈，是典型的盛唐气象。

王翰的豪侠之气是很能感染人的。《唐才子传》云："翰工诗，多壮丽之词。文士祖咏、杜华等尝从游。华母崔氏云：'吾闻孟母三迁。吾今欲卜居，使汝与王翰为邻，足矣。'其才名如此。"又云："太史公恨古布衣之侠，湮没无闻，以其义出存亡生死之间，而不伐其德，千金驷马，才啻草介，信哉，名不虚立也。观王翰之气，其若人之俦乎！"

李　颀

李颀（690—754？），郡望赵郡（今河北赵县），居于颍阳（今河南登封）之东川，世称"李东川"。开元二十三年（735）进士，调新乡尉，故又称"李新乡"。久不升迁，乃归隐东川。

《唐才子传》称他"性疏简，厌薄世务。慕神仙，服饵丹砂，期轻举之道，结好尘喧之外。一时名辈，莫不重之。工诗，发调既清，修辞亦秀，杂歌咸善，玄理最长，多为放浪之语，足可震荡心神"。

李颀与王维、高适、王昌龄等相友善，长于七古及七律，有《李颀诗集》。

古从军行[1]

李　颀

白日登山望烽火，黄昏饮马傍交河[2]。
行人刁斗风砂暗[3]，公主琵琶幽怨多[4]。
野营万里无城郭，雨雪纷纷连大漠。
胡雁哀鸣夜夜飞，胡儿眼泪双双落。
闻道玉门犹被遮[5]，应将性命逐轻车[6]。
年年战骨埋荒外，空见蒲桃入汉家[7]。

[1] 从军行：古乐府名。《乐府古题要解》："《从军行》，皆述军旅苦辛之词也。"前加一"古"字，表示拟古之意，所谓借古讽今是也。

[2] 交河：唐安西都护府治所，在今新疆吐鲁番西北。

[3] 行人：行军之人。刁斗：军用金属器具，白天用它来煮饭，晚上用它来打更。

[4] 公主琵琶：公主即汉武帝时江都王刘建之女刘细君，以公主身份嫁乌孙，使人于马上弹琵琶以解思乡之苦。

[5] 玉门犹被遮：见《史记·大宛传》：贰师将军李广利率兵数万攻大宛，战不利，士卒存者不过什一。请罢兵。武帝闻之大怒，"使人遮玉门，曰：军有敢入者，辄斩之！"

[6] 轻车：轻车将军。此为泛指。

[7] 蒲桃：即葡萄。《汉书·西域传》："宛王蝉封与汉约，岁献天马二匹。汉使采蒲萄、目宿种归。天子以天马多，又外国使来众，益种蒲萄、目宿离宫馆旁，极望焉。"

这是一首反战诗。连年战争，死了那么多的将士，换来的只是葡萄而已。其实物质的交流，不一定要付出血的代价。这是借汉讽唐。唐代从李世民到李隆基，均喜穷兵黩武，不知死了多少人。

王昌龄

王昌龄（690？—756？），字少伯，京兆万年（今西安）人。开元十五年（727）举进士，任秘书省校书郎。开元二十二年（734）登博学宏词科，迁汜水（今河南巩义市东北）尉。开元二十七年（739）以事贬岭南，次年为江宁（今南京）县丞。天宝初，再贬龙标（今湖南黔阳县）尉。

王昌龄两次被贬，原因是什么呢？史书无载。殷璠《河岳英灵集》谓其“晚节不矜细行，谤议沸腾”。这个讲得太笼统。关于王昌龄贬谪岭南的原因，我从孟浩然的《送王昌龄之岭南》一诗中找到了一条线索。此诗有这样两句：

已抱沉痼疾，更贻魑魅忧。

“沉痼疾”，就是沉疴痼疾，也就是经久难愈的疾病。这个时候的孟浩然正患“疾疹”，这是一种很顽固的皮肤病。“魑魅”，原指中国古代神话传说中的山神，也指山林中害人的鬼怪，引申为各种坏人。上一句是说，我已经被“疾疹”折磨了很久，现在又因你被人所害、贬官岭南而担忧。这就证明：王昌龄贬官岭南，是被人所害。

关于王昌龄贬官龙标的原因，《新唐书·文艺传》说是由于“不护细行”，这也太笼统。我从唐代著名诗人常建的作品中，发现了其中的一条线索。王昌龄当时由江宁（南京）出发，溯江而上，经过鄂渚（今湖北鄂州）时，隐居在那里的诗人常建接待了他，请他喝酒，还送给他一首诗，诗名《鄂渚招王昌龄张偾》，诗中有这样两句：

谪居未为叹，谗枉何由分。

“谪居”，就是贬谪。“谗枉”，就是被谗言所冤枉。这两句诗的意思是说，“谪居”没有什么了不起，不必为之叹息，因为历朝历代都有许多官员曾经“谪居”过，但是“谗枉”不一样，这是蒙受冤屈。“何由分”，就是难以分辩，没有机会解释。可见王昌龄这次贬官龙标，又是被人所害。

而他的最后被杀害，史书亦未说明原因。《唐才子传》说是为“刺史闾丘晓所忌”。《新唐书》卷一〇三《文艺下》载：至德初，“以世乱归乡里，为刺史闾丘晓所杀。张镐按军河南，兵大集，晓最后期，将戮之，辞曰：‘有亲，乞贷余命。’镐曰：‘王昌龄之亲，欲与谁养？’晓默然。”《旧唐书》卷一一一《张镐传》载：镐受命为河南节度使，“既发，会张巡宋州围急，倍道兼进，传檄濠州刺史闾丘晓引兵出救。晓素愎戾，驭下少恩，好独任己。及镐信至，略无禀命，又虑兵败，祸及于己，遂逗留不进。镐至淮口，宋州已陷。镐怒晓，即杖杀之。”

以上两条记载说明：第一，王昌龄是被闾丘晓杀害的；第二，闾丘晓杀害了名满天下的诗人王昌龄，引起官民共愤；第三，闾丘晓在睢阳被围的紧急情况下，故意拖延进军，见死不救，绝对不是一个好官；第四，张镐与王昌龄并无私交，他对王昌龄之死愤愤不平，说明王昌龄死得冤枉。

王昌龄为开元、天宝间著名诗人，有“诗家夫子王江宁”之称。尤擅七绝，出语爽朗，意蕴深长。清人宋荦《漫堂说诗》云：“三唐七绝，并堪不朽。太白、龙标，绝伦逸群。”

王昌龄与孟浩然、常建、李颀、李白等著名诗人交情颇深。有《王昌龄集》。

出塞（其一）[1]

王昌龄

秦时明月汉时关，万里长征人未还。
但使龙城飞将在[2]，不教胡马度阴山[3]。

[1] 出塞：乐府旧题。

[2] 龙城：唐时属营州柳城郡，故址在今辽宁朝阳。

[3] 阴山：在今内蒙古中部。

此诗又名《塞上行》《塞上曲》《从军行》等，约作于开元十五年（727）诗人中进士前后，游历西北边塞时。

作品以凝炼的语言，融历史与现实、批判与憧憬为一体，内容丰富而又举重若轻，浑然天成，被后人誉为唐人七绝的压卷之作。

芙蓉楼送辛渐（其一）[1]

王昌龄

寒雨连江夜入吴，平明送客楚山孤[2]。
洛阳亲友如相问，一片冰心在玉壶[3]。

[1] 芙蓉楼：在今镇江，唐时属润州丹阳郡。李吉甫《元和郡县图志》引刘损《京口记》云："晋王恭为刺史，改创西南楼名万岁楼，西北楼名芙蓉楼。"可见此楼在东晋之前就有了，很可能是东吴时始建。辛渐：作者友人，事迹不详。

[2] 吴、楚：润州在春秋时属吴，战国时属楚。以地理位置言，此处又为"吴头楚尾"。

[3] 冰心：鲍照《代白头吟》："直如朱玉绳，清如玉壶冰。"姚崇《冰壶赋》："内怀冰清，外涵玉润，此君子冰壶之德也。"

评说

这首诗大约写于唐玄宗天宝元年（742），王昌龄当时任江宁县丞。辛渐应该是去江宁看望王昌龄，然后王昌龄又陪他从江宁到丹阳，最后在芙蓉楼为他饯行。诗人委托辛渐给洛阳亲友带口信，既不讲自己在江宁的生活，也不讲自己在江宁的工作，只是表明自己的心迹，说自己像玉壶怀冰，表里澄澈，光明磊落，没有被官场上和社会上的不良风气所污染。这里面就有深意。因为两年之前，诗人被贬岭南，不了解情况的人，还以为王昌龄在操守上有什么问题呢。

长信秋词（五首选一）[1]

王昌龄

奉帚平明金殿开，暂将团扇共徘徊[2]。
玉颜不及寒鸦色，犹带昭阳日影来[3]。

[1] 长信秋词：一作《长信怨》，乐府旧题。长信：即长信宫，汉宫名。汉成帝时班婕妤失宠后，乃自求供养太后于长信宫。

[2] 团扇：相传班婕妤曾作有《咏扇诗》（即《怨歌行》），以秋扇见捐喻女人被弃。

[3] 昭阳：赵飞燕所居殿名。

此诗当作于开元十五年以后诗人任秘书省校书郎期间。作品想象奇特，含蓄深沉，对失宠宫人的命运给予了深切的同情，为宫怨诗中的佳作。

高　适

高适（700—765），字达夫，德州蓨（tiáo）县（今河北景县）人。为官之前，长期居住宋城。少性拓落，不拘小节。曾游闽粤、长安、荆襄、幽蓟、淮楚、齐鲁等地。天宝三载（744），与李白、杜甫同游梁宋，共登“吹台”，为一时之佳话。天宝八载（749），举有道科，授封丘（今属河南）尉，不如意。所谓“迎拜长官心欲碎，鞭鞑黎庶令人悲”（《封丘作》）。天宝十三载（754），辞官去长安，与杜甫、岑参等同游。后入河西节度使哥舒翰幕，任掌书记。此后历任左拾遗、监察御史、侍御史、谏议大夫、淮南节度使、扬州大都督府长史、彭州刺史、蜀州刺史、剑南西川节度使、刑部侍郎、左散骑常侍，世称“高常侍”，进封渤海县侯。《旧唐书》本传称“有唐以来，诗人之达者，唯适而已”。高适命运的转机，是入哥舒翰幕，可见“入幕”是一条希望之路。他是边塞诗派的代表作家，与岑参齐名，号称“高岑”。有《高常侍集》。

燕歌行[1]

高　适

开元二十六年，客有从元戎出塞而还者[2]，作《燕歌行》以示适。感征戍之事，因而和焉。

汉家烟尘在东北，汉将辞家破残贼。
男儿本自重横行，天子非常赐颜色。
摐金伐鼓下榆关[3]，旌旆逶迤碣石间[4]。
校尉羽书飞瀚海[5]，单于猎火照狼山[6]。
山川萧条极边土，胡骑凭陵杂风雨[7]。
战士军前半死生，美人帐下犹歌舞。
大漠穷秋塞草腓[8]，孤城落日斗兵稀。
身当恩遇常轻敌，力尽关山未解围。
铁衣远戍辛勤久，玉箸应啼别离后[9]。
少妇城南欲断肠，征人蓟北空回首[10]。
边庭飘飖那可度[11]，绝域苍茫更何有？
杀气三时作阵云，寒声一夜传刁斗。
相看白刃血纷纷，死节从来岂顾勋？
君不见沙场征战苦，至今犹忆李将军[12]。

[1] 燕歌行：乐府旧题，多写边塞征戍之事、男女离别之苦。

[2] 元戎：这里指御史大夫、河北节度副大使张守珪。

[3] 摐金：摐（chuāng），撞击。金，铃、钲之类的响器。榆关，山

海关。

[4] 碣石：山名，在今河北省昌黎县北渤海边上，现已沉没。曹操《观沧海》："东临碣石，以观沧海。"

[5] 校尉：军官，位次于将军。瀚海：北海，在今蒙古高原东北。

[6] 狼山：即今内蒙古杭锦后旗西北之狼山。

[7] 凭陵：凭势侵陵。

[8] 腓（féi）：衰萎变黄。

[9] 玉箸：形容思妇的眼泪。

[10] 蓟北：蓟州（今天津蓟州区）以北。

[11] 飘飖：辽阔。

[12] 李将军：《史记 · 李将军传》："广居右北平，匈奴闻之，号曰汉之飞将军。避之，数岁不敢入右北平。""广之将兵，乏绝之处，见水，士卒不尽饮，广不近水；士卒不尽食，广不尝食。宽缓不苛，士以此爱乐为用。"

此诗借客所示《燕歌行》，结合自己开元二十年前后在蓟州一带的所见所闻，借题发挥。写将士们为保卫国家而英勇参战，写军中的腐败，写战斗之惨烈，写边境之荒凉，写战争给将士及其家人带来的痛苦，可以说是包含了盛唐边塞诗的几乎全部内容。

作品既豪迈，又悲壮。尤其是运用对比的手法，写军中的不公平，所谓"战士军前半死生，美人帐下犹歌舞"，给人印象尤为深刻，可以和杜甫的"朱门酒肉臭，路有冻死骨"（《自京赴奉先县咏怀五百字》）相媲美。

乐府诗的特点之一，就是可以歌唱。虽然这首诗能不能歌唱，我们不知道，但是，从文字上看，四句一换韵，平仄相间，抑扬有节，宛转自然，朗朗上口，很富于音乐感。

别董大（其二）[1]

高 适

千里黄云白日曛[2]，北风吹雁雪纷纷。

莫愁前路无知己，天下谁人不识君？

[1] 董大：有人说是指著名琴师董庭兰，有人又说不是，而是指作者在长安的一位友人。而敦煌《唐诗选》残卷则题作《别董令望》，令望事迹亦不可考。

[2] 曛（xūn）：落日的余晖，这里指黄云蔽日。

这首诗，前两句写景黯淡、悲凉，象征董大的心情。后两句安慰董大，豪迈而旷达。由此看来，这个董大，如果不是著名琴师董庭兰，也是一个有较高知名度的人。

崔 颢

崔颢（704？—754），汴州（今河南开封）人。开元二十一年（733）进士。开元后期，以监察御史任职河东军幕。天宝初任太仆寺臣，迁司勋员外郎，世称"崔司勋"。

司勋员外郎是个从六品官，政治地位并不高。《旧唐书》卷一九〇下《文苑下》："开元、天宝间，文士知名者，汴州崔颢、京兆王昌龄、高适、襄阳孟浩然，皆名位不振。"

崔颢的诗留下来的只有40余首。殷璠《河岳英灵集》讲："颢少年为诗，属意浮艳，多陷轻薄，晚节忽变常体，风骨凛然，一窥塞垣，说尽戎旅，……可与鲍照、江淹并驱也。"如："杀人辽水上，走马渔阳归。错落金锁甲，蒙茸貂鼠衣。"（《游侠篇》）又如："春风吹浅草，猎骑何

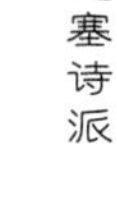

翩翩。插羽两相顾，鸣弓新上弦。”（《赠王威古》）

崔颢从军的经历，使得他的诗风发生了很大的变化，他被称为边塞诗人。不过他最有名的作品，却不是边塞诗，而是写游子之情的《黄鹤楼》。

黄鹤楼[1]

崔 颢

昔人已乘黄鹤去，此地空余黄鹤楼。
黄鹤一去不复返，白云千载空悠悠。
晴川历历汉阳树[2]，芳草萋萋鹦鹉洲[3]。
日暮乡关何处是？烟波江上使人愁。

[1] 黄鹤楼：东吴黄武二年（223）始建，在今湖北省武汉市武昌区蛇山黄鹤矶头。关于此楼的得名，有不同说法。据《南齐书·州郡志》载，是因仙人王子安乘黄鹤过此而得名；据乐史《太平寰宇记》载，是因费祎登仙时，曾驾黄鹤憩息于此而得名。

[2] 晴川：指长江。历历：分明可数。汉阳：武汉三镇之一，与黄鹤楼隔江相对。

[3] 鹦鹉洲：原在武昌城外长江中，相传东汉末年名士祢衡生前曾作《鹦鹉赋》，祢衡被江夏太守黄祖杀害后，人们把他埋在这里，因名鹦鹉洲。后渐被江水湮没。今汉阳江堤外的鹦鹉洲，是清乾隆年间形成的一个洲，原名补课洲，嘉庆年间改为鹦鹉洲，并非原址。

崔颢这首诗名为七言律诗，实则前半截为古诗，第一、三句不合平仄，第三、四句不对仗。后半截才是律诗。作品不为格律所束缚，纯以气势和韵味取胜。

作品写了什么呢？有人讲，“前四句借黄鹤楼发思古之幽情，后四句即景寓情以抒怀乡之思”。初看起来，似可这样理解。其实在我看来，它有三层意思，层层深入，写出了诗人内心的寂寞与苍凉。

第一层，即前四句，借王子安故事，写成仙之事之不可期。

第二层，即第五、六句，借祢衡故事，写功名之事之不可求。

第三层，即最后两句，写游子思乡。

成仙既不可期，功名又不可求，则家乡成为唯一的精神归宿。而家乡又是那样的遥远，日色、江水又是如此的苍茫，因而内心寂寞、彷徨，找不到归宿，一怀愁绪，油然而生。

普通人对这首诗的共鸣，在第三层，即游子思乡。

此诗极为人们所推崇，宋人严羽《沧浪诗话》誉为“唐人七言律第一”。计有功《唐诗纪事》载：“世传李太白云：‘眼前有景道不得，崔颢题诗在上头。’遂作《凤凰台》诗以较胜负。”有人认为，这个传说不太可信。但李白的作品中，确实有两首诗，可以看出明显地模仿崔颢诗的痕迹。例如：

鹦鹉洲

鹦鹉东过吴江水，江上洲传鹦鹉名。
鹦鹉西飞陇山去，芳洲之树何青青。
烟开兰叶香风暖，岸夹桃花锦浪生。
迁客此时徒极目，长洲孤月向谁明？

和崔诗一样，也是前半古诗，后半律诗；五、六句加工，七、八句寓感叹。但是李白的这一首并不成功。纪昀讲：“崔是偶然得之，自然流出，此是有意为之，语多衬贴，虽效之而实不及。”

登金陵凤凰台

凤凰台上凤凰游，凤去台空江自流。
吴宫花草埋幽径，晋代衣冠成古丘。

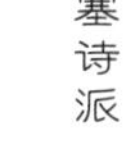

三山半落青天外，二水中分白鹭洲。
总为浮云能蔽日，长安不见使人愁。

这一首比较成功，可谓得其神。

岑　参

岑参（717—770），郡望南阳（今属河南），世居江陵（今属湖北），名门之后。曾祖岑文本是太宗时的宰相，伯祖岑长倩是武后时的宰相，从祖岑羲是中宗、睿宗时的宰相。自岑羲伏诛后，家道中落。这样的家世，使得岑参有着强烈的复兴祖业的功名心。

岑参于天宝三载（744）中进士，授右卫率府兵曹参军。天宝八载（749），入安西四镇节度使高仙芝幕，任掌书记，驻地在龟兹（今新疆库车）。天宝十载（751）东归。天宝十三载（754），又入安西北庭节度使封常清幕，任判官，后迁度支副使，驻地在天山之北的庭州（今新疆吉木萨尔县之西）。至德元载（756）东归。官至嘉州刺史，世称"岑嘉州"。卒于成都旅舍。有《岑嘉州集》。

岑参一生两赴西域（新疆），五佐戎幕，是唐代诗人中军旅生活（边塞生活）经验最丰富的人（闻一多《唐诗杂论·岑嘉州系年考证》）。《唐才子传》谓："参累佐戎幕，往来鞍马风尘间十余载，极征行离别之情，城障塞堡，无不征行。"

杜确《岑嘉州诗集序》称其"早岁孤贫，能自砥砺，遍览史籍，尤工缀文。属辞尚清，用意尚切，其有所得，多入佳境，迥拔孤秀，出于常情。每一篇绝笔，则人人传写，虽闾里士庶，戎夷蛮貊，莫不讽诵吟习焉"。

殷璠《河岳英灵集》："参诗语奇体峻，意亦造奇。"

杜甫《美陂行》："岑参兄弟皆好奇，携我远来游美陂。"

严羽《沧浪诗话·诗评》："高、岑之诗悲壮，读之使人感激。"

辛文房《唐才子传》：参“与高适风骨颇同，读之令人慷慨怀感”。

逢入京使

岑　参

故园东望路漫漫，双袖龙钟泪不干[1]。

马上相逢无纸笔，凭君传语报平安。

[1] 龙钟：泪水淋漓貌。

此诗作于天宝八载（749），诗人自长安赴安西四镇节度使高仙芝幕。西行时，遇东归的使者，故请使者报个平安信，此亦人之常情，然情景生动、真实而感人。

走马川行奉送封大夫出师西征[1]

岑　参

君不见走马川，雪海边[2]，平沙莽莽黄入天。

轮台九月风夜吼[3]，一川碎石大如斗，随风满地石乱走。

匈奴草黄马正肥[4]，金山西见烟尘飞[5]，汉家大将西出师。

将军金甲夜不脱，半夜行军戈相拨，风头如刀面如割。

马毛带雪汗气蒸，五花连钱旋作冰[6]，幕中草檄砚水凝。

虏骑闻之应胆慑，料知短兵不敢接，车师西门伫献捷[7]。

[1] 走马川：在北庭（今新疆吉木萨尔县）、轮台（今新疆昌吉境内）附近。“走马川”是个地名，“走马川行”是诗的题目，“行”是诗的一种体裁。有的版本写成“君不见走马川行雪海边，平沙莽莽黄入天”，显然是错误的。应该是：“君不见走马川，雪海边，平沙

莽莽黄入天。”封大夫：即封常清，时任安西四镇节度使，权知北庭都护府、伊西节度使，摄御史大夫。出师西征：或谓西征突厥叛酋阿布思余部。

[2] 雪海：大雪后的古尔班通古特大沙漠。

[3] 轮台：轮台有两处，一是汉“轮台”（今仍名“轮台”），在天山之南，塔里木盆地的北沿，即今新疆库车市之东。一是唐“轮台”（今名米泉），在天山之北，博格达峰之下，即今新疆吉木萨尔县之西。

[4] 匈奴：此处指突厥阿布思余部。

[5] 金山：新疆北部和内蒙古西部的阿尔泰山。

[6] 五花：五花马，杂色马；连钱：连钱马，毛色如连钱。

[7] 车师：即北庭，为汉车师国故地，今新疆吉木萨尔县以西。

评说

此诗作于天宝十三载（754）九月。作品先写恶劣的气候环境，然后写将军在此恶劣的气候环境下出征，以此突显将军的英雄气概，预示这场战斗必然取得胜利。不过作品给人印象最深的，还是那一幅壮丽、奇特的西部图景。

白雪歌送武判官归京

岑　参

北风卷地白草折[1]，胡天八月即飞雪。
忽如一夜春风来，千树万树梨花开[2]。
散入珠帘湿罗幕，狐裘不暖锦衾薄。
将军角弓不得控，都护铁衣冷难著[3]。
瀚海阑干百丈冰[4]，愁云惨淡万里凝。
中军置酒饮归客[5]，胡琴琵琶与羌笛。
纷纷暮雪下辕门[6]，风掣红旗冻不翻[7]。
轮台东门送君去，去时雪满天山路。

山回路转不见君，雪上空留马行处。

［1］白草：西域的一种草，干熟时色白，冬枯而不萎，性至坚韧。

［2］梨花开：比喻雪。梁萧子显《燕歌行》：“洛阳梨花落如雪”。

［3］都护：镇守边疆的长官。《唐六典》：“都护、副都护之职，掌抚慰诸藩，辑宁外寇，觇候奸谲，征讨携离。”唐大都护府设大都护一人，副大都护一人，副都护二人。上都护府设都护一人，副都护二人。

［4］瀚海：指古尔班通古特大沙漠。阑干：纵横貌。

［5］中军：主帅营帐。

［6］辕门：军营之门，古时军营前，以两辕木相向交叉为门。

［7］风掣红旗冻不翻：虞世南《出塞》：“霜旗冻不翻”。

此诗亦作于天宝十三载。重点写西域壮丽而奇特的自然景观。“雪”字四次出现，是全诗之中心意象。全诗洋溢着豪迈的情绪，惜别的色彩并不浓厚。归京是好事，与其说是惜别，还不如说是羡慕。岑参的边塞诗，悲怆的色彩并不浓，主要是奇丽、壮美。

小结

唐代的边塞诗，内容丰富，风格多样。既描绘了边塞地区奇特的自然风光和民俗风情，又表达了戍边将士慷慨出征、英勇报国的情怀；既揭露了军中的腐败和带兵者的无能，更书写了战争给军人和他们的家人带来的伤痛。唐代的边塞诗，既有豪放的一面，也有悲怆的一面。唐代的边塞诗并非一味地歌功颂德，它是唐代军旅生活与边塞生活的真实写照。既体现了唐人意气风发的一面，也体现了作者的某些反战情绪；既有英雄主义的色彩，也有人道主义的光芒。

第六讲　李白的自由

李白（701—762），字太白，号“青莲居士”。关于他的生平、思想、个性和创作上的特点，我认为有一个词可以概括，这就是“自由”。我们先从他的故里说起。

何处是“李白故里”？

2010 年 4 月 13 日，《中国经济周刊》刊登了署名裴钰的一篇文章《甘肃天水等地与吉尔吉斯斯坦争夺李白故里》，文章说：

> 去年，吉尔吉斯斯坦驻中国大使馆商务参赞朱萨耶夫·古邦访问安陆，称李白故里在吉国的托克马克市。今年，四川江油、湖北安陆、甘肃天水、吉尔吉斯斯坦的托克马克市，纷纷自称是李白的故乡，点燃了李白故里争夺战。

四个地方都在争夺“李白故里”，那么，“李白故里”究竟在哪里呢？

要搞清楚这个问题，必须了解以下几个概念：郡望、祖籍、籍贯、本籍、客籍。在古代，一个人往往有郡望，有祖籍，有籍贯，有本籍，甚至还有客籍。

所谓郡望，是“郡”与“望”的合称。“郡”指行政区划，“望”指名门望族，“郡望”连用，表示某一地域或区域范围内的名门大族，如陇西李氏、山东李氏、清河崔氏、琅琊王氏、太原王氏等。

所谓祖籍，是指三代以上的祖先（包括祖父）居住的地方，一般有祖墓，有宗祠，有家谱等。

所谓籍贯，也就是本籍，是指本人的出生地。

所谓客籍，是指本人的客居之地。

李白的祖籍，一般认为是陇西成纪，也就是今甘肃省天水市秦安县。李白在《赠张相镐二首》中说“本家陇西人，先为汉边将”；在《与韩荆州书》中有“白陇西布衣”句。

据李阳冰《草堂集序》记载：“李白，字太白，陇西成纪人，凉武昭王暠九世孙。……中叶非罪，谪居条支，易姓与名。……神龙初，逃归于蜀。”

又据范传正《唐左拾遗翰林学士李公新墓碑并序》记载：“公名白，字太白，其先陇西成纪人。绝嗣之家，难求谱牒。公之孙女搜于箱箧中，得公之亡子伯禽手疏十数行，纸坏字缺，不能详备，约略计之，凉武昭王九代孙也。隋末多难，一房被窜于碎叶，流离散落，隐易姓名，故自国朝已来，漏于属籍。神龙初，潜还广汉，因侨为郡人。父客，以逋其邑，遂以客为名。”

所谓“凉武昭王九代孙”，是说他与唐王室同宗。李白也不止一次这样讲过。如《寄上吴王三首》之一：“淮王爱八公，携手绿云中。小子忝枝叶，亦攀丹桂丛。”诗中的吴王乃李祇（zhī），时为庐江郡守。后来其先世（可能是他的祖父）于隋朝末年被流放到中亚碎叶城，也就是今天的吉尔吉斯斯坦共和国的托克马克市，这是李白的出生地，也就是他的籍贯，或者本籍。

唐中宗神龙初年，李白五岁时，其父由碎叶潜回内地，客居绵州彰明县之青莲乡，也就是今天的四川省绵阳市江油县青莲乡。所以李白号“青莲居士”。李白的父亲在这里隐姓埋名，自称李客。所谓“客”，就是客居，相对于原住民而言。也就是说，“客”是一种社会身份，不是他真正的名字。李白在这里生活了 20 年左右。可见江油乃是他的客居之地，也就是客籍。

李白 25 岁左右离开江油，出蜀漫游。在今湖北的安陆，娶故宰相许圉师的孙女，在这里前后生活了 12 年（其中有两年在长安）。所以湖北安陆也是李白的客籍之地。

因此，真正的李白故里，应该是吉尔吉斯斯坦共和国境内的托克马克市，他在这里长到五岁；甘肃天水只是他的祖籍，甚至只是他的郡望；而四川江油、湖北安陆，都不过是他的客居之地。所不同的是，他在江油生活了 20 年左右，这个地方对他的生活、思想与创作的影响大过安陆。

李白早年所接受的影响

一、父亲的影响

李白的父亲可能是一个既有钱，又有文化的商人。李白回忆说：“余小时，大人令诵《子虚赋》，私心慕之。”（《秋于敬亭送从侄耑游庐山序》）可见其父亦好诗赋。

李白又说自己“五岁诵六甲，十岁观百家”（《上安州裴长史书》）。所谓“六甲”，是指甲、乙、丙、丁、戊、己、庚、辛、壬、癸这十天干和子、丑、寅、卯、辰、巳、午、未、申、酉、戌、亥这十二地支，依次配成六十组干支，起头是“甲”的有六组，故称“六甲”。多为儿童练字之用。可见他从小就受到良好的教育，而这个教育的实施者，应该就是他的父亲。

二、蜀中乡贤司马相如的影响

如上所述，李白讲：“余小时，大人令诵《子虚赋》，私心慕之。”《子虚赋》的作者司马相如，就是成都人。李白的浪漫气质的形成，就有司马相如的影响。

三、道教的影响

李白年轻时即受道教的影响。他家附近的紫云山，就是一个道教圣地。他的《题嵩山逸人元丹丘山居》一诗写道：“家本紫云山，道风未沦落。”另外，蜀中的青城山，则为道教十大洞天之一。李白《感兴八首》之五云：“十五游神仙，仙游未曾歇。”

四、纵横家的影响

李白 18 岁的时候隐居大匡山读书，跟赵蕤学纵横术。《唐诗纪事》卷十八引《彰明逸事》：“太白……依潼江赵徵君蕤。蕤亦节士，任侠有气，善为纵横学，著书号《长短经》。太白从学岁余，去游成都。”

五、游侠的影响

《新唐书》卷二〇二《文艺传》，谓李白“喜纵横术，击剑为任侠，轻财好施”。唐人魏颢《李翰林集序》更谓其“眸子炯然，哆（车上声）如饿虎，或时束带，风流酝藉。……少任侠，手刃数人”。李白《与韩荆州书》云：“十五学剑术，遍干诸侯。”

李白早年所接受的这些影响，全都是在以江油为中心的蜀中完成的。蜀文化对李白的影响，实在是太大了，可以说是整整影响了他的一生。

“一生好入名山游”

李白诗云：“五岳寻仙不觉远，一生好入名山游。”（《庐山谣寄卢侍御虚舟》）

《彰明逸事》：“太白……隐居戴天大匡山，往来旁郡。”李白在大匡山读书的那几年（18—24岁），就先后游历了蜀中的剑阁、梓州、成都、渝州等地。

25岁左右出川之后，李白游洞庭，登庐山，至金陵、扬州、越中，西游云梦，在安陆（今属湖北）娶故宰相许圉师之孙女，定居安陆。大约在开元十八年（730），西入长安，求仕未果。

离开长安后，再次漫游，经梁、宋而后至洛阳、襄阳、太原、雁门，于开元二十八年（740）移家东鲁（今山东兖州），与韩准、裴政、孔巢父、张叔明、陶沔等五人隐于徂徕（cú lái）山，号“竹溪六逸”。

天宝元年（742），因元丹丘和玉真公主荐，玄宗召入长安，待诏翰林。天宝三载离开长安，至洛阳，遇杜甫。这年秋天，与杜甫、高适同游梁、宋，第二年的春、夏、秋，又与杜甫同游鲁郡、济南。

此后十年，李白南下吴越（扬州、越中、金陵、庐江、庐山），北上幽蓟（今北京、天津一带）。在幽州，他预感到安禄山要造反，于是离开这个是非之地，到了梁园。之后又到了庐山。而庐山，还不是他的最后一站。他后来还去了浔阳、巴陵、金陵等地，最后死在当涂。

李白一生到过哪些地方，一时难以尽述。概而言之，可以说是西起成都，东至齐州，南到洞庭，北达幽州，他的足迹遍及当时的大半个中国。

被"赐金放还"的原因

李白曾经两次到长安。第一次，大约在开元十八年（730），由于没有过硬的关系，求仕不成，无功而返。第二次，是在天宝元年（742），由于元丹丘和玉真公主的推荐，李白被玄宗召入长安，待诏翰林。

李阳冰《草堂集序》：玄宗"降辇步迎，如见绮皓[1]。以七宝床赐食，御手调羹以饭之。……置于金銮殿，出入翰林中，问以国政，潜草诏告，人无知者"。

在长安的紫极宫，李白遇见贺知章。李白《对酒忆贺监二首并序》："太子宾客贺公于长安紫极宫一见余，呼余为谪仙人，因解金龟换酒为乐。"（按：贺此时亲见其《蜀道难》《乌栖曲》等诗）

天宝三载被"赐金放还"。过去有人认为，李白被"赐金放还"，是因为得罪了大太监高力士和杨贵妃。其实高力士、杨贵妃对李白的才华是欣赏的。李白还写过《清平调》三章赞美杨贵妃。高力士、杨贵妃有一个共同的特点，就是爱皇帝之所爱。真正谗毁李白的，是已故宰相张说之次子、驸马都尉张垍。魏颢《李翰林集序》讲：

> 上皇豫游，召白。白时为贵门邀饮。比至，半醉。令制出师诏，不草而成。许中书舍人。以张垍谗逐，游海岱间。

可见真正的原因是唐玄宗要提拔李白为中书舍人，张垍在皇帝面

① 秦汉之际的"商山四皓"之一，名叫绮里季。

前进了谗言，李白得不到提拔，而皇帝已经不是从前那个有作为的皇帝了，李白觉得自己即使在皇帝身边，也难以实现自己的理想，于是自己提出走人。因为是他自己提出的，所以皇帝才“赐金放还”。如果是皇帝主动要炒掉他，恐怕不会有这般礼遇。

与李璘的关系

天宝十四载（755）冬十一月，“安史之乱”爆发。李白游说徐王李延年起兵勤王而未果（参见《感时留别从兄徐王延年从弟延陵》），遂隐居庐山屏风叠。至德二载（757）春，永王李璘出兵东南，经过庐山时，慕李白之名，请他下山，李白于是进入李璘幕府。这时，太子李亨在灵武（今属宁夏银川市）即皇帝位。李璘不听调遣，李亨以叛乱罪讨伐李璘。

至德二载二月，李璘兵败丹阳。李白以“附逆”之罪入浔阳监狱，年底判流夜郎。乾元二年（759）三月行至夔州奉节县，遇赦放还。

李白后来为自己辩护，说他从李璘是不得已，所谓“胁迫上楼船”。也有一些人借李白的这些话，为他辩护。

其实李白不是被胁迫的，他是高高兴兴地上了李璘的楼船。他有《永王东巡歌》三首，其中一首云：

三川北虏乱如麻，四海南奔似永嘉。
但用东山谢安石，为君谈笑静胡沙。

他把自己比作安定东晋的谢安，自视很高，信心很足，怎么是被“胁迫”呢？

李白一生崇拜的人，就是姜尚、管仲、范蠡、张良、诸葛亮、谢安这些重量级的谋士和宰相，而他的理想，就是要像这些人那样，辅佐皇帝干一番大事业，所谓“奋其智能，愿为辅弼，使寰区大定，海县清一”（《代寿山答孟少府移文书》），然后功成身退，泛舟五湖。当国家有难，李璘又派部下韦子春上山来找他，这岂不是报效国家、实现自己理想的机会到了吗？怎么会是被“胁迫”呢？

李璘何许人也？他是唐玄宗最宠爱的儿子。据《旧唐书·玄宗下》记载，“安史之乱”爆发后，唐玄宗“诏皇太子统兵东讨。以永王璘为山南节度使”。“马嵬之变”发生后，又“诏以皇太子讳充天下兵马大元帅，都统朔方、河东、河北、平卢等节度兵马，收复两京；永王璘江陵府都督，统山南东路、黔中、江南西路等路节度大使；盛王琦广陵郡大都督，统江南东路、淮南、河南等路节度大使”。由此可见，唐玄宗的用意，就是让太子李亨领导黄河流域的抗战，让李璘经营长江中游流域、李琦经营长江下游流域。应该说，这是一个具有重大战略意义的决定。长江中下游流域是国家的财赋之地，保住长江中下游流域，就可以有力地支持黄河流域的抗战；万一黄河流域失守，朝廷还可以退居长江流域。

让唐玄宗始料不及的是，他刚刚到达成都，就得知皇太子在灵武即位的消息，玄宗措手不及，只得承认这一事实，称太上皇。从法律的角度来看，李亨做皇帝是不符合程序的。因为其父皇事先并没有下退位诏书。用今天的话来讲，李亨这样做，是“坑爹”。李亨“坑爹”之后，接着就“坑弟弟”。因为李璘知道底细呀，他也不是那么老实的，他不服气，不听调遣，于是两兄弟就打起来。李亨以皇帝的名义讨伐李璘，给他一个叛逆的罪名，这样就容易组织力量，赢得人心，于是李璘战败被杀。他们兄弟之间的这场战争，无所谓谁正义谁不正义，成者王，败者寇。而历来的那些史家，都是为“成者王”唱赞歌的，所以李璘就背了一个“叛逆”的罪名。

李璘成了叛逆者，而李白作为他的幕僚，又该怎么评价呢？于是那些爱李白的人，就为他洗刷，为他辩护。其实在我看来，似乎没有这个必要。

第一，李亨做皇帝，是不符合程序的。他当了 20 多年太子，长期不能即位，心里的那个急，相信大家都能体会。如果没有“安史之乱”，他即位的时间还要推迟。事实上，他的寿命并不长。他即位的时候，已经过了 50 岁。做了八年皇帝就去世了，而且是和太上皇唐玄宗在同一年去世。如果他不趁机来个先斩后奏，说不定一辈子都是个太子。他先斩后奏，虽然有他自己的道理，但是不符合法律程序。

第二，李亨和李璘之间的那场战争，是统治阶级内部的一场内斗，李白不过是做了这场内斗的牺牲品而已。

第三，李白上李璘的楼船，答应做他的幕僚时，这两兄弟之间的战争并没有开始。李白的初衷，是要参与为国家平乱，并不是要参与他们兄弟之间的内斗。

第四，由于是为国家平乱，李白是高高兴兴上楼船的，不是被胁迫。

第五，李白无罪。他从李璘，无损于他的形象，我们今天没有必要为他辩护。

最后的归宿

至德二载（757）二月，李璘兵败丹阳，李白受李璘的牵连，被关进浔阳监狱。由于江南宣慰使崔涣和御史中丞宋若思为他辩护、求情，得以释放，但是到了这一年的年底，李白还是因为李璘之事被流放夜郎。这个“夜郎”，是指夜郎国，还是指夜郎县呢？夜郎国，是汉武帝元鼎六年（前 111）以前我国西南地区的一个古国，它的范围相当于今贵州西北、云南东北及四川南部地区。汉武帝元鼎六年以后，这个古国就不存在了，被汉朝统一了。夜郎县是唐代设置的，有两个：一个是珍州夜郎县，在今贵州省遵义市正安县境内；一个是业州夜郎县，在今湖南省怀化市新晃侗族自治县境内。李白要去的这个夜郎，应该是指夜郎县，但是究竟是哪一个夜郎县，史书无载。不过并不难推断。去贵州境内的夜郎，可沿长江而上，经奉节（白帝城所在地）、渝州（今重庆）进入；去湖南境内的夜郎，可由洞庭湖经沅水一线到达。事实上，李白走到白帝城遇赦，表明他当时是去贵州境内的夜郎。

李白从浔阳出发，沿着长江往上游走，经过了江夏、洞庭、三峡，走到夔州的奉节县境内时，得到皇帝大赦天下的消息，李白在被赦之列。这是乾元二年（759）的事。

遇赦之后的李白，心情无比激动，写了一首脍炙人口的诗《早发白帝城》。到了江陵（今湖北荆州市所在地），然后逗留于江夏（今武汉）、岳州（今岳阳）、零陵、庐山等地。

唐肃宗上元二年（761）春天，李白再次沿江东下去金陵。这一次去金陵，与他 26 岁第一次去金陵大不一样。那个时候的他可以说是挥金如土，这个时候的他就只能靠朋友接济了。然而朋友的接济毕竟是有限的，而且没有保障，因此日子就过得很艰难。这一年的秋天，台州人袁晁叛乱，聚众 20 万，攻陷了浙东一带好几个郡，太尉李光弼率大军前往征讨，李白再次请缨，希望加入李光弼的幕府，为国家效劳，但是由于旧病复发，只得半道而还，仍然留居金陵。

在金陵，靠朋友的接济已经不能维持生活了；年迈请缨，又因旧病复发半道而还，这个时候的李白，可以说是到了穷途末路。这一年的冬天，李白再次来到当涂，投奔他的族叔、当涂县令李阳冰。这一年的年底，李白就卧病当涂。

唐肃宗宝应元年（762），是李白的最后一年。这一年的正月和二月，李白仍然卧病当涂。三月，病情稍有好转，李白作了他一生中的最后一次旅行，但是行程并不远，只是在宣州境内的宣城和南陵。这一年的秋天，李白又回到了当涂。九月九日这一天，李白度过了他一生中的最后一个重阳节，去当涂县南 10 里的龙山登高，然后就卧床不起了。

李白自知来日无多，就把自己平生所作的诗文交给李阳冰，委托他整理并作序。这一年的十一月，李白长逝于当涂，享年 62 岁。临终之前，他写了一首《临路歌》，这就是他的绝笔：

> 大鹏飞兮振八裔，中天摧兮力不济。
> 馀风激兮万世，游扶桑兮挂左袂。
> 后人得之传此，仲尼亡兮谁为出涕？

李白一生喜欢以大鹏自比。但此时的大鹏早已不是年轻时的那只“扶摇直上九万里”（《上李邕》）的大鹏了，而是“中天摧兮力不济”的大鹏。但是李白坚信，他的作品将流传万世。而他之所以中天摧落，是

因为获罪于朝廷。“仲尼”就是孔子，诗的最后以孔子自比。有人说，李白这里所担心的，是他死后无人为他伤心落泪。我认为，这样理解未免肤浅。李白所担心的，是后世之人不能真正领会他的作品的思想意义。

代宗广德元年（763），长达八年的“安史之乱”终于被平定，玄宗、肃宗父子两代皇帝也在前一年先后驾崩，代宗登基。新皇帝即位伊始，即“广拔淹滞”，也就是广泛地寻找和提拔那些长期得不到任用的贤才，李白也被正式任命为左拾遗，可惜诏书到达的时候，李白已经死了一年了。

李白的死因

李白是怎么死的？这也是长期以来一直存在争议的一个问题。

一种观点认为，李白是因病而逝。例如李白的族叔、当涂县令李阳冰就是这样讲的：

> 临当挂冠，公又疾亟，草稿万卷，手集未修，枕上授简，俾予为序。（《草堂集序》）

所谓“疾亟”，就是病情危急。这一段序言的意思是说，我即将离任，而李白的病情又很危急。正是在这个危急时刻，李白把他的手稿亲手交给我，委托我为他整理，并为他作序。

另外，唐人刘全白也说，李白是“偶游至此，遂以疾终”（《唐故翰林学士李君墓碣》）。

李阳冰是李白的族叔，又是李白文集的整理者和作序者。刘全白小的时候，则因为写诗而为李白所知。这两个人和李白的关系都非同一般。他们都说李白“以疾终”，也就是因病而逝，这个说法应该是可信的。

那么，这个“疾”又是什么疾呢？晚唐诗人皮日休说是“腐胁疾”：

> 竟遭腐胁疾，醉魄归八极。（《七爱诗・李翰林》）

什么是“腐胁疾”？学医出身的郭沫若解释说：“腐胁疾，顾名思义，当是慢性脓胸穿孔。脓胸症的病源有种种，酒精中毒也是其中之一。”（《李白与杜甫》）这个意见可供参考。

另一种观点认为，李白是溺水而亡。例如唐代诗人项斯的《经李白墓》中就有这样两句：“夜郎归未老，醉死此江边。”所谓“醉死此江边”，不是讲他醉死在江边上，而是讲他醉后失足，掉在采石矶下面淹死了。由于淹死是一种非正常死亡，在古代属于“横死”，不吉祥，不但亲友不能吊唁，对子孙后代的前程也不利，因此人们就不说他是淹死的，而是为他虚构了一个“捉月骑鲸”的故事。这个故事最早出现在五代人王定保的《唐摭言》这本书里，后来又被北宋诗人梅尧臣的《采石月下赠功甫》这首诗加以演绎。说是有一天晚上，月光很好，李白乘坐一只船，来到采石矶下的江面上，一边喝酒一边赏月。醉眼蒙眬中，看到水中有一轮月亮，非常可爱，于是就伸手去捉。李白捉月到了龙宫，不但没有被蛟龙伤害，反倒穿了一身宫锦袍，骑上鲸鱼，跃出水面，最后飞升上天了。

“捉月骑鲸”这个故事虽然是虚构的，但是影响很大。

那么，因病而逝和溺水而亡这两种观点，究竟哪一种更符合事实和逻辑呢？我认为，还是因病而逝。道理很简单：溺水而亡是一种意外死亡，一个意外死亡的人，怎么可能在临死之前委托他人为自己整理文集并作序呢？怎么可能写下《临路歌》这样的绝笔呢？

李白对待科举的态度

许多人讲，李白一生都想做官，甚至想做宰相这样的大官，但是又不屑于参加科举考试。他觉得通过科举考试，一级一级地往上爬，一直爬到宰相这个位置，实在是太漫长了。他希望走“终南捷径”，也就是通过隐居，把名气隐大，像“商山四皓”那样，这样就会引起皇帝的注意，然后被召见，直接授予官职。例如他的《上安州裴长史书》，就表明了不屑于科举的态度：“昔与逸人东严子隐于岷山之阳。白巢居数年，不迹城市。养奇禽千计，呼皆就掌取食，了无惊猜。广汉太守闻而异之，诣庐亲睹，因举二人以有道。并不起。”所谓“有道”，即“有道科”，在进士、明经等常科之外，为制科。

老实讲，我过去也是持这种观点的。但是我后来仔细研究了李阳冰的《草堂集序》、魏颢的《李翰林集序》和范传正的《唐左拾遗翰林学士李公新墓碑并序》这三篇文章（这也是介绍李白家世和生平的三篇最权威的史料），我认为上述观点应该纠正。

李白一再说他与唐王室同宗，这个可能不假。但是据范传正讲，他这个家庭属于“绝嗣之家，难求谱牒”，“自国朝以来，漏于属籍”。他说他跟李唐王室同宗，但是他拿不出谱牒来，而在李唐王室的谱牒中，也没有关于他们这一支人的记载。事实上，他的祖父、父亲的真名是什么？他都说不清楚。而在古代，要想参加科举考试，就得报户籍，就得填写祖宗三代的姓名，可是李白连自己的祖父、父亲的真实姓名都说不清楚，他连名都报不上，还怎么参加考试呢？

因此，李白不参加科举考试，恐怕不是“不屑于”参加考试，而是没法参加考试。既然没法参加考试，他后来对科举就抱着一种无所谓的态度了。

李白的政治理想

李白的政治理想，在《代寿山答孟少府移文书》中讲得很明白：

> 申管晏之谈，谋帝王之术，奋其智能，愿为辅弼。使寰区大定，海县清一，事君之道成，荣亲之义毕，然后与陶朱留侯，浮五湖，戏沧洲。

这个理想是非常美好的，也是非常自由的，想做官就做官，想辞官就辞官。以李白的人品、思想、学识和才华，以及盛唐那样一个既有作为、又不乏自由精神的时代，这种理想的实现并非遥不可及，但是他偏偏就实现不了。争取了一辈子，努力了一辈子，可是一直到死，他居然连一天正式的官都没有做过。唐玄宗把他召去，只是待诏翰林，不是正式的翰林学士；李璘把他召去，也只是做一个幕僚，不是朝廷命官。临到最后，居然衣食无着，既老且病，客死他乡。他的一生，诚如白居易的《李白墓》一诗所写的那样："但是诗人多薄命，就中沦落不过君。"

正是因为他一生都怀着这样一种美好的理想，一生都在为这种理想的实现而努力，而这种理想又从来没有实现过，于是在美好的理想和残酷的现实之间，就形成一种张力。这种张力，就成为李白一生创作的动力。

李白的个性

李白的个性是与众不同的。他在《上李邕》一诗里写道：

> 大鹏一日同风起，扶摇直上九万里。
> 假令风歇时下来，犹能播却沧溟水。
> 时人见我恒殊调，见余大言皆冷笑。
> 宣父犹能畏后生，丈夫未可轻年少。

所谓"殊调"，就是与众不同的格调，就是真诚、豪迈、自由、洒脱、率性而为的个性，其核心则是"自由"二字。

李白是一个道教徒。道教是中国本土宗教，和外来的佛教相比，道教没有那么多的清规戒律，是一种相对自由的宗教。

李白又信奉纵横家的学说。纵横家是中国官场上的自由电子，可以自由流动。

李白还是一个游侠之士，这种人的特点，就是可以率性而为，自由行事。

李白"一生好入名山游"，想去哪去哪。

又好打抱不平，急人所难，扶危济困，挥金如土。

又好喝酒，酒量大得惊人。杜甫《饮中八仙歌》云："李白斗酒诗百篇，长安市上酒家眠。天子呼来不上船，自称臣是酒中仙。”

又交了许多朋友。李白的朋友中，做官的，经商的，求仙访道的，写诗的，酿酒的，有犯罪记录的，中国的，日本的，都有。只要合他的意，都交。

“戏万乘若僚友，视俦列如草芥。”“安能摧眉折腰事权贵，使我不得开心颜！”李白在诗里，把唐代的君臣都骂过了。如果不是生活在唐代，他根本享受不了这么多的自由。唐代是一个自由的、宽容的时代。

李白既想做官，又向往自由，这二者其实是很难兼得的。李白本人似乎不明白这一点。一直到临死的前一年，他还在向李光弼请缨。由于二者不可兼得，他就很悲愤，很不平。因为悲愤，因为不平，他写下了很多好诗，成了一位最伟大的诗人。如果李白求官顺利，在官场如鱼得水，他就没有悲愤和不平了，也就没有了诗人李白。“愤怒出诗人”，这话用在李白的身上最为恰当。

李白追求自由，也体现在他对文体的选择上。李白很少写五、七言律诗，因为这种诗要讲格律，写起来不自由。他更多的是写五、七言古诗，这是古代的自由诗。李白也写了不少五、七言绝句，绝句有古体，也有律体。即便律体，在格律上也远没有五言八句或七言八句的律诗那么复杂。

李白的艺术风格

李白在《上安州裴长史书》里，引用安州中都督府都督马正会的话说：“诸人之文，犹山无烟霞，春无草树。李白之文，清雄奔放，名章俊语，络绎间起，光明洞澈，句句动人。”李白是非常认可这个评价的。他的文，他的诗，都可以作如是观。

蜀道难[1]

李　白

噫吁嚱[2]，危乎高哉！
蜀道之难，难于上青天。
蚕丛及鱼凫[3]，开国何茫然！
尔来四万八千岁，不与秦塞通人烟。
西当太白有鸟道[4]，可以横绝峨眉巅[5]。
地崩山摧壮士死，然后天梯石栈相钩连[6]。
上有六龙回日之高标[7]，下有冲波逆折之回川[8]。
黄鹤之飞尚不得过，猿猱欲度愁攀援。
青泥何盘盘[9]！百步九折萦岩峦。
扪参历井仰胁息[10]，以手抚膺坐长叹。
问君西游何时还？畏途巉岩不可攀。
但见悲鸟号古木，雄飞雌从绕林间。
又闻子规啼夜月，愁空山。
蜀道之难，难于上青天，使人听此凋朱颜。
连峰去天不盈尺，枯松倒挂倚绝壁。
飞湍瀑流争喧豗[11]，砯崖转石万壑雷[12]。
其险也如此，嗟尔远道之人胡为乎来哉！
剑阁峥嵘而崔嵬[13]，一夫当关，万夫莫开。
所守或匪亲，化为狼与豺。
朝避猛虎，夕避长蛇。
磨牙吮血，杀人如麻。
锦城虽云乐，不如早还家。
蜀道之难，难于上青天，侧身西望长咨嗟！

[1] 蜀道难：乐府旧题，“备言铜梁、玉垒（皆蜀中山名）之阻”（《乐府解题》）。

[2] 噫吁嚱（yī xū xī）：惊叹词。宋祁《宋景文公笔记》："蜀人见物惊异，辄曰'噫吁嚱'。李白作《蜀道难》，因用之。"

[3] 蚕丛及鱼凫：扬雄《蜀王本纪》："蜀王之先名蚕丛、柏灌、鱼凫、蒲泽、开明。"

[4] 太白：终南山主峰。

[5] 横绝：跨越。

[6]"地崩"二句：写古蜀道之开辟。有二说。一见《艺文类聚》卷九四引扬雄《蜀王本纪》："秦惠王欲伐蜀，乃刻五石牛，置金其后。蜀人见之……有养卒以为此天牛也，能便金。蜀王以为然，即发卒千人，使五丁力士拖牛成道，致三枚于成都。秦得道通，石牛力也。后遣丞相张仪，随石牛道伐蜀。"一见同书卷九六引《蜀王本纪》："秦王知蜀王好色，乃献美女五人于蜀王。蜀王爱之，遣五丁迎女。还至梓潼，见一大蛇入山穴中。一丁引其尾不出，五丁共引蛇，山乃崩，压五丁。"

[7] 六龙回日：谓蜀山太高，太阳的车驾到此，也得折回去。神话传说讲，太阳乘车，驾六龙，羲和为之御。高标：蜀道上的最高峰。

[8] 逆折：回旋曲折。

[9] 青泥：岭名，为唐代入蜀要道，在今陕西略阳县境内。李吉甫《元和郡县图志》："悬崖万仞，山多云雨，行者屡逢泥淖，故号青泥岭。"

[10] 扪参历井：参、井为二星宿名。参为蜀之分野，井为秦之分野。胁息：屏气不敢呼吸。

[11] 喧豗：轰响。豗（huī），音灰。

[12] 砯：水击岩石的声音。砯（pēng），音"烹"。

[13] 剑阁：在今剑阁县北大小剑山之间，又名剑门关。峥嵘：高峻貌；崔嵬：高而不平貌。

这是李白的代表作，是一首自由诗。

自由的诗体——不拘字数，不拘句数，不拘平仄，不拘韵脚。

自由的想象——忽而神话，忽而传说，忽而历史，忽而现实，忽而自然，忽而人事。

自由的情绪——忽而惊诧，忽而豪迈，忽而忧虑，忽而冷静。

自由的语言——忽而散文的语言，忽而诗的语言。

自由的风格——忽而瑰丽，忽而质朴；忽而夸张，忽而平实。

关于这首诗的主题，过去有多种说法：一曰“罪严武镇蜀”，二曰“讽玄宗幸蜀”，三曰“讽章仇兼琼”，四曰“即事成篇，别无寓意”。据孟启《本事诗》和王定保《唐摭言》记载，李白至京师初见贺知章时，出《蜀道难》以示之，贺称叹，呼为谪仙。按：李白初见贺知章在天宝初年，此时玄宗既未幸蜀，严武更未镇蜀，因此第一、第二说不能成立。至于章仇兼琼，李白对他的印象并不坏，其《答杜秀才五松山见赠》云：“闻君往年游锦城，章仇尚书倒屣迎。飞笺络绎奏明主，天书降问回恩荣。”可见第三说也难成立。

本人倾向于第四说，也就是“即事成篇，别无寓意”。简要地讲，《蜀道难》的主题，就是“蜀道难”。

一首诗的主题，就相当于一支曲子的主旋律。主旋律的特点就是在一支曲子中反复出现。这首诗的主题，或者说主旋律，就是“蜀道之难，难于上青天”。“蜀道之难，难于上青天”这一句，在诗中出现了三次，反复咏叹，不是主旋律是什么？不是主题是什么？《蜀道难》这首诗的主题，乃极写蜀道之艰难险阻，并无所谓“深曲”之寓意。由于蜀道艰难险阻，所以“所守或匪亲，化为狼与豺”；所以“锦城虽云乐，不如早还家”，都是顺带言之，不是专门讽谏某个人。

将进酒[1]

李　白

君不见黄河之水天上来，奔流到海不复回！
君不见高堂明镜悲白发，朝如青丝暮成雪！
人生得意须尽欢，莫使金樽空对月。

天生我材必有用，千金散尽还复来[2]。
烹羊宰牛且为乐，会须一饮三百杯。
岑夫子，丹丘生[3]，将进酒，杯莫停。
与君歌一曲，请君为我倾耳听。
钟鼓馔玉不足贵，但愿长醉不复醒。
古来圣贤皆寂寞，惟有饮者留其名。
陈王昔时宴平乐[4]，斗酒十千恣欢谑[5]。
主人何为言少钱？径须沽取对君酌！
五花马，千金裘，呼儿将出换美酒，与尔同销万古愁！

[1] 将进酒：乐府旧题，“大略以饮酒放歌为言”（《乐府诗集》）。将：音锵，请的意思。将近酒，请饮酒之谓也。

[2] 千金散尽还复来：李白《上安州裴长史书》：“曩昔东游维扬，不逾一年，散金三十余万，有落魄公子，悉皆济之。”

[3] 岑夫子：岑勋：南阳人；丹丘生：元丹丘，唐天宝年间道士。二人皆李白好友。

[4] 陈王：指曹植，此人于太和六年封为陈王，其《名都篇》有句云：“归来宴平乐，美酒斗十千。”平乐：观名，在洛阳，汉明帝所建。

[5] 恣欢谑（xuè）：尽情欢乐。

此诗当作于天宝三载以后，即被“赐金放还”以后。作品充分表达了诗人对自由人生的向往和追求，最能体现李白的个性特点。人寿有限，及时行乐，似乎是一种消极的人生观；但是另一方面，由于这种行乐又是建立在“天生我材必有用”的充分自信的基础上的，所以也有积极的意义。更重要的是，“古来圣贤皆寂寞，惟有饮者留其名”以及“呼儿将出换美酒，与尔同销万古愁”这四句，表达了对现实的不满和怨愤，因而能够激起人们强烈的共鸣。

梦游天姥吟留别[1]

李　白

海客谈瀛洲[2]，烟涛微茫信难求。
越人语天姥，云霓明灭或可睹。
天姥连天向天横，势拔五岳掩赤城[3]。
天台四万八千丈[4]，对此欲倒东南倾。
我欲因之梦吴越，一夜飞度镜湖月。
湖月照我影，送我至剡溪[5]。
谢公宿处今尚在[6]，渌水荡漾清猿啼。
脚著谢公屐[7]，身登青云梯。
半壁见海日，空中闻天鸡[8]。
千岩万转路不定，迷花倚石忽已暝。
熊咆龙吟殷岩泉[9]，慄深林兮惊层巅。
云青青兮欲雨，水澹澹兮生烟。
列缺霹雳[10]，丘峦崩摧。
洞天石扉，訇然中开[11]。
青冥浩荡不见底，日月照耀金银台[12]。
霓为衣兮风为马，云之君兮纷纷而来下[13]。
虎鼓瑟兮鸾回车，仙之人兮列如麻。
忽魂悸以魄动，恍惊起而长嗟。
惟觉时之枕席，失向来之烟霞。
世间行乐亦如此，古来万事东流水。
别君去兮何时还，且放白鹿青崖间[14]，
须行即骑访名山。
安能摧眉折腰事权贵，使我不得开心颜！

［1］诗题一作“别东鲁诸公”。天姥：越中名山，在今浙江新昌县东南。

［2］瀛洲：海上仙山。

[3] 赤城：越中山名，在今浙江天台县北，为天台山支脉。山上赤石屏列如城，状似云霞。

[4] 天台：越中名山，在今浙江天台县北，绵延宁海、东阳、新昌、奉化等县区市界，是佛教天台宗的发源地。

[5] 剡溪：即曹娥江上游之剡溪，又名戴溪，在浙江嵊州南。李白《秋下荆门》："此行不为鲈鱼脍，自爱名山入剡中。"

[6] 谢公：晋宋之际著名山水诗人谢灵运，其《登临海峤初发疆中作与从弟惠连可见羊何共和之》诗："暝投剡中宿，明登天姥岑。"

[7] 谢公屐：《南史 · 谢灵运传》："寻山陟岭，必造幽峻，岩障千重，莫不备尽。登蹑常著木屐，上山则去前齿，下山去其后齿。"

[8] 天鸡：《玄中记》："东南有桃都山，上有大树，名曰桃都，枝相去三千里，上有天鸡。日初出照此木，天鸡即鸣，天下鸡皆随之。"

[9] 殷（yǐn）：震动。

[10] 列缺：闪电；霹雳：惊雷。

[11] 洞天：道家称仙人所居之地；訇（hōng）：大声。

[12] 青冥：青天。金银台：神仙居处。

[13] 云之君：指乘风云而降的仙人。

[14] 白鹿：游仙者所乘。

这首诗，《河岳英灵集》作《梦游天姥山别东鲁诸公》，一作《别东鲁诸公》。天宝三载（744），李白被"赐金放还"，遂离京漫游梁、宋、齐、鲁，并决定南游。这首诗为诗人自东鲁赴吴越之前所作，时间当在天宝四载、五载左右。

这是一首以记梦的形式写的游仙诗。游仙诗是中国古诗的一个重要类型，在李白之前，已经形成悠久的传统。屈原、曹操、阮籍、郭璞等许多人，都写过游仙诗。游仙的本质，在于突破现实时空的限制，获得超现实的自由。而事实上，现实是难以超越的，尤其不能超越生死。因此在古代，虽有很多人写游仙诗，但是多数人并不相信神仙，曹操就是一个很好的例子。李白的态度是矛盾的，有时候信，有时候又不信。即如这首诗，开头就说“海客谈瀛洲，烟涛微茫信难求”，说明他不信。作为海上三神山之一的瀛洲既不可求，那么神仙之说自然不可信。这首诗，是写他在梦里见到了神仙。“霓为衣兮风为马，云之君兮纷纷而来下。虎鼓瑟兮鸾回车，仙之人兮列如麻。”多热闹、多壮观啊！可是醒来之后，一切都没了。他由此悟出一个道理，即“世间行乐亦如此，古来万事东流水”。既然如此，那么“且放白鹿青崖间”就是一句空话。“访名山”可以，但未必能见到神仙，更不可能成为神仙。所以这首诗真正要表达的，是最后这两句：“安能摧眉折腰事权贵，使我不得开心颜！”就是说，他去“访名山”，是为了远离那些权贵们，获得一个耳根清静，心灵自由。至于能不能遇到神仙，并不重要。

李白一生都在追求自由，但是当这种追求受到现实的阻碍时，他就很悲愤。例如下面这两首诗：

行路难（三首选一）[1]

李　白

金樽清酒斗十千，玉盘珍羞直万钱。
停杯投箸不能食，拔剑四顾心茫然。
欲渡黄河冰塞川，将登太行雪满山。
闲来垂钓碧溪上，忽复乘舟梦日边[2]。
行路难，行路难，多歧路，今安在。
长风破浪会有时[3]，直挂云帆济沧海。

[1] 行路难：乐府旧题，“备言世路艰难及离别悲伤之意”（《乐府古题要解》）。

[2] 乘舟梦日边：伊挚（伊尹名挚）将应汤命，梦乘船过日月之旁。联系上一句，意谓且归隐以待时，或有如伊挚应汤命之兆。

[3] 长风破浪：《宋书·宗悫（què）传》：“悫年少时，（叔父）炳问其

志，悫曰：‘愿乘长风，破万里浪。’”

“欲渡黄河冰塞川，将登太行雪满山。”走投无路，几乎要困死了。但是最后仍然没有放弃对理想的追求，仍然想象着有朝一日会像姜尚和伊挚那样，风云际会；想象着有朝一日像宗悫所说的那样，乘风破浪而行。情绪变化很大，意象的跳跃性也很大，风格豪迈。由此我们也可以看出李白所心仪的人物，都是历史上有大作为的贤相，绝不是一般的官僚。

宣州谢朓楼饯别校书叔云[1]

李　白

弃我去者，昨日之日不可留，
乱我心者，今日之日多烦忧。
长风万里送秋雁，对此可以酣高楼。
蓬莱文章建安骨[2]，中间小谢又清发[3]。
俱怀逸兴壮思飞，欲上青天揽明月。
抽刀断水水更流，举杯销愁愁更愁。
人生在世不称意，明朝散发弄扁舟。

简注

[1] 此诗《文苑英华》作《陪侍御叔华登楼歌》，则此处“校书叔云”，当为“侍御叔华”。李华，字遐叔，赵州赞皇人，开元二十年进士。尝任秘书省校书郎。天宝十一载（752）任监察御史，累转侍御史。他是著名的古文家，与萧颖士齐名，世称“萧李”。代表作有《吊古战场文》。李白称李华为叔，实际上李华为山东李氏而非陇西李氏。

[2] 蓬莱文章建安骨：蓬莱指东汉皇家藏书和著书处东观；蓬莱文章、建安风骨，在这里都是指李华的文章。

[3] 小谢又清发：小谢即谢朓，字玄晖，南齐人，曾为宣城郡太守。清

发：清新俊逸。此句或谓李白自比。

此诗一名《陪侍御叔华登楼歌》。如果是这个题目，说明写在天宝十一载以后，此时的李白正郁闷着。此诗的情绪波动更大，意象的跳跃性也更大。这种强烈的波动和跳跃，导致了作品的豪放。所以感到“抽刀断水水更流，举杯销愁愁更愁”，还是因为理想无由实现，现实环境不自由。

望庐山瀑布（其二）[1]

李　白

日照香炉生紫烟[2]，遥看瀑布挂前川。
飞流直下三千尺，疑是银河落九天[3]。

[1] 庐山：在今江西省九江市南。《元和郡县图志》：“昔匡俗字子孝，隐沦潜景，庐居此山，汉武帝拜为大明公，俗号庐君，故山取号。”

[2] 香炉：香炉峰。庐山有南香炉峰，亦有北香炉峰，此谓南香炉峰。慧远《庐山记》：“山东南有香炉峰，孤峰秀起，游气笼其上，即樊蕴若有仙气。”若是北香炉峰，登之则无瀑布可见。

[3] 飞流二句：《舆地纪胜》：“庐山南瀑布无虑十数，皆积雨方见，唯此不绝。”

李白一生三次上庐山。第一次在刚出川时，第二次在“安史之乱”爆发（755）之后，第三次在乾元二年（759）遇赦之后。此诗当作于第一次上庐山时。葛立方《韵语阳秋》：“徐凝《瀑布》诗：‘千古犹疑白练飞，一条界破青山色。’或谓乐天有赛不得之语，独未见李白诗耳。李

白《望庐山瀑布》诗曰：‘飞流直下三千尺，疑是银河落九天。’故东坡云：‘帝遣银河一派垂，古来惟有谪仙词。飞流溅沫知多少，不为徐凝洗恶诗。’”李白此诗，可以看作是对大自然的自由状态的一种赞美。

早发白帝城[1]

李　白

朝辞白帝彩云间，千里江陵一日还[2]。
两岸猿声啼不尽[3]，轻舟已过万重山。

[1] 白帝城：东汉初公孙述建。述据蜀称帝，尚白色，号白帝，故名。城在夔州州治（今重庆奉节县城）东瞿塘峡口。

[2] “千里江陵一日还”句：盛弘之《荆州记》：“朝发白帝，暮到江陵，其间千二百里，虽乘奔御风，不以疾也。”

[3] 两岸句：郦道元《水经注·江水》：“每至晴初霜旦，林寒涧肃，常有高猿长啸，属引凄异，空谷传响，哀久转绝。故渔者歌曰：‘巴东三峡巫峡长，猿鸣三声泪沾裳。’”“尽”，《万首唐人绝句》《唐宋诗醇》《唐诗别裁》均作“住”。

据《新唐书·肃宗本纪》：乾元元年（758）“三月……丁亥，以旱降死罪，流以下原之”。这一年，李白因“附逆”罪被长流夜郎，行至白帝城，才得知遇赦的消息。此诗即是作者从白帝城到达江陵之后写的，抒发了遇赦之后重获自由的愉快心情，可谓一首快诗。

独坐敬亭山[1]

李　白

众鸟高飞尽，孤云独去闲。
相看两不厌，只有敬亭山。

[1] 敬亭山：在安徽宣城北，系黄山的一个支脉，最高峰也只有317米，并不高。然因谢朓有过题咏，故很知名。李白曾经七上敬亭山，写过许多诗。

评说

李攀龙《唐诗训解》：“鸟飞云去，似有厌时。求不相厌者，惟此敬亭耳。描写独坐之景，非深知山水趣者不能道。”所谓“山水趣者”，即天人合一之境。然此诗之内涵并不仅于此，它实际上也体现了诗人的孤独。

李白追求自由，性情豪迈洒脱。可是事实上，他所向往的自由是难以实现的，而且不被俗人所理解，所以他的内心实际上是非常孤独、非常苦闷的。我们不应只看到他豪放的一面，看不到他内心孤独、苦闷的一面。

坐在敬亭山上是不可能与敬亭山“相看”的。台湾学者简锦松指出：“无论古今，每一个人实际登上敬亭山，都采取向下远眺的观景方式，这就是‘人在敬亭山中，不能与敬亭山相望’的铁证。自来作注鉴赏者不顾现场的真实，一厢情愿地想象李白坐在敬亭山中，去对根本不存在的敬亭山峰相看不厌，当然是不可能的。”① 可参考。

月下独酌（四首选一）

李　白

花间一壶酒，独酌无相亲。
举杯邀明月，对影成三人。
月既不解饮，影徒随我身。
暂伴月将影[1]，行乐须及春。

① 简锦松：《李白“相看两不厌，只有敬亭山”现地研究》，曾大兴等主编《文学地理学》第八辑，中国社会科学出版社2020年版，第128—155页。

我歌月徘徊，我舞影零乱。
醒时同交欢，醉后各分散。
永结无情游[2]，相期邈云汉。

[1] 伴月将影：伴随着月和影。将：和，共。
[2] 无情游：忘情之游。

《月下独酌》其三有句云：“三月咸阳城，千花昼如锦。”可知此诗写于天宝初年作者尚在长安时。那时的他，饮酒时只有月、影相伴，其孤独可想。

静夜思

李　白

床前明月光，疑是地上霜。
举头望明月，低头思故乡。

此诗写思乡之情，写作时地不可考。正因为生活中的李白是孤独的，所以他非常看重人世间的真正的亲情、爱情和友情。他的这一部分作品写得既真诚，又感人。刘永济《唐人绝句精华》云：“李白此诗绝去雕采，纯出天真，犹是《子夜》民歌本色，故虽非用乐府古题，而古意盎然。”

黄鹤楼送孟浩然之广陵[1]

李　白

故人西辞黄鹤楼，烟花三月下扬州。
孤帆远影碧空尽，唯见长江天际流。

［1］黄鹤楼：故址在今武汉市武昌区蛇山黄鹤矶头，始建于东吴黄武二年（223）。《南齐书·州郡志》载，相传有仙人王子安尝乘黄鹤过此，故名。

郁贤皓《李太白全集校注》、安旗等《李白全集编年笺注》均认为，此诗大约写在开元十六年（728）的三月。诗写友情，非常真挚而深情，然于中也流露出朋友走后的孤独。李白对孟浩然的评价极高，他后来还写了一首《赠孟浩然》："吾爱孟夫子，风流天下闻。红颜弃轩冕，白首卧松云。醉月频中圣，迷花不事君。高山安可仰，徒此揖清芬。"

长干行（二首选一）[1]

李 白

妾发初覆额，折花门前剧[2]。
郎骑竹马来，绕床弄青梅[3]。
同居长干里，两小无嫌猜[4]。
十四为君妇，羞颜未尝开。
低头向暗壁，千唤不一回。
十五始展眉，愿同尘与灰[5]。
常存抱柱信[6]，岂上望夫台？
十六君远行，瞿塘滟滪堆[7]。
五月不可触，猿鸣天上哀。
门前旧行迹，一一生绿苔。
苔深不能扫，落叶秋风早。
八月蝴蝶来，双飞西园草。
感此伤妾心，坐愁红颜老[8]。

早晚下三巴[9]？预将书报家。
相迎不道远，直至长风沙[10]。

简注

[1] 长干行：乐府旧题。长干，金陵地名，在今南京市中华门外秦淮河南。左思《吴都赋》有“长干延属”；刘逵注云：“建业南五里有山冈，其间平地，吏民杂居，号长干。中有大长干、小长干，皆相连。”

[2] 剧：嬉戏。

[3] 床：此处指井床，即井栏。

[4] 嫌猜：嫌疑。安旗注：“古制，男女七岁以上，授受不亲，以别嫌疑。”

[5] 尘与灰：尘与灰是二物，合则不能分。

[6] 抱柱信：语出《庄子·杂篇·盗跖》：“尾生与女子期于梁下，女子不来，水至不去，抱梁柱而死。”

[7] 瞿塘滟预堆：王琦注引《太平寰宇记》：滟预堆，周回二十丈，在夔州西南二百步蜀江中心，瞿塘峡口。冬水浅，屹然露百余尺，夏水涨，没数十丈。其状如马，舟人不敢进。谚曰：“滟预大如马，瞿塘不可下。滟预大如鳖，瞿塘行舟绝。滟预大如龟，瞿塘不可窥。滟预大如襆，瞿塘不可触。”

[8] 坐愁：王琦注引鲍照诗：“安能行叹复坐愁。”安旗注引张相《诗词曲语辞汇释》：“坐愁，犹云深愁也。”王注似更好。

[9] 早晚：何时。三巴：王琦注引《华阳国志》，东汉末益州牧刘璋分巴郡为永宁、固陵、巴郡三郡，后改为巴郡、巴东、巴西三郡，是为三巴。又引《小学绀珠》：巴郡今重庆府，巴东今夔州，巴西今合州。均在今重庆境内。

[10] 长风沙：地名，在今安徽省安庆市东。陆游《入蜀记》：“盖自金陵至长风沙七百里，而室家来迎其夫，甚言其远也。地属舒州，旧最湍险。”

此诗以代言体的方式，叙述了一个完整的爱情故事，清纯感人。要真正理解这首诗，须与杜甫的《新婚别》一诗对读。李白是个自由的人，他笔下的这个女子也有某些自由色彩。例如："低头向暗壁，千唤不一回。"只要她不高兴，你唤她一千遍她也不回头。如果她高兴了，就会走很远的路去迎接自己的爱人，所谓"相迎不道远，直至长风沙"。同是少妇，杜甫《新婚别》中的那个女主人公就不是这样了，很拘谨，很压抑，言行都不自由。由此可以看出李白和杜甫这两位诗人在思想意识上的差异，这与他们所授受的地域文化的影响是有关系的（详见下一讲）。

第七讲

杜甫的眼泪

为什么我的眼里常含泪水？
因为我对这土地爱得深沉。
——艾青《我爱这土地》

如果说，在李白的诗里，几乎篇篇都有“酒”的话，那么，在杜甫的诗里，则可以说，几乎篇篇都有“眼泪”。他总在流泪，悲伤的时候流泪，高兴的时候也流泪。因为他对这土地爱得太深沉了。

“承儒守官”的家世

杜甫（712—770），字子美，祖籍襄阳（今属湖北），生于巩县（今河南巩义）。郡望京兆杜陵，又曾居城南之下杜城，故自称“杜陵布衣”“杜陵野老”。杜陵是汉宣帝的陵墓，在杜陵的西南是汉宣帝许皇后的陵墓，叫少陵，故杜甫又自称“少陵野老”。

杜甫出生在一个典型的“承儒守官”之家。

他的十三世祖杜预，是西晋大将军，曾驻守荆州（治襄阳），封当阳侯，著有《春秋左氏经传集解》，自称有“左传癖”。曾祖杜依艺，官至河南巩县令。祖父杜审言，初唐著名诗人，官至尚书膳部员外郎。父亲杜闲，官至奉天（今陕西乾县）县令。岳父杨怡，曾官奉先（今陕西蒲城）县令。

由于出生在一个典型的“承儒守官”之家，杜甫从小就养成了用世之志。他的理想，就是“致君尧舜上，再使风俗淳”（《奉赠韦左丞丈二十二韵》），要让皇帝成为有道德的皇帝，人民成为有道德的人民，要让社会风气淳朴起来。他的理想就是儒家的理想。

坎坷的仕途，漂泊的人生

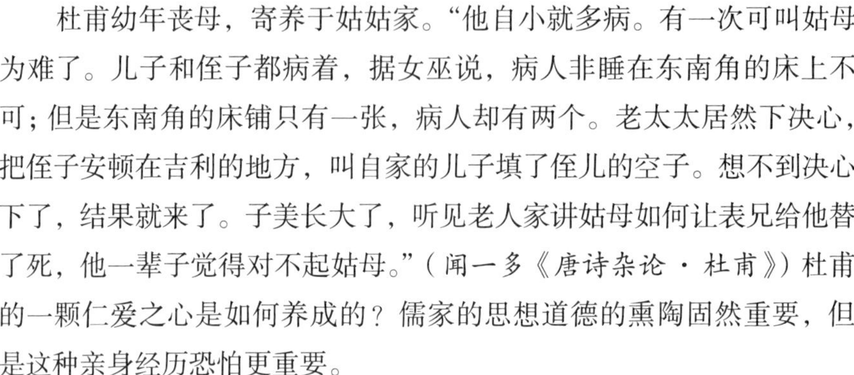

杜甫幼年丧母，寄养于姑姑家。“他自小就多病。有一次可叫姑母为难了。儿子和侄子都病着，据女巫说，病人非睡在东南角的床上不可；但是东南角的床铺只有一张，病人却有两个。老太太居然下决心，把侄子安顿在吉利的地方，叫自家的儿子填了侄儿的空子。想不到决心下了，结果就来了。子美长大了，听见老人家讲姑母如何让表兄给他替了死，他一辈子觉得对不起姑母。”（闻一多《唐诗杂论·杜甫》）杜甫的一颗仁爱之心是如何养成的？儒家的思想道德的熏陶固然重要，但是这种亲身经历恐怕更重要。

杜甫也是一个少年天才。“七龄思即壮，开口咏凤凰”（《壮游》）。骆宾王七岁咏鹅，人称“神童”，杜甫七岁咏凤凰，也可称神童。遗憾的是，他25岁以前写的诗都没有保存下来。我们现在所能见到的他最早的诗是《望岳》，写于开元二十五年（737），时年25岁。

杜甫20岁开始漫游，先到郇瑕（今山西临猗县），然后南下吴越。24岁回到洛阳，府试落第。25岁，东游齐鲁（其父杜闲时任兖州司马）。30岁再回洛阳，在洛阳府偃师县之首阳山下建“陆浑山庄”，娶妻成家，往来于洛阳、偃师之间。33岁，也就是在天宝三载（744），他在洛阳遇李白，两人同游梁、宋，“醉眠秋共被，携手日同行”（《与李十二白同寻范十隐居》）。两人又同时遇高适，三人同游汴州，登“吹台”，慷慨怀古。34岁，再游齐鲁。35岁，到长安，次年参加进士考试。

杜甫一生有两次科举落第。一次是在24岁的时候，在洛阳参加府试，落第。一次是在36岁的时候，在长安参加省试，也落第了。这一次落第是因为宰相李林甫设了一个骗局。

唐代的进士考试自武则天掌权开始，一共考三门：一门是“贴经”，就是考儒家的经典；一门是“杂文”，主要是考诗赋；一门是“策文”，相当于今天公务员考试中的“申论”，考生必须在“策文”中就天下大事发表议论和见解。许多考生也就借此机会，在卷子中抨击时政。李林甫是当朝宰相，做了许多坏事，他担心考生们在“策文”中抨击他，因为这种“策文”很有可能被皇帝看到。如果皇帝在“策文”中看到抨击时政的文字，那么这对李林甫就很不利。于是李林甫就指使当年的省试主考官，一个都不录取。李林甫刷掉了所有的“举子”，玄宗皇帝就感到奇怪，问是怎么回事。李林甫说：通过多次的考试，人才都已经选拔上来了，现在是野无遗贤哪！“野无遗贤”这话出自《尚书·大禹谟》，所谓“野无遗贤，万邦咸宁”。皇帝听说“野无遗贤”，自然高兴，因此就不再过问。

杜甫落第后，曾回陆浑山庄隐居。39岁，又到长安，还是为了求官。唐代的读书人求官，主要有三条途径。一是父祖的庇荫，二是科举考试，三是从军入幕。杜甫的祖父、父亲的官都不大，庇荫不了他。他的身体自小就不好，也不宜从军入幕，而科举考试又一再失败，怎么办呢？他采取了一个自荐的办法，向皇帝上《三大礼赋》(《朝献太清宫赋》《朝享太庙赋》《有事于南郊赋》)。这一下惊动了皇帝。“帝奇之，使待制集贤院，命宰相试文章，擢河西尉，不拜，改右卫率府胄曹参军。”(《新唐书·文艺上》) 右卫率府胄曹参军的职务，就是掌管兵库的工作。

杜甫入职之前在长安的生活是很艰难的，所谓“卖药都市，寄食朋友”。其《奉赠韦左丞丈二十二韵》写道：

朝扣富儿门，暮随肥马尘。
残羹与冷炙，到处潜悲辛。

43岁，杜甫自洛阳移家长安，当年又移家奉先（今陕西蒲城），其岳父杨怡时为奉先令。44岁，自长安往奉先省亲，“入门闻号咷，幼子饿已卒”。像他这样的家庭，一不用交租税，二不用服兵役和徭役，享有一定的福利待遇，居然还会饿死人，可见社会已经出了严重问题。

事实上，就在他往奉先省亲的时候，也就是天宝十四载（755）十一月，“安史之乱”已经在范阳爆发，只是朝廷还不知道而已。“安史”叛军进入潼关的前夕，杜甫移家鄜州。第二年六月，也就是“安史”叛军进入潼关之后，唐玄宗逃往蜀中，太子李亨在灵武（今属宁夏）即位，是为肃宗，改元至德。杜甫欲赴行在，为叛军所得，被押回长安。

至德二载（757），杜甫逃出长安，到了皇帝的行宫所在地凤翔，“麻鞋见天子，衣袖露两肘”（《述怀一首》）。皇帝感动，就封他一个左拾遗，故世称“杜拾遗”。时年46岁。

这年十月，宰相房琯（开国元勋房玄龄之孙）兵败陈涛斜，唐军四五万人几乎全军覆灭。皇帝非常生气。第二年（758）春，又因琴客董庭兰之故（房琯爱鼓琴，琴客董庭兰依其门下，接受请托，收受人家财物，琯不知情），房琯罢相。杜甫上疏为他说情，说“罪细，不宜免大臣”。皇帝震怒，诏有司问罪。宰相张镐云：“甫若抵罪，绝言者路。”（《新唐书·文艺上》）皇帝这才消气，许他回鄜州省亲。

杜甫省亲还京后，被贬为华州（治今陕西渭南市华州区）司功参军。由于关辅一带闹饥荒，连薪水都发不出，杜甫辞掉官职，携家客居秦州（今甘肃天水）一带。他带着一家老小上山砍柴，拾橡栗充饥，饱受难民之苦。

乾元二年（759）底，杜甫到达成都。在亲友的帮助之下，于成都西郊之浣花溪建了几间茅屋，这就是大家熟悉的“成都杜甫草堂”。上元二年（761）冬，老友严挺之的儿子严武任剑南东西川节度使，对杜甫有所关照。第二年七月，严武还朝。接着，剑南兵马使徐知道造反，成都一片混乱，杜甫移家梓州（治今四川三台），其间又曾在阆州（今四川阆中）住过一段时间。广德二年（764）二月，严武再镇蜀，杜甫还成都。严武表奏杜甫为节度参谋、检校工部员外郎，故世称“杜工部”。一年之后，严武去世。杜甫携家离开成都，经渝州（今重庆）出三峡，在云安（今属重庆）养病一段时间。

大历元年（766）春，杜甫到了夔州（今重庆奉节），时柏茂琳任夔州都督，对他颇有关照。杜甫初寓山中“客堂”，秋天移居“西阁”，第二年春移居赤甲，三月移居瀼西草屋。屋旁有果园40亩，菜园数亩。另外，柏茂琳还把东川的200亩公田也交给他打理。杜甫在夔州住了两年，可以说，这是他自“安史之乱”爆发以来，生活最为安定的两年。但是，他一心想着家乡，想着北方，两年之后，他还是离开了夔州。去哪里呢？北方一直都在打仗，先是“安史之乱”，“安史之乱”尚未平息，接着又有“吐蕃之乱”；“吐蕃之乱”尚未平息，接着又有“回纥之乱”，他根本回不了北方。他带着一家老小，乘着一叶孤舟，在江陵、公安、岳州、潭州（今长沙）一带漂泊。

大历五年（770）四月，杜甫到了衡州，打算去投奔在郴州任刺史的舅舅崔伟。《旧唐书·文苑下》：

> 甫以其家避乱荆、楚，扁舟下峡，未维舟而江陵乱，乃泝沿湘流，游衡山，寓居耒阳。甫尝游岳庙，为暴水所阻，旬日不得食。耒阳聂令知之，自棹舟迎甫而还。永泰二年，啖牛肉白酒，一夕而卒于耒阳。

闻一多《少陵先生年谱会笺》：

> 因至耒阳，时属江涨，泊方田驿，半旬不得食，聂令驰书为致牛炙白酒。……盛夏回棹，秋至潭州，小憩，遂遍别亲友，溯湘而下。……冬，竟以寓卒于潭岳间，旅殡岳阳。

据闻一多先生的考证，杜甫不是死在耒阳，而是死在潭、岳间。享年 59 岁。子宗武，流落湖、湘而卒。

40 年后，杜甫的灵柩才由其孙杜嗣业归葬于河南偃师县西北首阳山之前，著名诗人元稹为作《唐故工部员外郎杜君墓系铭并序》。

杜甫的忧患从 24 岁开始，一直到死才了结。他亲历了科举失败、仕途坎坷、穷困与漂泊、国家动乱、民不聊生、官场腐恶、社会不公，故他的一生，是忧国、忧民、忧生、忧世的一生。

悲悯的情怀，真率的性格

杜甫“致君尧舜上，再使风俗淳”的政治理想为什么不能实现？除了身经乱世、生不逢时之外，也与他的人格和个性有关。他是一个人格高尚的人，也是一个个性率真的人。

中国古代文学家的人格类型，大致可分为三种：愤世嫉俗型，悲天悯人型，混合型。《新唐书·文艺上》说杜甫：数尝寇乱，挺节无所污。

为歌诗，伤时桡弱，情不忘君，人怜其忠云。

杜甫显然属于悲天悯人那一种，与李白的愤世嫉俗有所不同。但是他真率的个性，又和李白有几分相似。《新唐书 · 文艺上》载：

> （甫）流落剑南，结庐成都西郭。召补京兆功曹参军，不至。会严武节度剑南东、西川，往依焉。武再帅剑南，表为参谋、检校工部员外郎。武以世旧，待甫甚善，亲入其家。甫见之，或时不巾，而性褊躁傲诞，尝醉登武床，瞪视曰："严挺之乃有此儿！"武亦暴猛，外若不为忤，中衔之。一日欲杀甫及梓州刺史章彝，集吏于门。武将出，冠钩于帘三，左右白其母，奔救得止，独杀彝。

为人真率不可为官。杜甫一生只做过三次官：第一次是在46岁的时候，做"左拾遗"，只做了一年零一个月。第二次是做华州司功参军，时间是乾元元年（758）秋冬之际至乾元二年夏秋之间，不到一年就辞职了。第三次是在53岁的时候，由剑南东西川节度使严武表奏为节度参谋、检校工部员外郎。杜甫做节度参谋，只有半年时间。

杜甫辞职三个月后，严武才死。杜甫在严武死前就辞职了，说明《新唐书》的那一段记载可能是真实的。

杜甫是一个正直的人，一个高尚的人，一个富有同情心的人，一个富有责任感的人，一个悲天悯人的人，一个忧国、忧民、忧生、忧世的人，一个伟大的人民诗人。

忧伤，是其作品的主旋律。他的诗，几乎篇篇都有忧伤，篇篇都有眼泪。

自京赴奉先县咏怀五百字[1]

杜　甫

杜陵有布衣[2]，老大意转拙[3]。
许身一何愚[4]，窃比稷与契[5]。
居然成濩落[6]，白首甘契阔[7]。
盖棺事则已，此志常觊豁[8]。

穷年忧黎元，叹息肠内热。
取笑同学翁，浩歌弥激烈。
非无江海志，潇洒送日月。
生逢尧舜君，不忍便永诀。
当今廊庙具[9]，构厦岂云缺？
葵藿倾太阳[10]，物性固莫夺。
顾惟蝼蚁辈，但自求其穴。
胡为慕大鲸，辄拟偃溟渤[11]？
以兹悟生理[12]，独耻事干谒。
兀兀遂至今[13]，忍为尘埃没？
终愧巢与由[14]，未能易其节。
沉饮聊自遣，放歌破愁绝。
岁暮百草零，疾风高冈裂。
天衢阴峥嵘[15]，客子中夜发。
霜严衣带断，指直不得结。
凌晨过骊山，御榻在嵽嵲[16]。
蚩尤塞寒空[17]，蹴蹋崖谷滑。
瑶池气郁律[18]，羽林相摩戛[19]。
君臣留欢娱，乐动殷胶葛[20]。
赐浴皆长缨，与宴非短褐。
彤庭所分帛[21]，本自寒女出。
鞭挞其夫家，聚敛贡城阙。
圣人筐篚恩[22]，实欲邦国活。
臣如忽至理，君岂弃此物？
多士盈朝廷，仁者宜战栗。
况闻内金盘[23]，尽在卫霍室[24]。
中堂舞神仙[25]，烟雾蒙玉质[26]。
暖客貂鼠裘，悲管逐清瑟。[27]
劝客驼蹄羹，霜橙压香橘。

朱门酒肉臭，路有冻死骨。
荣枯咫尺异，惆怅难再述。
北辕就泾渭[28]，官渡又改辙。
群水从西下，极目高崒兀[29]。
疑是崆峒来[30]，恐触天柱折[31]。
河梁幸未坼，枝撑声窸窣[32]。
行旅相攀援，川广不可越。
老妻寄异县，十口隔风雪。
谁能久不顾，庶往共饥渴[33]。
入门闻号咷，幼子饥已卒。
吾宁舍一哀[34]，里巷亦呜咽。
所愧为人父，无食致夭折。
岂知秋禾登，贫窭有仓卒[35]?
生常免租税，名不隶征伐。
抚迹犹酸辛[36]，平人固骚屑[37]。
默思失业徒，因念远戍卒。
忧端齐终南[38]，澒洞不可掇[39]。

简注

[1] 奉先县：今陕西蒲城，唐时属京兆府。时杜公之岳父杨怡为奉先令，公之妻子亦在焉。此诗作于天宝十四载（755）十一月间，时“安史之乱”已爆发。

[2] 杜陵：汉宣帝的陵墓，在长安东南郊。杜甫祖籍杜陵，他自己也曾在这一带住过，因自称“杜陵布衣”“杜陵野老”。

[3] 老大：杜甫时年44岁。拙：愤激语。

[4] 许身：自期。

[5]“稷与契”：传说中辅佐舜帝的两位贤臣。

[6] 居然：果然。濩（huò）落：即“瓠落”，语出《庄子·逍遥游》：“以（大瓠）盛水浆，其坚不能自举也；剖之以为瓢，则瓠落无所

容。”此处即大而无当、空廓无用之意。

[7] 契阔：辛苦。

[8] 觊豁：希望达到。觊：希冀；豁：达到。

[9] 廊庙具：指国家栋梁之材。

[10] 葵藿：葵花和豆角叶。葵花向阳，藿并不向阳，这里只是与葵连举而已。曹植《求通亲亲表》：“若葵藿之倾叶，太阳虽不为之回光，然终向之者，诚也。”杜诗此句亦同此意。

[11] 偃：休息。溟渤：大海。

[12] 兹：即上句所云“慕大鲸”。生理：生计。

[13] 兀兀：劳碌。

[14] 巢与由：巢父和许由，尧时的两个隐士。

[15] 天衢：天空。阴峥嵘：寒气严峻。

[16] 御榻：寝宫。嵽嵲（dié niè）：形容山的高峻，这里指骊山。骊山，在长安东六十里，今陕西临潼境内。

[17] 蚩尤：传说中的上古部落酋长，与黄帝作战，兴大雾。这里指雾。

[18] 瑶池：神话中西王母的游宴娱乐之所，这里指骊山上的温泉。气郁律：水蒸气升腾的样子。

[19] 羽林：羽林军，宫廷近卫军。相摩戛（jiá）：形容卫士拥挤之状。摩戛：摩擦。

[20] 殷：声音很大。胶葛：乐声传得很远。

[21] 彤庭：朱红色的宫殿，即朝廷。

[22] 圣人：指皇帝。筐篚：两种盛物的竹器。筐篚恩：用筐篚盛钱物赐与大臣，以示恩宠。

[23] 内金盘：内廷、大内的金盘。内：指大内，即宫禁。金盘：指珍宝。

[24] 卫霍室：卫青、霍去病都是汉武帝的外戚，这里代指杨贵妃的亲属。

[25] 神仙：唐人对歌妓的一种称呼。

[26] 玉质：这里指美丽的歌妓。

[27] 悲管逐清瑟：管、瑟合奏。悲、清：都是形容乐器的音色。逐：伴随。

[28] 泾渭：此指泾、渭二水合流之处。

[29] 崒（zú）兀：高而险貌。

[30] 崆峒：山名，在甘肃省岷县，泾河的发源地。

[31] 天柱折：形容水势之凶猛。《淮南子·天文训》："昔者共工与颛顼争为帝，怒而触不周山，天柱折，地维缺。"

[32] 枝撑声窸窣（xī sū）：桥梁摇晃的声音。枝撑：桥梁。

[33] 庶往共饥渴：希望能够在一起过苦日子。庶：幸，希望。

[34] 吾宁舍一哀：宁：岂能。舍：割舍。

[35] 贫窭（jù）：贫苦人家。仓卒：原意为急遽，引申为意外事故。

[36] 抚迹：回忆发生的事。

[37] 骚屑：原是形容风声，此处形容人的内心惊慌。

[38] 忧端：忧思的端绪。

[39] 澒洞（hòng dòng）：绵延，弥漫。掇（duō）：收拾。

评说

这是一首长达500字（100句）的五言古诗，写于天宝十四载（755）十一月，杜甫由长安到奉先（今陕西蒲城）探亲的时候。这是一首忧生忧世的千古不朽之作。读懂了这首诗，也就读懂了杜甫。

第一部分，从开头到"放歌破愁绝"，写他在"出世"和"入世"之间的矛盾、犹豫和痛苦，但是，最后还是选择了"入世"。原因有二：一是"穷年忧黎元，叹息肠内热"，二是"生逢尧舜君，不忍便永诀"。这就是忧国和忧民。忧国和忧民，使得他放弃了"江海志"，放弃了"潇洒送日月"的生活，使得他活得那么累，那么辛苦。他希望"入世"，但是又"独耻事干谒"，又使得他的理想最后还是落空。他内心的纠结无法解脱，只有"沉饮聊自遣，放歌破愁绝"。

第二部分，从"岁暮百草零"到"惆怅难再述"，写他经过骊山时的所见、所闻和所感。那个时候，"安史之乱"实际上已经爆发，只是朝廷还不知道而已。皇帝还在骊山上带着一班达官贵人寻欢作乐，完全不顾底层人民的苦难："君臣留欢娱，乐动殷胶葛。赐浴皆长缨，与宴非短褐。彤庭所分帛，本自寒女出。鞭挞其夫家，聚敛贡城阙。"社会的两极分化已经很严重，"朱门酒肉臭，路有冻死骨"的现实到了令人触目惊心的地步。这一部分，集中地体现了杜甫的同情心和社会批判精神。虽然他的思想还是有局限的。他不可能反对皇帝，他只能把责任归结到那些贪官污吏的头上："圣人筐篚恩，实欲邦国活。臣如忽至理，君岂弃此物？"他认为皇帝还是好的，只是做臣子的辜负了皇帝的期望。这种认识，再次体现了他的忧国、忧民的思想。他的忧国与忠君是联系在一起的。

第三部分，从"北辕就泾渭"到结束。写他经过泾渭汇合之处时的所见所感，写家里发生的悲剧，写自己作为父亲的愧疚，以及作为一位读书人对平民百姓的牵挂。这一部分，集中体现了杜甫的仁者之心。孟子讲："老吾老以及人之老，幼吾幼以及人之幼。"杜甫回到家，发现自己的小儿子饿死了。"入门闻号咷，幼子饥已卒。""所愧为人父，无食致夭折。"小儿子居然饿死了，作为一个父亲，这是莫大的悲哀，也是莫大的愧疚。但是他接着想到，秋粮已经收回来了，怎么还会饿死人呢？像他这样的一不用交租税，二不用服劳役，三不用服兵役的家庭，居然还会饿死人，那么那些失业的人，在外地当兵的人，他们和他们的孩子又会怎样呢？"抚迹犹酸辛，平人固骚屑。默思失业徒，因念远戍卒。"平民的日子，失业徒的日子，远戍卒的日子，绝不会比他这个"生常免租税，名不隶征伐"的家庭好。所以他的忧虑决不仅仅限于他一人，他一家，而是天下所有的平民百姓，而是整个的国家，所谓"忧端齐终南，澒洞不可掇"。

这首诗，创造性地发挥了五言古诗铺陈排比、夹叙夹议的特点，因此能够把复杂的思想感情和丰富的社会生活内容写得很充分。

这首诗写在"安史之乱"爆发前夕。下面再看几首写在"安史之乱"期间的作品。

春　望

杜　甫

国破山河在，城春草木深。
感时花溅泪，恨别鸟惊心。
烽火连三月，家书抵万金。
白头搔更短[1]，浑欲不胜簪[2]。

［1］白头：这里实指白发。

［2］浑欲不胜簪：头发稀疏，简直插不上发簪。古代男子成年（20 岁）以后，都把头发束在头顶上，用发簪别住。浑欲：简直。簪：古人用来绾定发髻的长针。

这是一首五言律诗，写在至德二载（757）三月，是年杜甫在长安。此诗有如下特点：

一、感慨深沉。诗的内容是“感时”和“恨别”。既有国家的不幸，又有个人的不幸。个人的不幸与国家的不幸连在一起，这是杜甫思想与创作的一个共同特点。

二、结构完整而绵密。首联写国都之破败与荒凉，颔联写花、鸟之悲伤，颈联写战火之蔓延与家人之流离，尾联写个人之衰容，这是完整；“烽火”句照应“感时”，“家书”句照应“恨别”，这是绵密。

三、对仗工整。

四、在修辞上用了移情的手法。“感时”和“恨别”二句为移情。“花溅泪”即人溅泪，“鸟惊心”即人惊心。移情手法的成功运用，使感慨更深沉，艺术效果更强烈。

哀江头

杜 甫

少陵野老吞声哭[1]，春日潜行曲江曲[2]。
江头宫殿锁千门，细柳新蒲为谁绿？
忆昔霓旌下南苑[3]，苑中万物生颜色。
昭阳殿里第一人[4]，同辇随君侍君侧[5]。
辇前才人带弓箭[6]，白马嚼啮黄金勒[7]。
翻身向天仰射云，一笑正堕双飞翼[8]。
明眸皓齿今何在？血污游魂归不得[9]。
清渭东流剑阁深[10]，去住彼此无消息。
人生有情泪沾臆，江水江花岂终极？
黄昏胡骑尘满城[11]，欲往城南望城北。

[1] 少陵：汉宣帝许皇后的陵墓。程大昌《雍录·少陵原》："在长安县南四十里。汉宣帝陵在杜陵县，许后葬杜陵南园。师古曰：'即今谓少陵者也，去杜陵十八里。'它书皆作少陵。杜甫家焉，故自称杜陵老，亦曰少陵老。"

[2] 曲江曲：曲江边冷僻的角落。曲江即曲江池。康骈《剧谈录》："曲江池，本秦时隑州，唐开元中疏凿为胜境，南即紫云楼、芙蓉苑，西即杏园、慈恩寺。花卉环周，烟水明媚。都人游赏，盛于中和、上巳节，即锡宴臣僚，会于山亭，赐太常教坊乐，池备彩舟，唯宰相、三使、北省官、翰林学士登焉，倾动皇州，以为盛观。"程大昌《雍录·唐曲江》："正月晦日，三月三日，九月九日，京城士女咸即此祓禊，帟幕云布，车马填塞，词人乐饮歌诗。"

[3] 霓旌下南苑：指皇帝亲临。霓旌：仪仗中的一种彩旗。南苑：芙蓉苑，在曲江之南。

[4] 昭阳殿里第一人：原指汉成帝的皇后赵飞燕，这里暗指杨贵妃。

[5] 同辇：据《汉书·外戚传》："孝成班倢伃，帝初即位选入宫。……

成帝游于后庭，尝欲与倢伃同辇载，倢伃辞曰：‘观古图画，贤圣之君皆有名臣在侧，三代末主乃有嬖女，今欲同辇，得无近似之乎？’上善其言而止。”《旧唐书·玄宗杨贵妃传》：“玄宗凡有游幸，贵妃无不随侍。”此句既写杨贵妃的专宠，也暗示唐玄宗的荒唐。

[6] 才人：宫中女官。

[7] 嚼啮：咬啮。啮（niè）：咬。黄金勒：以黄金为饰的马嚼口。

[8] 一笑：指杨贵妃因见射中飞鸟而开心一笑。典出《史记·周本纪》：“褒姒不好笑，幽王欲其笑万方，故不笑。幽王为烽燧大鼓，有寇至则举烽火。诸侯悉至，至而无寇，褒姒乃大笑。幽王说之，为数举烽火。其后不信，诸侯益亦不至。”唐代诗人胡曾《褒城》：“恃宠娇多得自由，骊山举火戏诸侯。只知一笑倾人国，不觉胡尘满玉楼。”

[9] 血污游魂：《旧唐书·玄宗杨贵妃传》：“及潼关失守，从幸至马嵬，禁军大将陈玄礼密启太子，诛国忠父子。既而四军不散，玄宗遣力士宣问，对曰‘贼本尚在’，盖指贵妃也。力士复奏，帝不获已，与妃诀，遂缢死于佛室。时年三十八，瘗于驿道西侧。”

[10] 清渭东流：杨贵妃葬马嵬驿，马嵬驿南滨渭水，渭水由西向东流。剑阁：唐玄宗入蜀曾经停留过的地方，在今剑阁县北大小剑山之间，又名剑门关。

[11] 胡骑：指安禄山的部队。

评说

此诗亦写于至德二载（757）诗人陷贼之时。曲江本是京城胜赏之地，遭安禄山焚掠之后，一片荒凉。诗人由此兴感。此诗有如下特点：

一、运用对比的手法，抚今追昔，感慨万端。由“吞声哭”而“泪沾臆”，可见其伤心的程度。

二、既有讽刺，也有同情。“同辇随君”，用汉成帝、班婕妤典故；“一笑”，用周幽王、褒姒典故，均为讽刺。而“清渭”二句则含同情。这种心情复杂的反思之作，实为白居易《长恨歌》、元稹《连昌宫词》

《行宫》等一系列反思之作的先声。

羌村三首（其一）[1]

杜 甫

峥嵘赤云西[2]，日脚下平地[3]。
柴门鸟雀噪，归客千里至。
妻孥怪我在[4]，惊定还拭泪。
世乱遭飘荡，生还偶然遂。
邻人满墙头，感叹亦歔欷。[5]
夜阑更秉烛，相对如梦寐。

[1] 羌村：在鄜州城北，旧址在今陕西富县岔口乡大申号村，当时杜甫寓家于此。

[2] 峥嵘：山高貌，这里形容赤云重叠。

[3] 日脚：从云缝间露出的阳光。

[4] 妻孥：妻和小孩。

[5] 歔欷：抽泣、哽咽。

至德二载（757）闰八月，诗人由凤翔回鄜州省亲，此诗即作于省亲之时。此诗极可注意者有三：

一、富于农村生活气息。

二、与邻里关系融洽。杜甫《羌村三首》其三写道："父老四五人，问我久远行。手中各有携，倾榼浊复清。苦辞酒味薄，黍地无人耕。兵革既未息，儿童尽东征。请为父老歌，艰难愧深情。歌罢仰天叹，四座泪纵横。"杜甫和邻里的关系向来很好。又如早前写于长安城南的《夏日李公见访》："傍舍颇淳朴，所愿亦易求。隔屋唤西家，借问有酒不？墙头过浊醪，展席俯长流。"又如后来写于成都的《客至》："肯与邻翁相对饮，隔篱呼取尽余杯。”

三、感情真挚而朴实。尤其是“夜阑更秉烛，相对如梦寐”二句，令人感动，宋人晏几道的名句“今宵剩把银釭照，犹恐相逢是梦中”（《鹧鸪天》）即由此二句化出。杜甫和他妻子的感情一直很好，例如早年写于长安的《月夜》：“香雾云鬟湿，清辉玉臂寒。何时依虚幌，双照泪痕干。”又如后来写于成都的《江村》：“老妻画纸为棋局，稚子敲针作钓钩。”

赠卫八处士[1]

杜　甫

人生不相见，动如参与商[2]。
今夕复何夕？共此灯烛光。
少壮能几时，鬓发各已苍。
访旧半为鬼，惊呼热中肠。
焉知二十载，重上君子堂。
昔别君未婚，儿女忽成行。
怡然敬父执，问我来何方。
问答未及已，驱儿罗酒浆。
夜雨翦春韭，新炊间黄粱[3]。
主称会面难，一举累十觞[4]。
十觞亦不醉，感子故意长[5]。
明日隔山岳[6]，世事两茫茫。

[1] 卫八处士：名不详。

[2] 参（shēn）与商：两颗星名。参在西，商在东，此出彼没，永不相见。比喻会面之难。

[3] 间黄粱：搀和着黄粱。

[4] 觞：酒杯。

［5］故意：故人念旧之意。

［6］山岳：这里指西岳华山。

乾元元年（758）六月，诗人回鄜州省亲之后，出任华州司功参军。是年冬天回洛阳，第二年春天再回华州任所。此诗即写于再回华州途中。

此诗最大的特点是一个“真”字。事真，景真，情真，意真，感慨真。使人读后，既有身临其境之感，又有逝水流年之思。尤其最后两句，真的就说中了。

天末怀李白

杜　甫

凉风起天末[1]，君子意如何？
鸿雁几时到[2]？江湖秋水多。
文章憎命达，魑魅喜人过[3]。
应共冤魂语，投诗赠汨罗[4]。

［1］天末：形容遥远的边塞，这里指秦州（今甘肃天水一带）。

［2］鸿雁：信使的代称。

［3］魑魅（chī mèi）：山泽中的精怪。过：经过，魑魅喜人过而食之。或曰过即过失，奸邪小人伺君子过失而害之。

［4］赠汨罗：谓李白投诗汨罗以吊屈原。“不曰‘吊’而曰‘赠’，说得冤魂活现。”（黄生《杜诗说》卷四）

此诗作于乾元二年（759）秋天杜甫流寓秦州时。乾元元年，李白因李璘事长流夜郎。唐代有两个地方叫夜郎，一在业州（今湖南西部

的新晃侗族自治县)，一在珍州(今贵州北部的正安县)，这两个州在唐代都属于黔中道。去贵州境内的夜郎，可沿长江而上，经奉节(白帝城所在地)、渝州(今重庆)进入;去湖南境内的夜郎，可由洞庭湖经沅水一线到达，而沅水一线，正是当年屈原第二次被流放时所走过的路线。杜甫讲“应共冤魂语，投诗赠汨罗”，是认为李白所去的夜郎在湖南境内。而事实上，李白走到白帝城遇赦，表明他当时是去贵州境内的夜郎。杜甫远在秦州，信息不通，因有是语。

杜甫对李白的感情是很深的，他为李白写了10多首诗。他了解李白，同情李白，知道像李白这样的人是不为世俗所容的，只有自己才真正理解李白的价值，所谓“世人皆欲杀，吾意独怜才”(《不见》)。李白流放夜郎的消息传到他这里，让他日夜牵挂，多次形诸梦寐，甚至以为李白已经不在人世了。请看《梦李白》这两首诗:

梦李白

杜　甫

其一

死别已吞声[1]，生别常恻恻[2]。
江南瘴疠地[3]，逐客无消息。
故人入我梦，明我长相忆。
恐非平生魂，路远不可测[4]。
君今在罗网，何以有羽翼?
魂来枫林青[5]，魂返关塞黑[6]。
落月满屋梁，犹疑照颜色。
水深波浪阔，无使蛟龙得。

其二

浮云终日行，游子久不至[7]。
三夜频梦君，情亲见君意。
告归常局促，苦道来不易。

江湖多风波，舟楫恐失坠。
出门搔白首，若负平生志。
冠盖满京华[8]，斯人独憔悴。
孰云网恢恢[9]，将老身反累。
千秋万岁名，寂寞身后事。

简注

[1] 已：止。

[2] 恻恻：悲伤。

[3] 瘴疠：在南方，因气候湿热而流行的一种疾病。

[4] 当时有谣传，谓李白已死。

[5] 枫林：《楚辞·招魂》：“湛湛江水兮上有枫，目极千里兮伤春心，魂兮归来哀江南。”

[6] 关塞：秦陇一带。

[7] “浮云”二句：《古诗十九首》：“浮云蔽白日，游子不顾反。”

[8] 冠盖：冠冕和车盖，代指官僚、贵族。

[9] 网恢恢：《老子·七十二章》：“天网恢恢，疏而不漏。”谓天道无所不在而又宽容。

评说

这两首诗与《天末怀李白》一样，均写于乾元二年（759）杜甫流寓秦州时。作品非常真实地描写了诗人对李白的深切思念和牵挂，表达了对他的无限同情和理解。“冠盖满京华，斯人独憔悴”这两句名言，是对李白现实处境的典型描述；而“千秋万岁名，寂寞身后事”这两句名言，则是对李白身后价值的精辟概括。

新婚别

杜　甫

兔丝附蓬麻，引蔓故不长[1]。

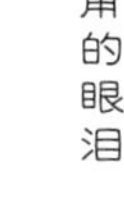

嫁女与征夫，不如弃路旁。
结发为妻子，席不暖君床。
暮婚晨告别，无乃太匆忙！
君行虽不远，守边赴河阳[2]。
妾身未分明，何以拜姑嫜[3]。
父母养我时，日夜令我藏。
生女有所归，鸡狗亦得将。
君今往死地，沈痛迫中肠。
誓欲随君去，形势反苍黄[4]。
勿为新婚念，努力事戎行。
妇人在军中，兵气恐不扬。
自嗟贫家女，久致罗襦裳。
罗襦不复施，对君洗红妆。
仰视百鸟飞，大小必双翔。
人事多错迕[5]，与君永相望。

[1] 兔丝：又名菟丝子，别名黄丝、黄丝藤、金丝藤等，一年生寄生草本，通常寄生于豆科、菊科、蒺藜科等多种植物上。蓬麻：蓬与麻，比喻微贱的事物。《古诗十九首》：“与君为新婚，兔丝附女萝。”

[2] 河阳：洛阳府属县，今河南孟州市。时逢“安史之乱”，大片土地沦陷，河阳也成了边塞之地而需要防守。

[3] 姑嫜：婆婆和公公。张溍《读书堂杜工部诗文集注解》引梦弼曰：“妇人嫁三月，告庙上坟，始谓之成婚。婚礼既明白，然后称姑嫜，正名也。”

[4] 苍黄：苍指青色，黄指黄色。素丝染色，可以染成青的，也可以染成黄的。《墨子·所染》：“染于苍则苍，染于黄则黄；所入者变，其色亦变。”后以“苍黄”喻事情变化反复。张溍《读书堂杜工部诗文集注解》引苍舒曰：“汉李陵与单于战，陵曰：‘士气少衰而鼓

不起者，何也？军中岂有女子乎？'始军出时，关东群盗妻徙边者随军为卒妻，匿军中。陵搜得，皆斩之。"

[5] 错迕（wǔ）：错乱，违逆，不如意。

这是"三吏""三别"中的一首。乾元二年（759），郭子仪、李光弼等九节度使以60万大军围攻相州（今河南安阳）的安史叛军，一战而唐军溃败。洛阳一带吃紧，唐王朝为补充兵力而强行征兵。此时作者正由洛阳赴华州，遂将沿途所见所闻写成"三吏""三别"。

《新婚别》这一首在人物心理的描写方面最为细致，也最能反映杜甫所接受的传统观念的影响。

这首诗的一个突出特点，是以女性（即新嫁娘）的口吻来叙述这样一个令人悲伤的故事。由于是女性的口吻，所以作品的思想、语言（包括比喻）、叙事风格等都非常符合中原地区一个农家女子的身份。"兔丝附蓬麻，引蔓故不长""生女有所归，鸡狗亦得将""妇人在军中，兵气恐不扬""罗襦不复施，对君洗红妆"等，都很具体地体现了中原儒家传统文化对妇女的影响。

新嫁娘的内心是非常痛苦的，所以讲话的时候有些前后重复，语无伦次。例如，已经说过"父母养我时，日夜令我藏"，这是回忆出嫁前在娘家的生活，可是在叙述完出嫁之后，又一次回忆在娘家的生活："自嗟贫家女，久致罗襦裳。"这种重复是一种有意义的重复，它真实地体现了新嫁娘内心的痛苦和迷茫。周庚《与夫子》："《离骚》之所以妙者，在乱辞无绪，绪益乱则忧益深，所寄益远。"[①]

我们可以把杜甫的这首《新婚别》与李白的那首《长干行》对读，从中不难看出，黄河流域的少妇与长江流域的少妇在思想和行为上是有很大的不同的。前者深受儒家思想的影响，缺乏主体性。后者没有那么多的儒家思想的束缚，在思想和行为上都有一定的主体性。

---

① 周亮工：《尺牍新钞》一集，《中国美学史资料选编》下册，中华书局1985年版，第255页。

拙著《文学地理学概论》第四章“文学作品的地理空间”云：

《长干行》的抒情主人公所处之地理空间为“长干里”，这是唐代润州江宁县（今属江苏省南京市）的一条古老的里巷，是一个城市商品经济比较活跃、人们的思想观念比较开放的地方。《新婚别》的抒情主人公所处之地理空间在离“河阳”不远的农村，所谓“君行虽不远，守边赴河阳”。“河阳”即唐代河南府河阳县（今河南省孟州市），安史之乱（755—763）爆发后，“河阳”成为唐朝政府军抗击安史叛军的前线。这里也是儒家思想占统治地位、封建礼教的控制比较严密的地区。两首诗都是五言古诗，都是以代言体的形式写少妇的离别之痛，但是由于抒情主人公所生活的地理空间不同，其所接受的地域文化的影响不同，使得作品所体现的婚姻价值观具有很大的差异。《长干行》中的少妇，从小就与丈夫青梅竹马两小无猜，初婚时甚至还比较任性，所谓“低头向暗壁，千唤不一回”。她是在随着年龄的增长真正体验到婚姻的幸福之后，才表现出对婚姻的忠贞不渝的。她的婚姻是比较自主的，比较平等的，她的思想较少受到封建礼教的束缚，她的行动也是比较自由的。无论是“门前迟行迹，一一生绿苔”，还是“相迎不道远，直至长风沙”，无论是深居简出，还是抛头露面，都是出自于对丈夫的深爱，没有什么外在的律条制约她，她也没有什么不得已的苦衷。《新婚别》中的少妇就大不一样了。她在婚前一直被父母深藏于闺中，与未来的丈夫并无任何接触。她之嫁人，完全是由于“生女有所归”这一人生依附观念的主导，以及媒妁之言与父母之命。嫁给征夫对她来讲是一种深深的不幸，但是秉持嫁鸡随鸡嫁狗随狗的婚姻观念，她接受了这一现实。她与丈夫的离别之语说得那么沉痛，并不是由于真正体验到了婚后的幸福，而是“暮婚晨告别”“妾身未分明”的处境让她感到尴尬和遗憾，以及丈夫“往死地”的现实让她觉得凶多吉少。她想随丈夫一道从军，但立刻意识到这是礼教所不允许的。她只好勉励丈夫“勿为新婚念，努力事戎行”，并坚定地表示自己会对婚姻忠贞不渝：“对

君洗红妆”“与君永相望”。她的婚姻没有任何自主性，她也没有体验到婚后的幸福。她那样通情达理深明大义，是因为封建礼教规定她必须这样做。

两首诗所体现的婚姻观方面的地域差异，缘于抒情主人公所处的地理空间的差异，而抒情主人公所处的地理空间的差异，又缘于作者所生活的地理空间的差异。李白生于唐代安西都护府之碎叶镇（今吉尔吉斯斯坦共和国之托克马克市），五岁左右随父迁入绵州彰明（今四川江油），25 岁才“仗剑去国，辞亲远游”，他在这里生活了 20 年。这里是一个道教气氛浓郁的地方，也是一个任侠之风弥漫的地方。李白 18 岁左右的时候还曾隐居大匡山，从赵蕤学习纵横术。因此在李白所接受的本籍文化或原乡文化的影响中，具有丰富的道教、道家、纵横家和游侠之士的思想元素，这些思想元素的“共价键”，就是与儒家思想相违背的自由意识。综观李白的全部作品，虽然多数并非写于蜀地，但追求自由、反对任何形式的束缚，无疑是其主旋律。这首《长干行》就是他的自由意识在爱情婚姻观上的一个生动体现。杜甫恰好相反。生于河南府巩县（今河南省巩义市），四岁时因母亲去世而寄养于洛阳县的姑母家，他在洛阳读书、应试、结婚，以洛阳为出发地漫游晋、吴、越、齐、赵和长安等地，直到 43 岁才由洛阳移家长安，48 岁以后离开长安，漂泊于成都、梓州、夔州、岳州、潭州等南方各地。在他 59 年的生涯中，有 48 年是在洛阳、长安度过的。也就是说，他一生中有五分之四以上的时间是在儒家文化的中心地度过的，因此他的思想带有比较浓厚的儒家文化色彩，虽然他的部分作品如《丽人行》《醉时歌》等能在一定程度上突破儒家温柔敦厚的诗教之束缚，但是他的这首《新婚别》则是一首典型的温柔敦厚之作，充分体现了儒家保守的婚姻观念。[①]

① 曾大兴:《文学地理学概论》，商务印书馆 2017 年版，第 149—151 页。

蜀相

杜甫

丞相祠堂何处寻？[1]锦官城外柏森森[2]。
映阶碧草自春色，隔叶黄鹂空好音。
三顾频烦天下计，两朝开济老臣心[3]。
出师未捷身先死[4]，长使英雄泪满襟。

[1] 丞相祠堂：今名武侯祠，在成都市西南，为晋时李雄在成都称王时所建。

[2] 锦官城：成都的别称，古锦官城乃成都之少城，毁于晋桓温平蜀时。

[3] “三顾”两句：频烦，即频繁。张溍《读书堂杜工部诗文集注解》：“频繁：谓孔明感先主三顾之恩，频数繁劳，皆为天下大计。开济：开诚布公，以救济时艰。”

[4] “出师”句：据《三国志·蜀书·诸葛亮传》，诸葛亮于建兴十二年春率兵伐魏，据武功五丈原，与司马懿对于渭南，相持百余日，于是年八月卒于军中，时年54。

此诗为上元元年（760）春杜甫初到成都访武侯祠后作。诗的主旨，在“英雄相惜”四字。

诸葛亮是一位英雄，生前为刘备规划天下大计，辅佐他成就帝业；刘备死后，又呕心沥血地辅佐刘禅，南征北讨，最后出师未捷而身先死。诸葛亮的理想，是统一天下，兴复汉室。兴复汉室虽然有些迂腐可笑，但统一天下还是很伟大的事业，可惜他没有成功。

杜甫对诸葛亮无疑是非常推崇的，因为诸葛亮的思想行为，符合儒家的理想道德。可是这样一位出师未捷而身先死的英雄人物，随着时间的推移，渐渐地就被人们遗忘了。他的祠堂基本上没有什么人去瞻仰，所谓“映阶碧草自春色，隔叶黄鹂空好音”，显现的是一派荒凉、落寞的景象。杜甫所悲主要在两点：一是诸葛亮事业未成，二是被人们遗忘。杜甫也是一位英雄，也是事业未成。而他所担忧的，恐怕也是死后被人们所遗忘吧。

茅屋为秋风所破歌

杜　甫

八月秋高风怒号，卷我屋上三重茅[1]。
茅飞渡江洒江郊，高者挂罥长林梢[2]，下者飘转沉塘坳[3]。
南村群童欺我老无力，忍能对面为盗贼。
公然抱茅入竹去，唇焦口燥呼不得，归来倚杖自叹息。
俄顷风定云墨色，秋天漠漠向昏黑。
布衾多年冷似铁，娇儿恶卧踏里裂[4]。
床头屋漏无干处，雨脚如麻未断绝。
自经丧乱少睡眠[5]，长夜沾湿何由彻[6]。
安得广厦千万间，大庇天下寒士俱欢颜，风雨不动安如山。
呜呼！何时眼前突兀见此屋[7]，吾庐独破受冻死亦足。

简注

[1] 三重茅：几重茅草。

[2] 挂罥（juàn）：挂结。

[3] 塘坳：池塘和水边低洼之处。

[4] 恶卧：睡相不好，睡觉时胡蹬乱踢。里：被子的里子。

[5] 丧乱：指安史之乱。

[6] 何由彻：如何挨到天亮。彻：彻晓，天亮。

[7] 突兀：形容广厦高耸的样子。见：同“现”。

此诗作于肃宗上元二年（761）秋。作品的韵脚由平而入，由入而

平，最后又由平而入，凡三换韵，而以入声韵为主，感情激越。

此诗充分地体现了杜甫的同情心，即推己及人。

人们面对他人的苦难，大约有四种表现：

一种是“饱汉不知饿汉饥”。西晋时有个惠帝，当时“天下荒乱，百姓饿死”，惠帝说：“何不食肉糜？”（《晋书·惠帝纪》）所谓“食肉糜”，就是把肉剁碎蒸熟了吃。

一种是“饱汉能知饿汉饥”。白居易的《观刈麦》写农民把租税交完之后，自己没有饭吃，就去捡地里剩下的麦穗，他见此情景而心生惭愧：“田家输税尽，拾此充饥肠。今我何功德，曾不事农桑。吏禄三百石，岁晏有余粮。念此私自愧，尽日不能忘。”

一种是“饿汉能知饿汉饥”。例如杜甫的这首诗：“安得广厦千万间，大庇天下寒士俱欢颜，风雨不动安如山。呜呼！何时眼前突兀见此屋，吾庐独破受冻死亦足！”

一种是“饿汉不知饿汉饥”。如街头流浪者抢劫打工妹。20世纪90年代初的某一天，在广州市天河区棠下村的一座人行天桥上，一个流浪者抢夺一个打工妹的包包，打工妹与他争夺，他就把打工妹杀了。之后打开她的包包，发现里面只有三块多钱。我当时就住在棠下村北边的棠德花园，从居民口中和报纸上先后得知这一消息。

“饿汉能知饿汉饥”，这叫有同情心；“饱汉能知饿汉饥”，这叫有良知；“饿汉不知饿汉饥”和“饱汉不知饿汉饥”，这都叫没有心肝。

闻官军收河南河北[1]

杜　甫

剑外忽传收蓟北[2]，初闻涕泪满衣裳。
却看妻子愁何在[3]，漫卷诗书喜欲狂。
白日放歌须纵酒，青春作伴好还乡。
即从巴峡穿巫峡，便下襄阳向洛阳[4]。

[1] 河南河北：指今洛阳一带及河北省北部。唐肃宗宝应元年（762），官军破安史叛军于洛阳，收东都，河南平。史朝义走河北，李怀仙斩其首以献，河北平。

[2] 剑外：剑门关以外，即剑南。时杜甫在梓州（今四川三台）。蓟北：蓟县以北。蓟县属幽州，系范阳节度使所在地，是“安史之乱”的爆发地。

[3] 却看（kān）：再看，还看。

[4] “即从”两句：预拟还乡的路线。出峡东下，抵襄阳，然后走陆路向洛阳进发。作者于句末自注：“余有田园在东京（洛阳）。”巴峡：指嘉陵江流经阆中至重庆的这一段。巫峡：三峡之一，在今重庆巫山县东。

评说

此诗写于唐代宗广德元年（763）春，时作者在梓州。这是杜甫平生的一首快诗，也就是不再那样沉郁。但是其中仍然有眼泪，这是喜极而泣。

杜甫的梦想，就是回到自己的家乡洛阳。洛阳有他的田园。他把自己回家的路线都设计好了，从梓州（今四川三台）出发，沿着嘉陵江南下，经巴峡，到渝州（重庆），再穿过巫峡，沿江东下，到江陵上岸，经襄阳，然后一直往北，直到洛阳。可惜的是，北方的战事并未平息，他回家的愿望至死都未能实现。

张溍《读书堂杜工部诗文集注解》：“杜诗有以整暇胜者，有以仓卒造状胜者。此诗之‘忽传’‘初闻’‘却看’‘漫卷’‘即从’‘便下’，仓卒间写出欲歌欲哭、喜极发狂之状，使人千载如见。”

旅夜书怀

杜　甫

细草微风岸，危樯独夜舟[1]。
星垂平野阔，月涌大江流[2]。
名岂文章著？官应老病休[3]。
飘飘何所似，天地一沙鸥。

[1] 危樯：船上高高的桅杆。

[2] “星垂”二句：中国社会科学院文学所编《唐诗选》：“因‘平野阔’，故见星点遥挂如垂。因‘大江流’，故江中月影流动如涌。”

[3] “名岂”二句：上一下四句式。

代宗永泰元年（765）正月，杜甫辞去节度参谋职务。辞职的原因，他这里说是“老病”，其实是不耐官府的那种繁文缛礼，那种平庸、琐碎、拘谨而又勾心斗角的生活。他虽有入世的理想，但在本质上却是一个具有独立意识的人。这种独立意识与为官是相矛盾的。他的悲剧的根源就在这里。

这年四月，严武病逝。五月，杜甫携家离开成都，经嘉州（今四川乐山）、戎州（今四川宜宾）、渝州（今重庆）、忠州（今重庆忠县）而抵云安（今重庆云阳）。此诗或即此行途中所作。

首联和颔联，由岸边上的小草，写到孤舟上的桅杆，再写到星、月、平野和大江，由小景而中景，再由中景而大景。颈联转到自身。面对浩瀚的星空、辽阔的原野和奔腾而去的大江，作者想到了自己的处境和命运：名声不应以文章而著，应以事功而著；官职应该是因老病而休，不应该是因不耐繁文缛礼而休。二者皆非所愿。尾联再把自己和天地作一对比，在广袤无垠的天地之间，自己不过是一只孤独而渺小的沙鸥而已。这首诗的价值，既不在写了壮阔之景，也不在写了旅途之孤独，而是在壮阔的背景之下，写了自己的处境和命运，这就是我们讲过的宇宙人生之思，是一种形而上的思考。

登　高

杜　甫

风急天高猿啸哀，渚清沙白鸟飞回[1]。
无边落木萧萧下，不尽长江滚滚来。
万里悲秋常作客，百年多病独登台。
艰难苦恨繁霜鬓[2]，潦倒新停浊酒杯[3]。

[1] 渚：水中的小洲。鸟飞回：不是讲鸟飞回来，是讲鸟因风大而盘旋。

[2] 繁霜鬓：鬓发白似繁霜。

[3] “潦倒”句：时杜甫因肺病而戒酒。

这首诗，系大历二年（767）重阳杜甫在夔州所作。特点有五：一、这是一首典型的悲秋之作。悲秋的价值，在于通过自然界的气候和物候变化，联想到自身的处境和命运，从而产生一种生命之思。这个传统是宋玉开启的，至杜甫这首诗而达到炉火纯青之境。二、作品境界高远，气势雄浑。三、语言精粹。四、对仗工整。五、章法错综。

这是杜甫七言律诗中最成功的作品，胡应麟甚至誉为“古今七言律第一”（《诗薮·内编》卷五）。

登岳阳楼

杜　甫

昔闻洞庭水，今上岳阳楼[1]。

吴楚东南坼[2]，乾坤日夜浮[3]。
亲朋无一字，老病有孤舟。
戎马关山北[4]，凭轩涕泗流。

[1] 岳阳楼：岳阳城的西门楼，下临洞庭湖。

[2]“吴楚”句：大致而言，吴在洞庭湖之东，楚在洞庭湖之西。坼：分裂。

[3]“乾坤”句：《水经注·湘水》：洞庭湖“湖水广圆五百余里，日月若出没于其中”。

[4]“戎马”句：时吐蕃入侵，西北不宁。

此诗系大历三年（768）岁暮杜甫登岳阳楼而作。感慨深沉，乃诗人晚景之写照。

作品的结构完整而绵密。首联写登楼之事，是为起；颔联写登楼之所见，是为承；颈联写登楼之所思，是为转；尾联写登楼之流泪，是为合。此为完整之谓。因“戎马关山北”，使得“亲朋无一字”；因“戎马关山北”和“亲朋无一字”，使得“老病有孤舟”；因“戎马关山北”“亲朋无一字”和“老病有孤舟”，使得“凭轩涕泗流”。个人的老病与漂泊无依，与国家的动乱有直接的关系。此为绵密之谓。

小结

元稹《唐故工部员外郎杜君墓系铭并序》：

至于子美，盖所谓上薄风骚，下该沈宋，古傍苏李，气夺曹刘，掩颜谢之孤高，杂徐庾之流丽，尽得古今之体势，而兼人人之所独专矣。……苟以为能所不能，无可无不可，则诗人以来，未有如子美者。

杜诗之成就，概而论之，有如下四点：

一、真实、深刻、典型地反映了那个由盛而衰的时代，反映了社会生活的各个方面，因此被称为“诗史”。

二、诗兼众体，七古、五古、七律、五律，无一不精。七绝、五绝亦有许多佳作，因而被称为“集大成者”。

三、几乎篇篇都有眼泪。忧国、忧民、忧生、忧世，而作品本身则结构完整而绵密，语言精致而铿锵，故称为“沉郁顿挫”。

四、杜诗的影响一直到今天，与日月同光，万古不朽。

第八讲 低潮时的落寞与伤感

唐诗的历史就像一条河流，经过近半个世纪的流淌，至王（勃）、杨（炯）、卢（照邻）、骆（宾王）、杜（审言）、沈（佺期）、宋（之问）以及刘（希夷）、张（若虚）、陈（子昂）、张（九龄），连续出现几个引人注目的波澜，可以称之为小高潮。

至王（维）、孟（浩然）、高（适）、岑（参）、李（白）、杜（甫），可以说是波澜壮阔，高潮迭起。其后，则是一个相对低潮的时期。

低潮过后，又出现元（稹）、白（居易）、韩（愈）、孟（郊）和刘（禹锡）、柳（宗元），又是高潮迭起。

这个低潮时期，也就是从代宗大历到德宗贞元（766—805）这一段时期，通常称为“大历时期”。

过去人们对这一时期不够重视，总是习惯于拿这一时期的诗歌和盛唐时期的诗歌相比，认为后者不似前者那样明快、昂扬、洒脱和深广，局面太小，情调低沉，波澜不惊，不足为道。事实上，这一时期也是很重要的。

没有这样一个低潮期的酝酿，怎么会有另一个高潮期的出现？

在这样一个低潮时期，实际上也出现了许多优秀诗人。较著名的有韦应物，他是这个时期的山水田园诗的一个代表。还有李益，他是这个时期的边塞诗的一个代表。这两位诗人的作品都还有一些盛唐的余韵。另外还有张继、刘长卿，还有“大历十才子”。

“大历十才子”，据《极玄集》《新唐书》和《唐才子传》载，均指卢纶、吉中孚、韩翃、钱起、司空曙、苗发、崔峒、耿沣、夏侯审、李端。宋以后则有不同说法。这里以《极玄集》《新唐书》和《唐才子传》所说为准。

“大历十才子”是一个诗人群体，他们之间的交往、唱和比较多，命运大体相似，诗风也比较接近。《唐才子传》云：“纶与吉中孚、韩翃、耿沣、钱起、司空曙、苗发、崔峒、夏侯审、李端，联藻文林，银黄相望，且同臭味，契分俱深，时号‘大历十才子’。唐之文体，至此一变矣。”

大历时期的诗人有一个共同的特点，就是挥之不去的落寞、迷茫和伤感。他们都亲身经历过长达八年的“安史之乱”，以及接踵而至的土蕃、回纥之乱，还有此起彼伏的军阀割据。开元、天宝盛世对他们来讲，已经是一个遥不可及的梦，他们所处的是一个乱世。在初、盛唐，文士的地位就没有武将高，而在他们所处的这个战乱频仍的年代，武将更加得势，甚至更加跋扈，文士则更加落寞。大历诗人既看不到国家的光明前景，也难以实现自己的人生理想，虽然在他们的作品里，偶尔还能保留一点盛唐的余韵，但是更多的，则是盛世之后的落寞、迷茫和伤感，连悲愤都不激烈。

许多人只会欣赏慷慨激昂的美，或者悲壮沉痛的美，不会欣赏淡淡的忧伤。其实淡淡的忧伤才是真正的人生悲剧。

韦应物

韦应物（约 737—792？），京兆万年（今陕西西安）人。出身于名门望族，其父韦銮和伯父韦鉴都是著名的画家。韦应物 15 岁“以三卫郎事玄宗”，武艺高强，精于骑射，豪纵不羁。其《逢杨开府》诗云：

少事武皇帝，无赖恃私恩。
身作里中横，家藏亡命儿。
朝持樗蒲饮，暮窃东邻姬。
司隶不敢捕，立在白玉墀。
骊山风雪夜，长杨羽猎时。
一字都不识，饮酒肆顽痴。
武皇升仙去，憔悴被人欺。
读书时已晚，把笔学题诗。

事实上，韦应物任玄宗卫士时，也曾入太学，但并不用功。只是在玄宗退位之后，失去了靠山，又被人轻视，才开始折节读书，性格也发生了根本性的变化。《唐才子传》称其“为性高洁，鲜食寡欲，所居必焚香扫地而坐，冥心象外”。

韦应物于代宗广德元年（763）任洛阳丞，此后历任京兆府功曹、户县令、栎阳县令。大历十四年（779）以疾辞归，隐于长安西郊善福寺精舍。德宗建中二年（781）以后，先后任比部员外郎、滁州刺史、江州刺史、左司郎中、苏州刺史，世称“韦苏州”。贞元六年（790）以后，寓居苏州郊外之永定寺。他曾欲返长安故居，因家贫未果。著有《韦苏州集》。

韦诗题材比较广泛。早期的作品也不乏刚健、明朗的盛唐之音，然而总体来讲，则是以闲适、散淡、平和为主，他是这一时期山水田园诗的一个代表，后人往往将他与王维、孟浩然、柳宗元并称为“王孟韦柳”。

寄李儋元锡[1]

韦应物

去年花里逢君别，今日花开已一年。
世事茫茫难自料，春愁黯黯独成眠。
身多疾病思田里，邑有流亡愧俸钱[2]。
闻道欲来相问讯，西楼望月几回圆。

[1] 李儋（dàn）：曾官殿中侍御史；元锡：官至淄王傅。二人均是作者的好友。

[2] 流亡：灾民。

此诗作于德宗兴元元年（784）春，作者时任滁州刺史。作品写了对友人的思念与期待，写了对田园生活的向往，写了自己作为一名地方官员见到老百姓流离失所时的不安与自责，同时也写了自己内心的迷茫与寂寞。

“身多疾病思田里，邑有流亡愧俸钱”二句是名句，可与高适的“迎拜长官心欲碎，鞭挞黎庶令人悲”（《封丘作》）对读。

寄全椒山中道士[1]

韦应物

今朝郡斋冷，忽念山中客。
涧底束荆薪，归来煮白石[2]。
欲持一瓢酒，远慰风雨夕。
落叶满空山，何处寻行迹？

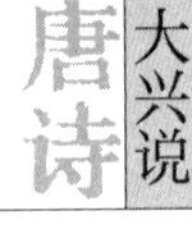

[1] 全椒：唐时滁州属县，今亦是。山：当指神山。《舆地纪胜·淮南东路·滁州》：“神山，在全椒县西三十里，有洞极深。唐韦应物《寄全椒山中道士》诗，此即道士所居也。”

[2] 煮白石：葛洪《神仙传》卷二：“白石先生者，中黄丈人弟子也。尝煮白石为粮，因就白石山居，时人故号白石先生。”道家修炼，服食石英，有所谓“煮五石英法”（见《云笈七签》卷七四）。

韦应物于德宗建中三年（782）四月始任滁州刺史，兴元元年（784）冬罢任。此诗写于滁州刺史任内的某个秋天，将真挚而深厚的情感，以平和、恬淡的语言出之，诗境明净、雅洁，但难掩内心的寂寞和惆怅。

滁州西涧[1]

韦应物

独怜幽草涧边行，尚有黄鹂深树鸣[2]。
春潮带雨晚来急，野渡无人舟自横。

［1］滁州西涧：俗名上马河。

［2］“独怜”二句：行，一作“生”。尚，一作“上”。何良俊《四友斋丛说》：“韦苏州《滁州西涧》诗，有手书，刻在太清楼贴中。本作‘独怜幽草涧边行，尚有黄鹂深树鸣。’盖怜幽草而行于涧边，始与性情有关，今集本‘行’作‘生’，‘尚’作‘上’，则与我了无与矣。其为传刻之讹无疑。”黄鹂：黄莺。

此诗作于德宗贞元元年（785）作者罢滁州刺史闲居滁州西涧时。诗以淡笔写常景，动静相映，野趣横生。不过这野趣之中，也包含了一种挥之不去的寂寞。

李益

李益（748—829），字君虞，陇西姑臧（今甘肃武威）人，徙居郑州（今属河南）。大历四年（769）进士。大历六年（771）为郑县主簿，大历九年（774）入渭北节度使臧希让幕府，建中二年（781）入朔方节度使李怀光幕府，贞元元年（785）入灵州大都督杜希全幕府，贞元六年（790）入邠宁节度使张献甫幕府，贞元十三年（797）入幽州节度使刘济幕府。官至礼部尚书。

计有功《唐诗纪事》：李益“从事十八载，五在兵间，故为文多军旅之思”。唐李肇《国史补》卷下：“李益诗名早著，有《征人歌且行》一篇，好事者画为图障。又有‘回乐峰前沙似雪，受降城外月如霜。不知何处吹芦管，一夜征人尽望乡。’天下亦唱为乐曲。”

李益身历玄、肃、代、德、顺、宪、穆、敬、文九朝，活了81岁。阅历丰富，诗名卓著。尤以边塞诗著称，是中唐边塞诗的代表诗人。有

《李益集》。

需要说明的是，他的同僚蒋防不知何故写有一篇传奇，名《霍小玉传》。说他抛弃了堕入风尘的名门之女霍小玉，另娶名门之女，后来遭到霍小玉的鬼魂的报复，让他总是怀疑自己的妻妾，心生嫉妒，不得安宁，所谓“妒痴”。后来新、旧《唐书》和《唐才子传》均采小说家言，然未必可信。

夜上受降城闻笛[1]

李　益

回乐峰前沙似雪[2]，受降城下月如霜。
不知何处吹芦管[3]，一夜征人尽望乡。

[1] 受降城：唐中宗时建，在黄河以北，有东、中、西三处。此处指西受降城，在今内蒙古杭锦后旗乌加河北。

[2] 回乐峰：受降城附近的一个烽火台。

[3] 芦管：乐器，截芦为之。

此诗写征人月夜思乡。“回乐峰”“受降城”二句互文见义，如“秦时明月汉时关”。作品写边塞的清冷、荒凉和寂寞，写将士久戍不归的痛苦以及对家乡的深切思念，结尾一句尤其沉痛。

从军北征

李　益

天山雪后海风寒，横笛偏吹行路难[1]。
碛里征人三十万[2]，一时回首月中看。

[1] 行路难：乐府杂曲，本为汉代歌谣。

[2] 碛：沙漠。

李益的诗，有盛唐的壮烈、慷慨，也有中晚唐的伤感和悲凉，体现了一种过渡色彩。

张 继

张继（725？—779），字懿孙，襄州（今湖北襄阳）人。唐玄宗天宝十二载（753）进士。“安史之乱”后曾避居江南。大历年间曾任检校祠部员外郎兼转运使判官，故世称“张员外”。

张继为人有气节，所谓“终年帝城里，不识五侯门”（《感怀》），博览有识，好谈论，工诗文。

阊门即事[1]

张 继

耕夫召募逐楼船[2]，春草青青万顷田。

试上吴门窥郡郭，清明几处有新烟？

[1] 阊门：苏州的西城门，亦即诗中的“吴门”。

[2] 楼船：战船。

此诗写于唐肃宗上元二年（761）春天张继初到苏州时。唐肃宗上

元元年（760）冬天，苏州发生“刘展之乱”。这个战乱的起因是：唐肃宗怀疑淮西节度副使李铣和刘展对他不忠，于当年十一月诛杀了李铣，同时密谋诛杀刘展。刘展得知消息后就反了。刘展反了之后，就派部下张景超攻陷苏州。上元二年（761）初，朝廷派遣平卢军南下，收复了苏州。

张景超攻陷苏州时，已经对这个城市造成了很大的破坏，平卢军到苏州平叛时，又“大掠十余日”，对这个城市造成了更大的破坏，致使名城苏州一派萧条。《阊门即事》这首诗所写的，就是诗人登上苏州阊门城楼时所看到的景象。老百姓被强征入伍，万顷良田无人耕种，长满了青草，一片荒芜。所谓“新烟”，是指清明节重新燃起的烟火。因为清明节之前是寒食节，在古代，寒食节要禁烟火三天，到了清明节才重新燃起烟火，所以叫“新烟”。但是由于战乱，城市萧条，人烟稀少，这个时候登上阊门城楼，放眼望去，还有几处“新烟”呢？

张继的这首诗，可以说是非常真实地描写了苏州遭遇“刘展之乱”后的残破景象，就像杜甫的《春望》一诗描写长安遭遇“安史之乱”后的残破景象一样，都体现了诗人的那种忧国忧民的情怀。

枫桥夜泊[1]

张　继

月落乌啼霜满天[2]，江枫渔火对愁眠。
姑苏城外寒山寺[3]，夜半钟声到客船。

[1] 枫桥：在今苏州市阊门（西城门）外十里左右之枫桥镇。范成大《吴郡志》：“枫桥，在阊门外九里道傍，自古有名。南北客经由，未有不憩此桥而题咏者。”张继诗写的那座枫桥已经不存在了，现存的这座枫桥是清同治六年（1867）重建的。

[2] 霜满天：这里的“霜”不是写实，是想象之辞。因为霜在地而不在天。在深秋之夜运河边的客船上，寒风吹彻，让人感觉到似乎下

了霜。正如李白《静夜思》:"床前明月光，疑是地上霜。"

[3] 姑苏：苏州，因城西南之姑苏山而得名。寒山寺：在苏州市阊门外之枫桥镇，始建于南朝梁天监年间（502—519），最初叫"妙利普明塔院"，后来才叫寒山寺，与枫桥近在咫尺。

此诗写于唐肃宗上元二年（761）秋天。据我的考证，张继在这一年的春天到达苏州之后，可能没有进入苏州城，因为当时的苏州城是一片残破景象，也不安全。他可能只是在阊门城楼上看了一下，然后就回到运河的客船上，到了杭州和绍兴。这一年的秋天，再由苏州到江宁（南京），最后到了武昌（鄂州）。正是再次经过苏州的时候，张继游览了姑苏城外的灵岩山（写有《游灵岩》），然后再到枫桥，写了《枫桥夜泊》。

这首诗描写旅愁，以及夜晚在客船上听到钟声时的感受。影响很大，流传极广。每年除夕，都有一些日本人慕名来到寒山寺，听夜半钟声。当代有一首大家很熟悉的流行歌曲《涛声依旧》，化用了此诗的词句和意境，传播也很广。

宋代诗人欧阳修曾对"夜半钟声到客船"这一句提出异议。他在《六一诗话》中说："诗人贪求好句，而理有不通，亦语病也。……唐人有云：'姑苏城外寒山寺，夜半钟声到客船。'说者亦云：句则佳矣，其如三更不是打钟时。"其实在唐代诗人中，写"夜半钟"的并非张继一人，例如于鹄、皇甫冉、白居易、温庭筠等人都写过"夜半钟"，这说明在唐代是打"夜半钟"的，张继写"夜半钟声"并没有错。因此自宋、元、明、清以来，有许多学者并不同意欧阳修的意见。

据宋人陈岩肖《庚溪诗话》卷上及张邦基《墨庄漫录》卷九记载，所谓"夜半钟"，并非三更半夜的钟声，而是"三鼓尽、四鼓初"的钟声，或者说是"后半夜"的钟声。张继诗中的"夜半钟声到客船"这一句，准确地讲，应该是"后半夜的钟声到客船"。但是，如果写成"后半夜的钟声到客船"，那就不是七言绝句，而是新诗了；那就不是"枫桥夜泊”，而是“涛声依旧”了。因此，张继还是写成了“夜半钟声到客船”。

张继写“夜半钟声到客船”，主要是强调夜晚听钟时的感受，主要不在写时辰。但是由于受七言绝句的格律限制，不便于写成“后半夜的钟声到客船”，只能写成“夜半钟声到客船”，这是可以理解的。欧阳修抓住“夜半”这两个字不放，认为张继写的“夜半钟”就是“三更钟”，强调“三更不是打钟时”，这就误解了张继。无怪乎宋、元、明、清以来，有许多学者站出来为张继辩护。

刘长卿

刘长卿（726—790？），字文房，祖籍宣城（今属安徽），洛阳人。家境贫寒，命运多舛，十年不第，大约在天宝十一载（752）才中进士。入仕后又因刚直忤上，负谤入狱，两次被贬，一次在肃宗时，由苏州长洲县尉贬为潘州南巴县尉（今广东电白）；一次在代宗大历时，由鄂岳转运留后贬为睦州司马。仕至随州刺史，世称“刘随州”。

辛文房《唐才子传》谓“长卿清才冠世，颇凌浮俗，性刚，多迕权门，故两遭迁斥，人悉冤之”。刘长卿的一生，大部分时光是在逆境中度过的。由于长期抑郁寡欢，使得他的诗风显得寂寞、惆怅而悲凉。

他是大历时期的著名诗人，与钱起、郎士元、李嘉祐并称“钱郎刘李”。

逢雪宿芙蓉山主人[1]

刘长卿

日暮苍山远，天寒白屋贫。
柴门闻犬吠，风雪夜归人。

［1］芙蓉山：当指义兴（今江苏宜兴）之芙蓉山，在今宜兴市西南。

此诗作于大历十年（775）诗人闲居常州义兴（今江苏宜兴）时。作品写诗人山行与投宿之所见，画面苍莽，笔墨简淡。于中可以体会到人生的艰难，以及诗人内心的迷惘。

钱　起

钱起（715？—780），字仲文，吴兴（今浙江湖州）人。开元二十六、二十七年（738—739）间曾至荆州，与张九龄唱和（张九龄时任荆州大都督府长史）。天宝九载（750）进士。尝任京兆府蓝田县（今属陕西西安）尉，与王维过从甚密（王维时居蓝田辋川）。官终考功郎中，世称“钱考功”，为“大历十才子”之一。有《钱考工集》。

省试湘灵鼓瑟[1]

钱　起

善鼓云和瑟[2]，常闻帝子灵[3]。
冯夷空自舞[4]，楚客不堪听。
苦调凄金石[5]，清音入杳冥。
苍梧来怨慕，白芷动芳馨[6]。
流水传潇浦[7]，悲风过洞庭。
曲终人不见，江上数峰青。

［1］省试：由尚书省礼部主持的考试，又称会试。湘灵：湘水女神。尧之二女，名娥皇、女英，为舜之二妃。舜帝南巡，死于苍梧（今湖南宁远）。二妃寻夫不着，投湘水而死，成为湘水女神。《楚辞·远游》：“使湘灵鼓瑟”。

[2] 云和：山名，以产琴瑟著称。

[3] 帝子：娥皇、女英。

[4] 冯（píng）夷：水神名。

[5] 苦调凄金石：瑟之愁苦使金石为之悲凄。金石：钟、磬类乐器。

[6] 白芷：香草。《楚辞·九歌·湘夫人》："沅有芷兮澧有兰，思公子兮未敢言。"芳馨：香气。

[7] 潇：潇水，发源于苍梧，至永州汇入湘江，流入洞庭。《楚辞·九歌·湘夫人》："袅袅兮秋风，洞庭波兮木叶下。"

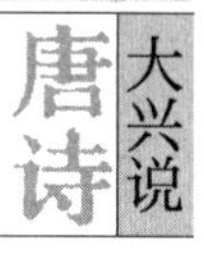

此诗原为试帖诗，这种诗因是"命题作文"，成功率不高。但此诗却非常成功。

作品的最大特点，就是想象力丰富。盖湘灵本虚无，湘灵鼓瑟更虚无，而音乐又是一种无形的不可捉摸的东西，作者却调动他丰富的想象，用神话中的形象，以及有关自然景物，把听觉视觉化，虚实相生，余音袅袅，韵味无穷。尤其是结尾两句，成为千古名句。

湘灵由娥皇、女英的灵魂所化，是一个悲剧的形象，湘灵所鼓之瑟，难掩一种凄清、寂寞的情调。

司空曙

司空曙（720—794？），字文明，一作文初，广平（今河北永年）人，或谓京兆（今陕西西安）人。进士及第时间不详。"安史之乱"期间，曾避居江南。曾任左拾遗，后贬官长林（今湖北荆门）。贞元间（785—804），以检校水部郎中入剑南节度使韦皋幕，官终虞部郎中。

曙家贫，"尝病中不给，遣其爱姬"（《唐才子传》）。有《病中嫁女妓》："万事伤心在目前，一身垂泪对花筵。黄金用尽教歌舞，留与他人乐少年。"

曙为卢纶表兄，系“大历十才子”之一。其诗多为行旅赠别之作，长于抒情，多有名句。胡震亨《唐音癸签》卷七云：“司空虞部婉雅闲淡，语近性情。”有《司空文明诗集》。

喜外弟卢纶见宿[1]

司空曙

静夜四无邻，荒居旧业贫[2]。
雨中黄叶树，灯下白头人。
以我独沉久，愧君相见频。
平生自有分[3]，况是蔡家亲[4]。

[1] 外弟：表弟。见宿：留宿。

[2] 旧业：祖上所传基业。

[3] 分：缘分，情谊。

[4] 蔡家亲：表亲。晋羊祜为蔡邕外孙。《晋书》本传：“祜当讨吴贼有功，将进爵士，乞以赐舅子蔡袭。诏封袭关汉侯，邑三百户。”后因称表亲为蔡家亲。

此诗前四句写自己贫、老、寂寞，后四句写表弟不弃，多承探访，心存感慰。颔联尤佳。

江村即事

司空曙

钓罢归来不系船，江村月落正堪眠。
纵然一夜风吹去，只在芦花浅水边。

此诗写乡村生活之潇洒自适，无拘无束，就像一幅萧疏淡雅的水墨画。然而透过这幅画，仍可感受到诗人内心的落寞。

卢　纶

卢纶（748？—798？），字允言，蒲州（今山西永济）人。早年因“安史之乱”避居鄱阳。大历初，屡试不第。大历六年（771），因宰相元载、王缙举荐为阌乡（今河南灵宝）尉。十二年，坐与元载、王缙善，下狱去官。贞元元年（785），为奉天行营副元帅浑瑊（jiān）判官。贞元十四、十五年间（798年前后），因舅氏韦渠牟之荐，拜户部郎中，世称“卢户部”。《新唐书》“卢纶本传”：“尝朝京师，是时舅韦渠牟得幸德宗，表其才，召见禁中，帝有所作，则使赓和。毕时问渠牟：‘卢纶、李益何在？’答曰：‘纶从浑瑊在河中。’驿召之，会卒。”

卢纶为“大历十才子”之一，诗名颇著。胡震亨《唐音癸签》卷七云：“卢诗开朗，不作举止；陡发惊采，焕尔触目。篇章亦富埒钱（起）、刘（长卿）。”其诗多送别赠答、奉陪游宴之作，而边塞诗最为人所称道。

和张仆射塞下曲（六首选二）[1]

卢　纶

其二

林暗草惊风[2]，将军夜引弓[3]。
平明寻白羽，没在石棱中[4]。

[1] 张仆射：张延赏，贞元初任左仆射。

[2] 草惊风：暗示林中似有猛虎，俗谓“虎行从风”。

[3] 引弓：拉弓。

[4]“平明”二句：用李广故事。《史记·李将军列传》：“广出猎，见草中石，以为虎而射之，中石没镞，视之，石也。”白羽：白羽箭。

此诗虽只短短四句二十字，但有跌宕起伏的情节。首句营造气氛，暗示林中似有猛虎；次句即写将军引弓射虎，并留下悬念。及至天明寻箭头，方知所射非虎，乃石头耳。虽用《史记》李广故事，但比原作更精炼，更惊心动魄，更显将军之豪放。

李广豪放的背后，是深沉的寂寞。因为此时的他，已经被投闲置散。

其三

月黑雁飞高，单于夜遁逃。
欲将轻骑逐，大雪满弓刀。

此首亦有故事。月被黑云遮蔽，雁忽然高飞，暗示受到惊扰。下句即写单于逃跑，欲率轻骑追赶，而大雪难行。

此为五言律绝。“于”为平声（六渔），“骑”为仄声。有的书上把“将”注为去声，不妥，实为平声。

卢纶因到过边塞，其诗风不乏昂扬、豪迈之特点，尚有盛唐的余韵。然而此诗实际上是写单于逃跑后的失落感，并不豪迈。事实上，卢纶也有落寞的一面。

与从弟瑾同下第后出关言别

卢　纶

出关愁暮一沾裳，满野蓬生古战场。
孤村树色昏残雨，远寺钟声带夕阳。

卢纶多次应考，都没有考中进士，他内心的落寞是非常真实的。结尾一句，好得不可言说。

韩翃

韩翃，生卒年不详，字君平，南阳（今属河南）人。唐玄宗天宝十三载（754）进士。唐肃宗宝应元年（762），淄青节度使侯希逸奏为从事。后闲居长安十年。李勉任汴宋节度使，复为幕僚。《唐才子传》："德宗时，制诰阙人，中书两进除目，御笔不点，再请之，批曰：'与韩翃'。时有同姓名者为江淮刺史，上复批曰：'春城无处不飞花韩翃也。'"俄以驾部郎中知制诰。

高仲武《中兴间气集》称"韩员外诗，匠意近于史，兴致繁富，一篇一咏，朝士珍之，多士之选也"。

唐人许尧佐所著传奇《柳氏传》称韩翃有妾名柳氏，原为歌姬，安史之乱后，为立功蕃将沙吒利所得，将军李俊为其夺回。

寒　食[1]

韩　翃

春城无处不飞花，寒食东风御柳斜[2]。
日暮汉宫传蜡烛[3]，轻烟散入五侯家[4]。

[1] 寒食：冬至后第105日。《周礼》即有记载，谓"仲春以木铎修火禁于国中"。至后汉始附会介子推故事。详见宗懔《荆楚岁时记》。

[2] 御柳：宫中柳树。当时风俗，寒食日折柳插门。

[3] 汉宫：代指唐宫。《唐会要》卷二九《节日》："天宝十载三月敕，

自今以后，寒食并禁火三日。”

［4］五侯：泛指朝中权贵。

写寒食节的风景和民俗，有讽意，有对社会不公的感慨和无奈。

小结

总之，大历诗风，虽不乏盛唐余韵，且不同的诗人具有不同的诗风，但是总体上看，还是以落寞、伤感为主色调。这是盛世过后的时代特点，是低潮时期的特点。

从审美的角度来看，落寞、伤感是一种悲剧的美，这种美是耐人寻味的。我们没有必要总是读那些高昂的、明快的、入世性很强的诗，那些诗固然可以催人奋进，但是后者则可以让人沉思，让人淡泊，让人走向真正的成熟。

第九讲　通俗诗派

赵翼《瓯北诗话》卷四云:“中唐诗以韩、孟、元、白为最。韩、孟尚奇警,务言人所不敢言;元、白尚坦易,务言人所共欲言。”韩、孟尚奇警,为中唐奇险诗派之代表;元、白尚坦易,为中唐通俗诗派之代表。

通俗诗派继承了杜甫的诗歌传统。杜甫的诗歌有多种风格,其中之一便是通俗易懂、平易近人,如新乐府“三吏”“三别”、《羌村三首》等即是。通俗诗派继承了杜诗的这种风格,同时也继承了杜诗关注民生疾苦、揭露社会弊端的现实主义精神。所以通俗诗派的特点有三:一是现实主义的精神,二是通俗易懂的风格,三是多作新乐府。

通俗诗派的代表人物,是元稹和白居易,所以通俗诗派又叫元白诗派。值得注意的是,在元、白之前,还有元结、顾况、李绅、张籍、王建等人,也都可以算作这一派的人物。他们虽然各有个性,但是在现实主义的精神、通俗易懂的风格和多作新乐府这三个方面是相通的。如果尺度再放宽一点,寒山也可以算进来。

寒　山

寒山,唐诗僧,本名不详。约生于唐玄宗开元十四年(726),卒于唐文宗大和四年(830)九月十七日,享年104岁。[①]咸阳(今属陕西)人。早年家境富裕,受过良好的教育。曾经向往功名,但仕途无望,35岁左右隐于台州唐兴县(今浙江天台县)翠屏山,与台州国清寺僧丰干、拾得时相过从。30年之后又隐于寒石山(今浙江天台县街头镇附近),因自号“寒山子”。宋人道元的《景德传灯录》一书是这样介绍他的:

> 容貌枯悴,布襦零落,以桦皮为冠,曳大木屐。时来国清寺就拾得,取众僧残食菜滓食之。

① 参见何善蒙:《寒山、寒山诗与寒山热》(《佛教文化》2006年第5期)及《寒山子考证》(《文学遗产》2007年第2期)。

或廊下徐行，或时叫噪，望空漫骂。寺僧以杖逼逐，翻身拊掌大笑而去。虽出言如狂而有意趣。[1]

寒山的诗多写僧人生活，也有描写山林景色、反映农民愁苦生活的作品。这些作品都是用当时的白话写成，不拘格律，直抒胸臆，清新自然，涉笔成趣。例如：“我见世间人，个个争意气。一朝忽然死，只得一片地。阔四尺，长丈二。汝若会出来争意气，我与汝立碑记。”（《拾遗二首新添》之一）《全唐诗》收其诗 312 首。今人项楚有《寒山诗注》。有研究者指出，寒山名下的作品并非寒山一人所作，也有别的僧人的作品。

人问寒山道

寒　山

人问寒山道，寒山路不通。
夏天冰未释，日出雾朦胧。
似我何由届，与君心不同。
君心若似我，还得到其中。

这首诗用通俗易懂的语言，说明一个道理，具有象征意味。所谓“寒山道”，既是通往寒山的道路，也是通往佛境的道路。寒山气候宜人，风景奇丽，但如果没有佛心，那是不可能到达的。所谓“君心”与“我心”之别，也就是“凡心”与“佛心”之别。

元　结

元结（719—772），字次山，号漫叟。先世为鲜卑族拓跋氏，北

① 道元辑：《景德传灯录》第 27 卷，海南出版社 2011 年版，第 967 页。

魏孝文帝时改姓元。世居太原，后移居鲁山（今属河南）。天宝十三载（754）进士，曾官道州、容州刺史，及容管经略使。元结有才干，有政绩，关心民间疾苦。杜甫《同元使君春陵行》称他“道州忧黎庶，词气浩纵横”。诗风通俗易懂，朴素无华。有《元次山集》。

春陵行并序[1]

元　结

癸卯岁[2]，漫叟授道州刺史。道州旧四万余户，经贼以来[3]，不满四千，大半不胜税赋。到官未五十日，承诸使征求符牒二百余封[4]，皆曰：“失其限者，罪至贬削。”於戏！若悉应其命，则州县破乱，刺史欲焉逃罪？若不应命，又即获罪戾，必不免也。吾将守官，静以安人，待罪而已。此州是春陵故地，故作《春陵行》以达下情。

军国多所需，切责在有司[5]。
有司临郡县，刑法竞欲施。
供给岂不忧？征敛又可悲。
州小经乱亡，遗人实困疲。
大乡无十家，大族命单羸。
朝餐是草根，暮食仍木皮。
出言气欲绝，意速行步迟。
追呼尚不忍，况乃鞭扑之。
邮亭传急符[6]，来往迹相追。
更无宽大恩，但有迫促期。
欲令鬻儿女，言发恐乱随。
悉使索其家，而又无生资[7]。
听彼道路言，怨伤谁复知？
去冬山贼来，杀夺几无遗。
所愿见王官，抚养以惠慈。
奈何重驱逐，不使存活为？

安人天子命，符节我所持。
州县忽乱亡，得罪复是谁？
逋缓违诏令[8]，蒙责固其宜。
前贤重守分，恶以祸福移？
亦云贵守官，不爱能适时[9]。
顾惟孱弱者[10]，正直当不亏。
何人采国风？吾欲献此辞。

简注

[1] 春陵：汉县名，故城在今湖南宁远附近。道州（今湖南道县）系春陵故地。

[2] 癸卯岁：代宗广德元年（763）。

[3] 贼：指当时被称为“西南蛮”的少数民族。广德元年，“西南蛮”占据道州一个多月。

[4] 诸使：朝廷使臣。符牒：官府公文。

[5] 切责：严厉督责。有司：有所职掌，官吏的通称。

[6] 邮亭：传递文书的驿馆。

[7] 生资：生活资料。

[8] 逋缓：拖延。

[9] 适时：此处指迎合时宜。

[10] 顾惟：顾念。

评说

代宗广德元年（763），元结出任道州刺史，此诗即是第二年五月到任后作。作品反映了遭受变乱后道州人民的穷困境况，表现了诗人关心民瘼、愤世忧时的情怀，深受杜甫的赞赏。杜甫称赞此诗和《贼退示官吏》是“两章对秋月，一字偕华星”，还说：“不意复见比兴体制、婉委顿挫之辞。”（《同元使君〈舂陵行〉》）

这首诗体现了一个官员的良知，以及关心民间疾苦的人道主义精神，这是值得高度肯定的，虽然它的韵味似乎有所不足，所谓言尽意尽者。但这不是最重要的。尤其在今天，它的现实意义远非一般作品可比。

张籍

张籍（770—830？），字文昌，吴郡（今江苏苏州）人，后居和州乌江（今安徽和县）。德宗贞元十五年（799）进士。宪宗元和元年（806）补太常寺祝，十年不调。十一年，官国子助教。十五年，迁秘书郎。穆宗长庆元年（821），韩愈荐为国子博士。次年改水部员外郎，世称“张水部”。四年，迁主客郎中。文宗大和二年（828），迁国子司业，世又称“张司业”。

张籍交游颇广。《旧唐书》本传：“公卿裴度、令狐楚，才名如白居易、元稹，皆与之游。”辛文房《唐才子传》：“时朝野名士皆与游，如王建、贾岛、于鹄、孟郊诸公集中，多所赠答。”张籍与王建同岁，且与王有同窗之谊。张籍赠王建诗尚有十余首。“张王”并称，始于宋代。魏泰《临汉隐居诗话》云：“唐人亦多为乐府，若张籍、王建、元稹、白居易以此得名。”曾季狸《艇斋诗话》：“唐人乐府，唯张籍王建古质。”张戒《岁寒堂诗话》：“张籍、王建乐府，专以道得人心中事为工。”辛文房《唐才子传》又云：“公于乐府古风，与王司马自成机轴，绝世独立。”有《张司业集》。

野老歌

张　籍

老农家贫在山住，耕种山田三四亩。
苗疏税多不得食，输入官仓化为土。
岁暮锄犁傍空室，呼儿登山收橡实[1]。
西江贾客珠百斛[2]，船中养犬长食肉。

[1] 橡实：橡树之果实。橡树也叫栎（lì）树，或柞树，其果实味苦，可充饥。

[2] 西江：西来大江，此指长江。

这是一首新乐府诗，揭露了社会的贫富不均，体现了作者关心民间疾苦的人道主义精神，语言通俗易懂，此即张戒所云“道得人心中事”者。

古人的心灵和我们是相通的，古人所面临的许多问题，我们今天仍然还要面对。例如贫富不均这个问题，直到今天也没有得到解决，甚至更为严重。

秋思

张籍

洛阳城里见秋风，欲作归书意万重。
复恐匆匆说不尽，行人临发又开封。

怀乡之情因秋风而起，此亦物候引发诗人生命意识之一证。由于“意万重”又“恐匆匆说不尽”，故“行人临发又开封”。“临发又开封”这一细节，传达无限乡思，给读者留下无限想象空间。

张籍乐府是富有韵味的，绝非言尽意尽那一种。王安石评张籍诗：“看似寻常最奇崛，成如容易却艰辛。”信然。

王 建

王建（770—829），字仲初，关辅（今陕西）人。曾与张籍同学于齐州鹊山（今山东历城北）。贞元、元和间先后入淄青、幽州、岭南、荆南、魏博节度使幕府。因魏博节度使田弘正及中书舍人裴度推荐，任昭应（今陕西临潼）县丞，历太府寺丞、秘书丞，官至陕州司马。有《王司马集》。

王建作诗重写实，尚通俗，长于乐府，与张籍齐名，并称“张王”。白居易称其“所著章句，往往在人口，求之流辈，亦不易得”。

王建除了长于乐府，还长于宫词。他在长安时，与宦官王守澄联宗，悉知后宫故事，作《宫词》一百首，是历史上最早系统作宫词的诗人。

新嫁娘词（三首选一）

王 建

三日入厨下，洗手作羹汤。

未谙姑食性，先遣小姑尝。

古时风俗，女子出嫁后的第三天，谓之“三朝”，按规矩，这一天须下厨房做饭。

作品写新嫁娘的细心、周到，富有生活情趣，令人回味。沈德潜《唐诗别裁集》称张王乐府“心思之巧，辞句之隽，最易启人聪颖”。这首诗记载了一个优美的风俗，所谓“启人聪颖”者也。

望夫石

王 建

望夫处，江悠悠。

化为石，不回头。

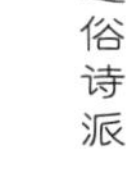

上头日日风复雨，
行人归来石应语。

在中国各地，到处都可以见到望夫石，到处都有望夫石的传说。这是古代妇女忠于爱情、期盼丈夫归来的一个标本。

最早的望夫石，当是巫山的神女峰，那是巫山神女期盼梦中的楚怀王归来的一尊雕像。当代诗人舒婷的《神女峰》写道："与其在岩石上展览千年，不如在情人的肩膀上痛哭一晚。"这是女权主义者的叛逆意识，在当代中国，影响不可低估。自从望夫石的传说被颠覆之后，爱情就不再那么令人回味了。

元稹

元稹（779—831），字微之，北魏鲜卑族拓跋部后裔。新、旧《唐书》本传都说他是河南人，其实河南只是元氏的郡望。《广韵》"二十二·元"："又后魏孝文帝改拓跋为元氏，望在河南。"元稹实际上生长于京兆万年县（今陕西西安）之靖安坊。

元稹这人有这样几个特点：

一是会考试。15 岁（贞元九年）明经及第，这是常科；25 岁（贞元十九年）登书判拔萃科，这是制科；28 岁（元和元年）中才识兼茂明于体用科，在 18 人中名列第一，这也是制科。

二是功名心特别强。唐代读书人的功名心一般都很强烈，元稹尤其强烈。据白居易《河南元公墓志铭并序》介绍，他是后魏昭成皇帝的第十五代孙，五代祖做到太守，高祖做到刺史，曾祖做到参军，祖父做到县丞，父亲做到王府长史。正是这种一代不如一代的家世，刺激、培植了他强烈的功名心。由于功名心太强，他在拜左拾遗的当天，就"献《教本书》，数月间，上封事六七"。

他的强烈的功名心还表现在对宦官的态度上。据《新唐书》本传记载，唐宪宗元和四年（809），元稹拜监察御史，按狱东川。回京途中“次敷水驿，中人仇士良夜至，稹不让，中人怒，击稹败面。宰相以稹年少轻树威，失宪臣体，贬江陵士曹参军”。他和宦官争什么呢？其实就是争驿厅的上厅，也就是争贵宾房。这件事闹得还很大。据李肇《国史补》卷下：“元和中，元稹为监察御史，与中使争驿厅，为其所辱。始敕节度观察使、台官与中使，先到驿者处上厅，因为定制。”元稹为了争上厅，受到宦官的侮辱，宰相不但不追究宦官的过错，反而把他贬为江陵士曹参军。这应该是够委屈了吧？李绛、崔群、白居易等都上书为他喊冤。可是到了江陵之后，他竟然和另一个做监军的宦官崔潭峻搞得特别火热。《新唐书》本传记载：“稹之谪江陵，善监军崔潭峻。（穆宗）长庆初，潭峻方亲幸，以稹歌词数十百篇奏御，帝大悦。问稹今安在？曰‘为南宫散郎。’（即膳部员外郎），即擢祠部郎中，知制诰。……俄迁中书舍人，翰林承旨学士。数召入，礼遇益厚，自谓得言天下事。……未几，进同中书门下平章事（宰相）。”又据《旧唐书》本传记载：“长庆二年，拜平章事，诏下之日，朝野无不轻笑之。”为什么轻笑之？因为他这个宰相，实际上是得宦官之力。也正因为“朝野无不轻笑之”，所以他这个宰相实际上只做了三个月。出为同州刺史，次年改浙东观察使。关于这段公案，元稹后来在《进诗状》里，白居易在《墓志铭》里均另有说法，有人据这两篇文章为他辩护，但是缺乏说服力。

三是绯闻传得很广。元稹21岁的时候（贞元十六年），写过一篇很有名的自传性小说，叫《莺莺传》，后来人们根据这篇小说改为《西厢记》，影响大得不得了。据赵德麟《侯鲭录》卷五、刘克庄《后村诗话前集》卷一、陈寅恪《元白诗笺证稿》第四章，以及孙望《莺莺传事迹考》（《蜗叟杂稿》）等考证，这个《莺莺传》的女主人公崔莺莺，就是元稹的姨表妹。他的姨父叫崔鹏。崔鹏死后，妻女遭遇乱军，元稹为保护这母女俩，确实很用心，很周到。那时候他才17岁，也确实和表妹有过一场热恋，结果正如小说写的那样，“始乱终弃”。

元稹抛弃崔莺莺，并不是因为崔莺莺有什么不好，而是崔莺莺的父亲已经去世了。唐代的读书人有三大心愿：一是中进士，二是修国史，三是娶名门之女。三者都是为了功名。像元稹这种功名心特强的人，肯定会想尽办法娶权势人家之女。如果娶了崔莺莺这样的女子，对他的政治前途会有什么帮助呢？

元稹抛弃了自己的表妹，还以“善补过”为自己辩护，还把这事写下来。就像今天的某些人，有了艳遇，还要把艳遇写进微博一样。由于这篇小说的文学价值很高，故事性很强，所以他这段艳遇就传得特别广。

元稹 25 岁的时候，娶了太子少保韦夏卿的幼女韦丛。这可是真正的权门之女。韦丛小他五岁，不仅漂亮，而且很贤惠，所以夫妻感情非常好。但是七年之后，韦丛就去世了。韦丛去世之后，元稹非常伤心，写了很多很好的悼亡诗来怀念她。这些作品也传得非常广。

元稹的妻子韦丛是元和四年（809）七月去世的，这一年的三月，他出使剑南东川，也就是四川。在成都，经人介绍，他认识了著名女诗人薛涛。薛涛本是官宦人家的女儿，精通音律，父亲死后，入了乐籍，做了歌妓。后来脱籍，住在成都的浣花溪。与她来往的，都是一些高官和文化名流。据有关学者考证，元稹和薛涛是谈过恋爱的，有人还以为他会娶薛涛呢，但是他并没娶她。据我的推算，元稹到成都时，薛涛至少也有 42 岁了，而元稹才 32 岁，实际上是一场姐弟恋。由于两个人都是名人，这一场恋爱也传得很广。

元稹在唐代诗人中，是不是最风流的，恐怕也难说。他和别人不一样的地方，是喜欢把自己的恋爱事迹写出来，就像现在的那些风流人士喜欢发微博一样，搞得地球人都来围观。当两个人之间的恋爱让更多的人来围观的时候，恋爱就成了绯闻了。

元稹的这些行为，被时人视为不检点。他当年只做了三个月的宰相就被免职，出为同州刺史，次年改浙东观察使。做了六年浙东观察使之后，他被召回，做尚书左丞，终因“素无检，望轻，不为公议所右”（《新唐书》本传），出为武昌节度使。不久死在任上，享年 53 岁。

四是诗名响亮。《旧唐书》本传:“稹聪警绝人，年少有才名，与太原白居易友善。工为诗，善状咏风态物色，当时言诗者称元、白焉。自衣冠士子，至闾阎下俚，悉传讽之，号为‘元和体’。既以俊爽不容于朝，流放荆蛮者仅十年。俄而白居易亦贬江州司马，稹量移通州司马。虽通、江悬邈，而二人来往赠答，凡所为诗，有自三十、五十韵乃至百韵者。江南人士，传道讽诵，流闻阙下，里巷相传，为之纸贵。”

白居易《河南元公墓志铭并序》说:元稹“在翰林时，穆宗前后索诗数百篇，命左右讽咏，宫中呼为‘元才子’。自六宫、两都、八方，至南蛮、东夷国，皆写传之。每一章一句出，无胫而走，疾于珠玉”。

元稹在诗坛与白居易齐名，时称“元白”。两人关系也非常好，其唱和之多，无人能及。所谓“生死契阔者三十载，歌诗唱和者九百章”(白居易《祭元微之文》)。

元稹与白居易都写了很多新乐府诗，许多人甚至称他们为“新乐府运动”的倡导者。其实在他们之前，已经有杜甫、元结、顾况、张籍、王建等人先为之。他们既不是最早写新乐府诗的人，也不是写新乐府诗写得最好的人。

现在我要强调一下，唐代既没有所谓的“新乐府运动”，也没有所谓的“古文运动”。“新乐府运动”和“古文运动”这一类的概念，乃是五四运动以后尤其1949年以后那些习惯于搞各种政治运动的人提出来的。这种概念并不符合事实。以“古文运动”为例，当时韩愈在京城长安，而柳宗元却贬官在南方的永州和柳州，他们两人连见面都很难，搞什么运动啊？运动谁啊？再说“新乐府运动”，虽然元稹和白居易的关系很好，但是两人见面的机会也不多，你说他们搞了一个“新乐府运动”，请问他们在一起开过会吗？做过动员吗？他们动员谁呀？杜甫、元结、顾况、张籍、王建等人写新乐府诗都在他们前边，资格比他们老，还需要他们来动员吗？“运动”这种带有强烈政治色彩的概念，根本不宜作文学的概念。文学创作是不能搞运动的，没有哪一个时代的优秀文学是靠运动搞成的。

元稹虽然写了很多新乐府诗，但是实事求是地讲，这些诗并没有什么艺术价值。元稹的诗，写得最好的，既不是那些急功近利、主题先行的新乐府诗，也不是那些与白居易唱和的、被称为“元和体”的千字律，他写得最好的是悼亡诗以及部分怀古诗，例如《连昌宫词》《行宫》等。

遣悲怀三首（其一）

元　稹

谢公最小偏怜女，自嫁黔娄百事乖[1]。
顾我无衣搜荩箧[2]，泥他沽酒拔金钗[3]。
野蔬充膳甘长藿[4]，落叶添薪仰古槐。
今日俸钱过十万，与君营奠复营斋。

[1] 黔娄：战国时齐国的贫士。

[2] 荩（jìn）箧：荩草做的箱子。

[3] 泥：软缠。

[4] 长藿：长长的豆叶。

这一首写韦丛屈身下嫁，生活艰难，但是很贤惠，对丈夫很好。元稹8岁丧父，由母亲郑氏亲自授书。虽然15岁明经及第，但及第并不意味着马上有官做，还要等吏部的考试通过后，才能做官。元稹娶韦丛的那一年，登书判拔萃科，授秘书省校书郎，这是一个清水衙门的最底层的小官，薪水不高，也不大可能有人给他送礼，所以他们的婚后生活应该是比较艰苦的。

可能有人会说，“野蔬充膳甘长藿，落叶添薪仰古槐”这两句，是不是有点夸张？我认为不一定夸张。元稹还有一组悼亡诗，写在韦丛死后的第六年，题为《六年春遣怀八首》，其中一首写道：

检得旧书三四纸，高低阔狭粗成行。

自言并食寻常事，惟念山深驿路长。

写韦丛死后，他翻检她生前写给他的书信。韦丛的文化水平不算高，书信写得歪歪扭扭的，但是她很关心丈夫，也能安贫乐道。其中讲到“并食”。什么叫“并食”？就是两餐并作一餐吃。韦丛说，两餐并作一餐的日子对我来讲是寻常事，我只是担心你在深山驿路上奔波劳顿，没有人照顾你。“并食”，就是因为粮食不够吃。粮食不够吃，就拿野菜来充饥。吃的不够，烧的也不够，所以我认为“野蔬充膳甘长藿，落叶添薪仰古槐”这两句应该是可信的。

韦丛作为一个名门之女，嫁给他这样一个穷书生，过了那么多的苦日子，作为丈夫，他感到非常愧疚，而“今日俸钱过十万”，她又没有这个福分来消受，怎么办呢？他只有把这些钱拿来祭奠她，给她做法事，“与君营奠复营斋”。这种心情也是很真实感人的。

其二

昔日戏言身后意，今朝皆到眼前来。
衣裳已施行看尽，针线犹存未忍开。
尚想旧情怜婢仆，也曾因梦送钱财。
诚知此恨人人有，贫贱夫妻百事哀。

这一首也很真实。写韦丛死后，他所做的一些善后工作。韦丛是个善良的人，曾经托梦给他，要他把自己生前的衣服拿去送人，要他去接济那些困难的人。他把韦丛的衣服都快送完了，但是不忍心打开那个针线包，因为韦丛生前曾经用这个针线包给他缝补过衣裳。由于怀念旧情，他对韦丛用过的仆人也很体贴。

结尾两句尤其好，写了一种普遍性的情感，赢得了广泛的共鸣。

其三

闲坐悲君亦自悲，百年都是几多时？

邓攸无子寻知命[1]，潘岳悼亡犹费词[2]。
同穴窅冥何所望[3]，他生缘会更难期。
唯将终夜长开眼，报答平生未展眉。

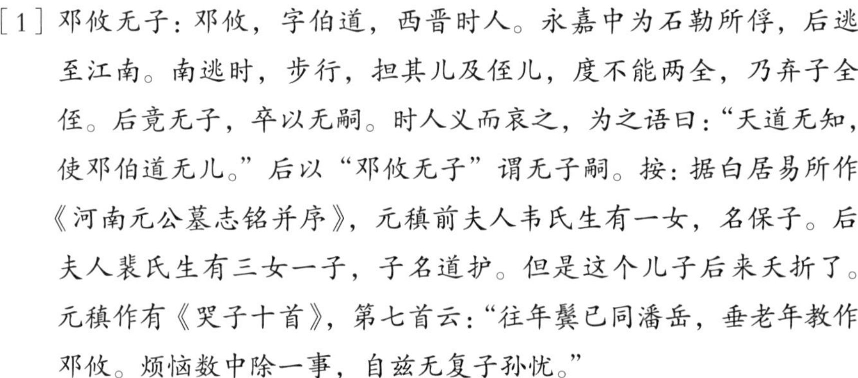

［1］邓攸无子：邓攸，字伯道，西晋时人。永嘉中为石勒所俘，后逃至江南。南逃时，步行，担其儿及侄儿，度不能两全，乃弃子全侄。后竟无子，卒以无嗣。时人义而哀之，为之语曰：“天道无知，使邓伯道无儿。”后以“邓攸无子”谓无子嗣。按：据白居易所作《河南元公墓志铭并序》，元稹前夫人韦氏生有一女，名保子。后夫人裴氏生有三女一子，子名道护。但是这个儿子后来夭折了。元稹作有《哭子十首》，第七首云：“往年鬓已同潘岳，垂老年教作邓攸。烦恼数中除一事，自兹无复子孙忧。”

［2］潘岳：西晋人，字安仁，又称潘安。诗赋都很有名，其代表作有《悼亡诗》三首，为纪念亡妻杨氏而作，情意深厚真挚。

［3］窅冥（yǎo míng）：幽暗貌。

这一首既是悼念死者，也是感叹自己的命运。他把自己比作潘岳和邓攸，可以说是沉痛而绝望。

看来元稹是个无神论者。他认为生不同时死同穴是不可期待的，来世再会更是不可期待的。他所能做的，就是“唯将终夜长开眼，报答平生未展眉”，这两句也很真实感人。

总之，这三首诗，都通俗易懂，真实感人。第二首尤其好。

中国文学史上有一种专门的诗体，叫悼亡诗，是专门悼念亡妻的。许多人都写过悼亡诗，但是在我印象中，只有四个人写得最好，一个是潘岳，一个是元稹，一个是苏轼，一个是贺铸。苏轼与贺铸写的是词，词属于广义的诗，可以统称为悼亡诗。

悼亡诗的特点在朴实无华，朴实无华才能感人。古人云：“丧言不文”“美言不信”。我们看现在有些人写诗写文章怀念自己的亡妻，写得那么华丽，一看就不够真实，是做样子写给别人看的。

韦丛死后，元稹写过多首悼亡诗，而且名作不少。除了我们上面讲到的《遣悲怀三首》和《六年春遣怀八首》很有名之外，还有一组《离思五首》，也很有名。

离思五首（其四）

元　稹

曾经沧海难为水[1]，除却巫山不是云[2]。
取次花丛懒回顾，半缘修道半缘君。

[1]“曾经”句:《孟子·尽心》:“观沧海者难为水，游于圣人之门者难为言。”

[2]“除却”句：宋玉《高唐赋序》:“昔者先王尝游高唐，怠而昼寝，梦见一妇人曰:‘妾，巫山之女也。为高唐之客。闻君游高唐，愿荐枕席。’王因幸之。去而辞曰:‘妾在巫山之阳，高丘之阻，旦为朝云，暮为行雨。朝朝暮暮，阳台之下。’旦朝视之，如言。故为立庙，号曰朝云。”

评说

妻子死后，不再留意花丛，一半是为了修道，一半是为了怀念亡妻。这也是真实的。清朝有个学者说，悼亡而曰“半缘君”，这是半心半意，是薄情的表现（《消寒诗话》）。这话可能有点苛刻。

元稹这个人，虽然有些绯闻，但是我们不要因此而怀疑他对韦丛的感情。要真正理解元稹的这些悼亡诗，还得与他的相关文章结合起来看。韦丛死后，元稹写过一篇《祭亡妻韦氏文》。其文曰:“况夫人之生也，选甘而味，借光而衣，顺耳而声，便心而使。亲戚骄其志，父兄可其求，将二十年矣，非女子之幸耶？逮归于我，始知贫贱，食亦不饱，

衣亦不温。然而不悔于色，不戚于言。他人以我为拙，夫人以我为尊；置生涯于濩落，夫人以我为适道；捐昼夜于朋宴，夫人以我为狎贤，隐于幸中之言。呜呼！成我者朋友，恕我者夫人，有夫如此其感也，非夫人之仁耶？”可见韦丛这个名门之女，不仅漂亮、多情，其德行也是非常好的，无怪乎元稹要一再地写诗怀念她。

行　宫

元　稹

寥落古行宫，宫花寂寞红。
白头宫女在，闲坐说玄宗。

元稹所写的这个行宫，有人说是白居易的《上阳白发人》所写的上阳行宫，这个行宫在东都（洛阳）皇城的西南边。程大昌《雍录》：“洛阳有上阳宫在洛城外。”

据白居易的诗讲，上阳行宫里有位60岁的宫女，“玄宗末岁初选入，入时十六今六十”。这位宫女虽然在宫里住了44年，但是从来就没有见过皇帝。皇帝的女人太多了，你想见他，他还没空见你呢。再说本来就是一个行宫，皇帝只有出行到这里，才进来住一住。行宫里的宫女见皇帝的机会，实在是太渺茫了。

白居易的《上阳白发人》长达42句、268个字，它的主题，就是一个字：“怨”。怨什么呢？怨她当年泪别亲人，被忽悠到宫里，还没见到皇帝就遭到杨贵妃的排挤，然后被“潜配”到上阳行宫。到了行宫就是守空房，一天又一天，一年又一年，一直守到60岁。

元稹的这首诗，只有4句、20个字，篇幅不到白居易《上阳白发人》的7.5%，但是它的内涵比《上阳白发人》要丰富得多。“闲坐说玄宗”，说什么呢？可说的多了。这里面可能有“怨”，也可能有“回忆”，也可能有“遗憾”，也可能有“感叹”。总之，作品留下了非常丰富的想象空间，让读者去想象。

五言绝句在中国古典诗歌里面是篇幅最小的一种，这种诗体要求言简意赅，以少总多。前人正是从这个角度来评价这首诗的，例如：洪迈《容斋随笔》卷二："语少意足，有无穷之味。"胡应麟《诗薮·内编》卷六："语意妙绝，合（王）建七言宫词百首，不易此二十字也。"

除了言简意赅、以少总多这个特点，我还想补充讲两点。

一是"闲坐说玄宗"这个"说"字用得好，语气平和而内涵丰富，非常适合白头宫女的身份和口吻。按照白居易的理解，白头宫女是有"怨"的，但是在元稹这里，她们已经没有"怨"了。星回斗转，人世沧桑，玄宗死了好多年了，他成了一段历史，一个故事，一个传说，还"怨"什么呢？还有什么好"怨"的呢？网络上有一句话："不要叫我哥，哥只是一个传说。"现在我们把它改一下："不要怨哥，哥只是一个传说。"作者很懂得白发宫女的这个心理，他不仅用了不带感情色彩的"说"字，还在"说"字前面用了"闲坐"这两个字，让人感觉到白发宫女在讲一个遥远的、似乎与自己没有什么关系的故事。这是一种淡泊，一种经历了太多沧桑之后的淡泊。

二是善于营造气氛，善于做铺垫。"闲坐说玄宗"这一句确实既淡泊，又丰富，效果非常好，但是如果没有前面三句来造气氛，做铺垫，也不会达到这种效果。事实上，作者为了写这一句，为了给读者留下丰富的想象空间，已经营造了很好的气氛，做了很好的铺垫。例如，"行宫"是"寥落"的，"宫花"是"寂寞"的，"宫女"是"白头"的，这些字眼虽然简洁，但是感情色彩又很鲜明，其实就是一种情感指向，它可以引读者往那个逝水流年、沧海桑田、兴亡盛衰的方向去想。

白居易

白居易（772—846），字乐天，号香山居士。郡望太原，祖籍下邽（guī，今陕西渭南），生于郑州新郑（今属河南）。

白居易活了75岁。他的一生，可以元和十年（815）贬江州司马为界，分为前后两个时期。大致上讲，贬江州司马之前的他，是一个“兼济天下”的人；贬江州司马之后的他，则基本上是一个“独善其身”的人。

白居易于贞元十六年（800）进士及第，十九年（803）中书判拔萃科，授秘书省校书郎；元和元年（806），中才识兼茂明于体用科，授周至县尉；元和二年任翰林学士；元和三年任左拾遗。前期在科举、仕途上，可以说是顺风顺水。正因为路走得很顺，所以用世之心特别强烈。他大量写作干预现实、批评时政、反映民生疾苦的新乐府诗，就是在这个时期。

《旧唐书》卷一六六《白居易传》：

> 十年七月（按：当为六月），盗杀宰相武元衡，居易首上疏论其冤，急请捕贼以雪国耻。宰相以宫官非谏职，不当先谏官言事。会有素恶居易者，掎摭居易，言浮华无行，其母因看花堕井而死，而居易作《赏花》及《新井》诗，甚伤名教，不宜置彼周行。执政方恶其言事，奏贬为江州刺史。诏出，中书舍人王涯上疏论之，言居易所犯状迹，不宜治郡，追诏授江州司马。

这里需要作几点说明：

第一，所谓“盗杀宰相武元衡”，其实是地方军阀派刺客所为，是在挑战中央政府的权威。白居易第一个上书请缉拿盗贼，是在维护中央政府的权威。

第二，所谓“宫官非谏职，不当先谏官言事”，是指白居易当时的官职是“太子左赞善大夫”，即宫官。而在此之前，他的官职是左拾遗兼翰林学士。左拾遗就是个谏官。做过多年谏官的白居易，不会不知道如何“言事”。讲“宫官非谏职，不当先谏官言事”的这个宰相叫韦贯之，此人为人并不坏，但是有些迂腐死板。正是由于他对白居易的所谓“越职言事”表示反感，平日里那些对白居易心怀不满的人这个时候就跳出来造谣中伤他了。

第三，白居易写《赏花》及《新井》等乐府诗，是在他母亲看花堕井之前，不是之后。关于他母亲的事，宋人陈振孙的《白文公年谱》

讲得最清楚：

公母有心疾，因悍妒得之。及嫠，家苦贫。公与弟不获安居，常索米丐衣于邻邑。母昼夜念之，病益甚。公随计宣州，母因忧愤发狂，以苇刀自刎，人救之得免。后遍访医药，或发或瘳，常恃二壮婢厚给衣食，俾扶卫之，一旦稍怠，毙于坎井。

白居易贬江州司马，实际上就是因写新乐府诗干预时政，得罪了权贵。这对他来讲，确实是一个委曲。

从此以后，白居易就换了一个人，不再干预时政，不再得罪人，明哲保身，诗酒风流，笃信佛教，甚至几个月不吃荤，自号“香山居士”。

他后来担任过许多官职，包括杭州刺史和苏州刺史。在杭州刺史和苏州刺史任上，他做过一些有益于人民的事情，例如在杭州修江堤、在苏州修虎丘路，等等。最后做到太子少傅，故世称“白傅”“白太傅”。

白居易把自己的诗分为四类：一是讽喻诗，二是感伤诗，三是闲适诗，四是格律诗。前三种按内容分，第四种又按体裁分。分法不科学，但大体上符合事实。

所谓讽喻诗，就是他在贬江州司马以前写的那些新乐府诗，包括《秦中吟》十首，《新乐府》五十首等。这些作品都是干预时政、关注民生的作品，有一定的认识价值和社会批判价值，但是由于功利性太强，往往主题先行，艺术价值不高。我认为，白居易的讽喻诗，最好的就是《卖炭翁》；《卖炭翁》中，最好的就是“可怜身上衣正单，心忧炭贱愿天寒”这两句。

所谓感伤诗，就是《长恨歌》《琵琶行》这样的作品。这两首诗，一首写在元和元年（806），一首写在元和十一年（816），都是45岁以前的作品。这两首感伤诗，为他赢得了巨大的声誉。他死后，唐宣宗写诗悼念他，其中有这样两句：“童子解吟长恨赋，胡儿能唱琵琶篇。”可见他的这两首诗，在当时是家喻户晓。

所谓闲适诗，就是那些明哲保身、诗酒风流的作品。基本上都是写在贬江州司马以后。过去一些士大夫最看重的，就是他这一类的

作品。不过在我看来，这一类的作品其实好的也不多，较好的也就是《问刘十九》《暮江吟》《钱塘湖春行》等若干首。

古代中国是一个典型的专制国家，专制统治长达几千年。在这种专制统治下，人民没有真正的幸福可言。中国的士大夫多如牛毛，但真正能够为人民讲话的没有几个，多数都是一些明哲保身的人。白居易早年写新乐府诗，干预时政，同情人民的疾苦，虽然这些作品的艺术价值不算高，但作者的精神可贵。经过一次打击，他就彻底变了一个人，圆滑世故，不谈是非。喝酒、写诗、听歌、观舞、念佛、游山玩水，他这种生活态度，虽然得到一些士大夫的认可，但是在具有民间立场和社会责任感的知识分子看来，其实并不可取。因为中国从来不缺少明哲保身的士大夫，缺的是敢于为民请命的人。

白居易青年时代就有诗名。据张固《幽闲鼓吹》载：

> 白尚书应举，以诗谒况著作。顾睹姓名，熟视公曰："米价方贵，居亦弗易。"乃披卷，首篇曰："离离原上草，一岁一枯荣。野火烧不尽，春风吹又生。"即嗟赏曰："道得个语，居即易矣。"因为之延誉，声名大振。

白居易的诗，最大的特点就是通俗易懂。无论是哪一种类型的诗，都有这个特点。他的风格和元稹是一类的，所以在当时并称"元白"。

长恨歌

白居易

汉皇重色思倾国[1]，御宇多年求不得。
杨家有女初长成[2]，养在深闺人未识。
天生丽质难自弃，一朝选在君王侧。
回眸一笑百媚生，六宫粉黛无颜色。
春寒赐浴华清池[3]，温泉水滑洗凝脂。
侍儿扶起娇无力，始是新承恩泽时。
云鬓花颜金步摇[4]，芙蓉帐暖度春宵。
春宵苦短日高起，从此君王不早朝。

承欢侍宴无闲暇，春从春游夜专夜。
后宫佳丽三千人，三千宠爱在一身。
金屋妆成娇侍夜，玉楼宴罢醉和春。
姊妹弟兄皆列土[5]，可怜光彩生门户。
遂令天下父母心，不重生男重生女[6]。
骊宫高处入青云，仙乐风飘处处闻。
缓歌慢舞凝丝竹，尽日君王看不足。
渔阳鼙鼓动地来[7]，惊破霓裳羽衣曲[8]。
九重城阙烟尘生，千乘万骑西南行[9]。
翠华摇摇行复止，西出都门百余里。
六军不发无奈何，宛转蛾眉马前死。
花钿委地无人收，翠翘金雀玉搔头。
君王掩面救不得，回看血泪相和流[10]。
黄埃散漫风萧索，云栈萦纡登剑阁[11]。
峨嵋山下少人行[12]，旌旗无光日色薄。
蜀江水碧蜀山青，圣主朝朝暮暮情。
行宫见月伤心色，夜雨闻铃肠断声[13]。
天旋日转回龙驭[14]，到此踌躇不能去。
马嵬坡下泥土中，不见玉颜空死处[15]。
君臣相顾尽沾衣，东望都门信马归。
归来池苑皆依旧，太液芙蓉未央柳[16]。
芙蓉如面柳如眉，对此如何不泪垂。
春风桃李花开日，秋雨梧桐叶落时。
西宫南内多秋草[17]，落叶满阶红不扫。
梨园弟子白发新[18]，椒房阿监青娥老[19]。
夕殿萤飞思悄然，孤灯挑尽未成眠。
迟迟钟鼓初长夜，耿耿星河欲曙天。
鸳鸯瓦冷霜华重[20]，翡翠衾寒谁与共。
悠悠生死别经年，魂魄不曾来入梦。

临邛道士鸿都客[21]，能以精诚致魂魄。
为感君王展转思，遂教方士殷勤觅。
排空驭气奔如电，升天入地求之遍。
上穷碧落下黄泉[22]，两处茫茫皆不见。
忽闻海上有仙山，山在虚无缥缈间。
楼阁玲珑五云起，其中绰约多仙子。
中有一人字太真，雪肤花貌参差是[23]。
金阙西厢叩玉扃[24]，转教小玉报双成[25]。
闻道汉家天子使，九华帐里梦魂惊[26]。
揽衣推枕起徘徊，珠箔银屏迤逦开[27]。
云鬓半偏新睡觉，花冠不整下堂来。
风吹仙袂飘飘举，犹似霓裳羽衣舞。
玉容寂寞泪阑干[28]，梨花一枝春带雨。
含情凝睇谢君王，一别音容两渺茫。
昭阳殿里恩爱绝，蓬莱宫中日月长[29]。
回头下望人寰处，不见长安见尘雾。
唯将旧物表深情，钿合金钗寄将去[30]。
钗留一股合一扇，钗擘黄金合分钿[31]。
但教心似金钿坚，天上人间会相见。
临别殷勤重寄词，词中有誓两心知。
七月七日长生殿[32]，夜半无人私语时。
在天愿作比翼鸟，在地愿为连理枝。
天长地久有时尽，此恨绵绵无绝期。

[1] 汉皇：本指汉武帝，这里借指唐玄宗。倾国：绝色美女。《汉书·外戚传》载李延年歌：“北方有佳人，绝世而独立。一顾倾人城，再顾倾人国。”

[2] 杨家有女：小名玉环，她是蜀州司户杨玄琰的女儿，因父亲去世早，自幼养在叔父杨玄璬家。开元二十二年（734）册封寿王（唐玄宗之子李瑁）妃。二十八年（740），玄宗让她出家为道士，住太真宫，改名太真。天宝四载（745）册封为贵妃。

[3] 华清池：即温泉，在临潼县南的骊山西北，最初由后周宇文护所造，隋时增修屋宇，唐高宗咸亨三年（672）命名为温泉宫，唐玄宗天宝六载（747）改名华清宫。程大昌《雍录·温泉》："开元间明皇每岁十月幸，岁尽乃归。以新丰县去泉稍远，天宝四载，置会昌县，即于汤所置百司及公卿邸第焉。"

[4] 金步摇：中国社会科学院文学所编《唐诗选》："一种首饰的名称，用金银丝宛转屈曲制成花枝形状，上缀珠玉，插在发髻上，行走时摇动，所以叫'步摇'。"

[5] 姊妹弟兄皆列土：《旧唐书·后妃上·玄宗杨贵妃传》："有姊三人，皆有才貌，玄宗并封国夫人之号：长曰大姨，封韩国；三姨，封虢国；八姨，封秦国。并承恩泽，出入宫掖，势倾天下。天宝初，进册贵妃。……再从兄铦，鸿胪卿；锜，侍御史……韩、虢、秦三夫人与铦、锜等五家，每有请托，府县承迎，峻如诏敕，四方赂遗，其门如市。"列土：分封土地。

[6] 不重生男重生女：当时有民谣云："男不封侯女作妃，看女却为门上楣。""生男勿喜女勿悲，君今看女作门楣。"

[7] 渔阳鼙鼓动地来：这一句写安禄山造反，即"安史之乱"爆发。渔阳，即渔阳郡，所辖之地为今北京市东部地区，原属平卢、范阳、河东三镇节度使安禄山管辖。鼙鼓：骑鼓，军中用的小鼓。

[8] 霓裳羽衣曲：舞曲，由唐玄宗根据西凉府节度杨敬述所献十二遍之曲润色而成（参见任半塘：《唐戏弄》上册，《辨体·弄婆罗门》）。

[9]"九重"二句：天宝十五载六月，安禄山破潼关，京师一片恐慌，唐玄宗带领宰相杨国忠和韦见素，还有太子、亲王、杨贵妃、内侍高力士、将军陈玄礼等四千多人逃往蜀地。九重城阙：指京城。"烟尘生"：指发生战祸。

[10]“翠华”八句：写马嵬坡之变。唐玄宗一行刚刚走出都门100多里路，到了马嵬驿（在今陕西兴平市），又发生了“马嵬之变”。《旧唐书·玄宗杨贵妃传》：“及潼关失守，从幸至马嵬，禁军大将陈玄礼密启太子，诛国忠父子。既而四军不散，玄宗遣力士宣问，对曰‘贼本尚在’，盖指贵妃也。力士复奏，帝不获已，与妃诀，遂缢死于佛室。时年三十八，瘗于驿道西侧。”这就是“马嵬之变”。根据这一记载，可知杨贵妃是缢死的，并非死于刀剑。缢死者不会流血，所谓“回看血泪相和流”，乃想象之辞耳（杜甫《丽人行》写杨妃结局：“血污游魂归不得”，亦想象之辞）。翠华：皇帝仪仗中用翠鸟羽毛装饰的旗帜。翠翘：翠鸟尾上的羽毛叫“翘”，这里指形似翠翘的头饰。金雀：雀形的金钗。玉搔头：玉簪。

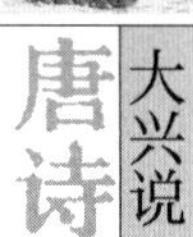

[11]剑阁：在今四川省剑阁县北大小剑山之间，又名剑门关。

[12]峨嵋山：在今四川省峨嵋山市境内。唐玄宗当年奔蜀，最南只到成都，不可能经过成都以南的峨嵋山。这里是以峨嵋山代指蜀中高山。

[13]夜雨闻铃：《明皇杂录》载：“明皇既幸蜀，西南行，初入斜谷，属霖雨涉旬，于栈道雨中闻铃者，隔山相应。上既悼念贵妃，采其声为《雨霖铃》曲以寄恨焉。”此句似暗指此事。

[14]天旋日转回龙驭：写两京收复后，唐玄宗回长安。《旧唐书·玄宗下》：“明年（唐肃宗至德二载）九月，郭子仪收复两京。十月，肃宗遣中使啖廷瑶入蜀奉迎。”

[15]“马嵬坡下”二句：《旧唐书·玄宗杨贵妃传》载：“上皇自蜀还，令中使祭奠，诏令改葬。……初瘗时以紫褥裹之，肌肤已坏，而香囊仍在。内官以献，上皇视之凄惋，乃令图其形于别殿，朝夕视之。”

[16]太液：池名，汉唐皆有。唐太液池在今陕西省西安市东北，其南为大明宫。未央：宫名，西汉时由萧何主持兴建，唐末被毁，旧址在今陕西省西安市西北郊。

[17] 西宫：太极宫，又称西宫、西内。南内：即兴庆宫，在皇城东南。唐玄宗自成都回长安，即住兴庆宫。程大昌《雍录·明皇幸蜀》："初，兴庆宫南有长庆楼，俯临市衢，圣皇时御此楼，置酒眺望。辅国疑有变，遂白上曰：'圣皇所居近市，与外人交通，请移居大内。'""至乾元元年，李辅国矫迁帝入西内居甘露殿。"

[18] 梨园弟子：唐玄宗在宫内亲自培养、训练的青年音乐艺人。程大昌《雍录·梨园》："开元二年置教坊于蓬莱宫，上自教法曲，谓之梨园弟子。至天宝中即东宫置宜春北苑，命宫女数百人为梨园弟子。即是梨园者，按乐之地，而预教者名为弟子耳。"

[19] 椒房：原是西汉皇后所居殿名，在未央宫，亦称椒室。以花椒和泥涂壁，使其温暖、芳香，并象征多子。这里借指唐时后宫。阿监：宫廷中官居六七品的女监官。青娥：年轻貌美的宫女。

[20] 鸳鸯瓦：屋瓦一俯一仰扣合在一起者。

[21] 临邛：今四川省邛崃市。鸿都：洛阳北宫门名，这里代指京都。

[22] 碧落：指天上。黄泉：指地下。

[23] 参差是：仿佛是。

[24] 玉扃：门环。

[25] 小玉：吴王夫差之女。双成：神话中为西王母吹云和（一种乐器）的仙女董双成。这里均指在仙山上侍候杨贵妃的婢女。

[26] 九华帐：用九华图案绣成的锦帐。九华：图案名。

[27] 珠箔：用珠玉编串的帘子。逦迤开：指一重又一重的门户接连打开。

[28] 泪阑干：泪流满面。

[29] "昭阳"二句：昭阳殿：汉宫名，赵飞燕住过的宫殿。蓬莱宫：传说中的海上三神山之一蓬莱山上的宫殿，这里指杨贵妃所住之仙境。

[30] 钿合：镶嵌金花的盒子。

[31] "钗留"二句：黄金做的钗有两股，金钿做的盒子有两爿。自留一股一爿，还有一股一爿则委托方士带给唐玄宗。擘：分开。

[32] 长生殿：在骊山上的华清宫。《唐会要》卷三十："华清宫，天宝元

年十月，造长生殿，名为集灵台，以祀神。”程大昌《雍录·温泉说》：“华清宫者，本太宗温泉宫也，天宝六载，始名华清，而杨妃入宫以太真得幸，已在三载，则华清未名，而妃已先幸。今曰‘春寒赐浴华清池’，‘始是初承恩泽时’，此已误矣。而又记其款昵，则曰‘七月七日长生殿’。华清宫固有长生殿矣，而其地乃斋宿礼神之所，本非寝殿，帝又未尝以七月至骊山，则白歌皆不审也。”

这是一首长达120句的叙事诗。为了理解的方便，通常把它分为四个部分。第一部分，从开始到“不重生男重生女”，是写杨贵妃得宠。第二部分，从“骊宫高处入青云”到“回看血泪相和流”，写马嵬之变。第三部分，从“黄埃散漫风萧索”到“魂魄不曾来入梦”，写唐明皇的思念。第四部分，从“临邛道士鸿都客”到结尾，写方士寻找杨贵妃的魂灵。

全诗详略得当，结构完整。作者既善于叙事，又善于写景，又善于抒情，可以说是叙事、写景、抒情达到了较完美的结合；作品的语言既通俗，又优美，而且在格律上很和谐，读起来朗朗上口，可以说是声情并茂，韵味悠长。关于这些特点，前人已经讲过了，我不打算多讲。

我想重点讲两个问题，也就是作品的价值和意义。

第一，《长恨歌》是汉族少有的弥足珍贵的叙事诗。

汉族是一个叙事诗不发达的民族。汉族的叙事诗，一是少，二是短，最长的也就是《孔雀东南飞》《长恨歌》《琵琶行》这几首。杜甫的《自京赴奉先县咏怀五百字》虽然较长，但不是叙事诗，是咏怀诗，也就是抒情和说理诗。真正的叙事诗要有完整的故事情节，这是一个最起码的要求。从这个角度来看，汉乐府民歌《孔雀东南飞》和白居易的《长恨歌》《琵琶行》，可以说是真正的叙事诗。

《长恨歌》虽然是一部叙事诗，但是又带有浓厚的抒情色彩。这是因为汉族具有悠久的抒情诗的传统，白居易本人也长于写抒情诗，这个作品的内容又是关于爱情的；而在写这个作品之前，白居易又刚刚失恋一次。他爱一个姑娘，叫碧月，原以为可以娶她，但后来没有如愿，他为此伤感了很久。这种种因素，使得这部叙事诗有着浓厚的抒情色彩。

第二，《长恨歌》描写和歌颂了帝妃爱情。

1949年以后的很长一段时间，唐诗研究界都在争议《长恨歌》的主题是什么？李杨作为帝妃，他们之间有爱情吗？他们的爱情值得歌颂吗？今天我就来集中讲一讲这些问题。

首先，《长恨歌》的主题并不复杂，《长恨歌》的主题就是“长恨”。就像《蜀道难》的主题就是“蜀道难”一样。不过这个“恨”，并不是仇恨，而是遗憾。长恨歌，就是长长的遗憾，永远的遗憾。

接着，我要回答李杨之间有没有爱情的问题。

我们知道，中国的帝王，从来不缺美女。由于不缺美女，他们也不珍惜美女。清代著名剧作家洪昇讲“自古钟情者于帝王家罕有”，就是说，绝大多数的帝王是不钟情的，他们有的是美女，钟个什么情啊？钟情的帝王是极少数，晚年的唐明皇就是这极少数中的一个。

我们不要怀疑唐明皇对杨贵妃的爱情。杨贵妃本是唐明皇的儿子寿王李瑁的妃子，唐明皇把自己的儿媳妇据为己有，是付出了很大的道德代价的。他难道不知道这样做是要受人指责的吗？以他的聪明，他不可能不知道。但是他一定要这么做。这说明什么呢？说明他爱杨贵妃爱到了不顾道德、不顾社会舆论、不顾历史评价的地步。

杨贵妃究竟有哪些特别之处，值得唐明皇为她付出这么大的代价呢？《旧唐书·后妃上·玄宗杨贵妃传》是这样描写她的：“太真姿质丰艳，善歌舞，通音律，智算过人。每倩盼承迎，动移上意。”

杨贵妃的漂亮是毫无疑问的，但她绝不仅仅是漂亮。后宫中的漂亮女人实在是太多了。在我看来，杨贵妃有四个特点：

一个是丰腴的美，这是唐人最为欣赏的一种美。如果她不是那样丰腴，而是像赵飞燕那样苗条，那样骨感，估计不会强烈地吸引唐明皇。

二是能歌善舞。在古代，能歌善舞的一般都是歌妓，是风尘女子，

良家女子能歌善舞的并不多。杨贵妃是良家女子，而且是一个“官二代”。一个良家女子、一个“官二代”而能歌善舞，这也是一个很大的亮点。

三是有文才，能写诗（《全唐诗》录其诗一首）。古代有文才、能写诗的良家女子是很少的，历代的后宫美女会写诗的加起来也没几个。那个时代信奉的是“女子无才便是德”。

四是具有浪漫气质，而且会来事，所谓“每倩盼承迎，动移上意”，浪漫气质很重要。我们知道，汉成帝的宫人班婕妤也是会写诗的，但是她没有浪漫气质。《汉书·外戚传》记载：“孝成班倢伃，帝初即位选入宫。……成帝游于后庭，尝欲与倢伃同辇载，倢伃辞曰：‘观古图画，贤圣之君皆有名臣在侧，三代末主乃有嬖女，今欲同辇，得无近似之乎？’上善其言而止。”成帝约她同坐一辆车，她居然拒绝了成帝。而据《旧唐书·玄宗杨贵妃传》记载：“玄宗凡有游幸，贵妃无不随侍。”班婕妤拒绝成帝的结果是什么呢？是让成帝喜欢上了赵飞燕、赵合德两姐妹。班婕妤后来只有去长信宫服侍皇太后，悲悲切切地过完后半生。班婕妤不违背礼制，这当然很好；但是从另一个方面来讲，就是缺少浪漫气质。其实后宫的许多规矩，都是皇后主持制定的。皇后制定这些规矩，表面上是为了约束宫女，实际上是为了约束皇帝。皇帝表面上认可这些规矩，其实内心里是很讨厌的。班婕妤不明白这一点。她不坐皇帝的车，皇后知道了当然很欣慰，还表扬了她，但是皇帝肯定不高兴。一个人太守规矩，就缺乏浪漫气质。试想，如果班婕妤遭遇唐明皇，会是个什么结果？

由于杨贵妃同时具有古代许多美女所不具备的许多优势，所以唐明皇深深地爱她，为她付出了道德的代价，接着又付出了政治的代价。

真正的爱情是互爱。唐明皇爱杨贵妃的理由，我刚才已经讲过了。现在我们要看看，杨贵妃是不是也爱唐明皇？在此，我们要了解一下唐明皇是个什么样的人。

首先，他是一个杰出的政治家。他亲手缔造了“开元天宝盛世”。中国历史上虽然还有所谓的“文景之治”“贞观之治”“康乾之治”，这些都被史家说成是盛世。但是，真正的盛世，还是“开元天宝盛世”。关于这个问题，杜甫的《忆昔二首》之二作了最好的诠释。我曾经发表过一篇文章《请不要误解“和谐”与“盛世”》，专门讨论这个问题[①]，这里无暇多谈。唐明皇亲手缔造了“开元天宝盛世”，仅此一项，就足以得到全国人民的爱戴，包括杨贵妃的爱戴。

第二，他是一个学者。他亲自注释过儒、释、道三家的三大经典，一个是儒家的《孝经》，一个是道家的《道德经》，一个是佛家的《金刚经》，然后颁行天下，供全国的读书人阅读。

第三，他是一个诗人。他现存的诗多达 72 首，还有一首词。他的诗，如果和刘邦、项羽、汉武帝、曹操、隋炀帝、李后主、宋徽宗这些人比，不能算是最好的，但是如果和唐朝的那些皇帝相比，可以说是最好的。他的诗比唐太宗的诗要好。

第四，他是一个音乐家。他不仅能够作曲，还能够配器，还能够指挥。有一次，他带杨贵妃去赏牡丹，让李白当场作《清平调》三章，作完之后，由他当场谱曲，当场配器，当场指挥演奏。

第五，他是一个戏曲导演。他在国家的音乐机构教坊之外，又在皇宫里建梨园，亲自选拔 200 个童男童女，教他们排练演出。这些童男童女，被称为“皇帝梨园弟子”。如今我们在许多地方戏剧团里，还可以看到他们供奉的梨园之祖，也就是戏曲这个行当的偶像神。这个偶像神就是唐玄宗。

中国古代有许多多才多艺的皇帝，但是像唐明皇这样的多才多艺的皇帝并不多见。

更重要的是，他还是一个美男子，一个帅哥。《旧唐书・玄宗上》是这样介绍他的：“性英断多艺，尤知音律，善八分书，仪范伟丽，有非常之表。”

作为一个在位的皇帝，有权有钱有势，又多才多艺，深具浪漫气质，又是全国人民爱戴的领袖，而且仪表非凡，他爱上一个同样多才多

① 见《粤海风》2010 年第 3 期。

艺，同样具有浪漫气质的女人，这个女人会不爱他吗？

诚然，唐明皇后来为了保全自己，保全自己的江山，在马嵬之变中牺牲了杨贵妃，这确实是一个问题。但是，我们也不能用“焦仲卿与刘兰芝”“梁山伯与祝英台”“罗密欧与朱丽叶”的标准来要求他。因为他是一个皇帝，他有他的局限性，而且，在当时那种情况下，他遭到胁迫，别无选择。

问题在于，杨贵妃死后，他是什么表现。我们知道，历史上也有若干皇帝，很爱自己的女人，当这个女人死去之后，他们也很伤心，但是没过多久，他们就爱别的女人去了。汉武帝就是一个例子。他当时也很爱李夫人，李夫人死后，他也是茶饭不思，丧魂落魄。但是后来出现了卫子夫，他的爱情就转移了。但唐明皇不是这样。杨贵妃死后，他没有再爱别的女人。

总之，在古代帝王当中，唐明皇是一个比较钟情的人。而白居易之前和之后的诗人，讲到李杨关系时，一般都是谴责，都是嘲讽，杜甫、李商隐、杜牧，都是这样。白居易最初也是谴责的，《长恨歌》一开始就是谴责：“汉皇重色思倾国，御宇多年求不得。”皇帝不重社稷而重女色，不是谴责是什么？但是写到后来，他的立场变了，由谴责变成同情，又由同情变成赞美。可以说，他是第一个正面歌颂李杨爱情的人。正面歌颂李杨爱情，需要勇气，需要现实主义的文学精神，也需要浪漫气质。事实证明，白居易是成功的。他开了这个头，才有元代白朴的杂剧《梧桐雨》，才有清代洪昇的传奇《长生殿》，这些都是文学史上的经典。

琵琶行（并序）

白居易

元和十年，予左迁九江郡司马[1]。明年秋，送客湓浦口[2]，闻舟中夜弹琵琶者，听其音，铮铮然有京都声[3]。问其人，本长安倡女[4]，尝学琵琶于穆、曹二善才[5]，年长色衰，委身为贾人妇。遂命酒，使快弹数曲。曲罢悯然，自叙少小时欢乐事，今漂沦憔悴，转徙于江湖间。予出官二年[6]，恬然自安，感斯人言，是夕始觉有迁谪意。因为长句，歌以赠之，凡六百一十六言，命曰《琵琶行》。

浔阳江头夜送客[7]，枫叶荻花秋瑟瑟。
主人下马客在船，举酒欲饮无管弦。
醉不成欢惨将别，别时茫茫江浸月。
忽闻水上琵琶声，主人忘归客不发。
寻声暗问弹者谁，琵琶声停欲语迟。
移船相近邀相见，添酒回灯重开宴[8]。
千呼万唤始出来，犹抱琵琶半遮面。
转轴拨弦三两声[9]，未成曲调先有情。
弦弦掩抑声声思[10]，似诉平生不得志。
低眉信手续续弹，说尽心中无限事。
轻拢慢捻抹复挑[11]，初为霓裳后六幺[12]。
大弦嘈嘈如急雨[13]，小弦切切如私语[14]。
嘈嘈切切错杂弹，大珠小珠落玉盘。
间关莺语花底滑[15]，幽咽泉流冰下难[16]。
冰泉冷涩弦凝绝，凝绝不通声暂歇。
别有幽愁暗恨生，此时无声胜有声。
银瓶乍破水浆迸，铁骑突出刀枪鸣。
曲终收拨当心画[17]，四弦一声如裂帛。
东船西舫悄无言，唯见江心秋月白。
沉吟放拨插弦中，整顿衣裳起敛容。
自言本是京城女，家在虾蟆陵下住[18]。
十三学得琵琶成，名属教坊第一部[19]。
曲罢曾教善才伏，妆成每被秋娘妒[20]。
五陵年少争缠头[21]，一曲红绡不知数[22]。
钿头云篦击节碎[23]，血色罗裙翻酒污。
今年欢笑复明年，秋月春风等闲度。
弟走从军阿姨死，暮去朝来颜色故。

门前冷落鞍马稀，老大嫁作商人妇。
商人重利轻别离，前月浮梁买茶去[24]。
去来江口守空船，绕船月明江水寒。
夜深忽梦少年事，梦啼妆泪红阑干。
我闻琵琶已叹息，又闻此语重唧唧[25]。
同是天涯沦落人，相逢何必曾相识。
我从去年辞帝京，谪居卧病浔阳城。
浔阳地僻无音乐，终岁不闻丝竹声。
住近湓江地低湿[26]，黄芦苦竹绕宅生。
其间旦暮闻何物，杜鹃啼血猿哀鸣。
春江花朝秋月夜，往往取酒还独倾。
岂无山歌与村笛，呕哑嘲哳难为听[27]。
今夜闻君琵琶语，如听仙乐耳暂明[28]。
莫辞更坐弹一曲，为君翻作琵琶行[29]。
感我此言良久立，却坐促弦弦转急。
凄凄不似向前声，满座重闻皆掩泣。
座中泣下谁最多，江州司马青衫湿[30]。

[1] 左迁：贬官，降职，与下文“迁谪”同义。古人尊右而卑左，故称降职为左迁。九江郡，隋代郡名，东晋六朝称浔阳郡，唐代称江州，在今江西省九江市。司马：协助刺史处理一州事务的小官，在唐代基本上是个闲职。

[2] 湓浦口：即湓口。有的书上讲，湓浦口“在今九江西湓水入口处”。但是据九江学者考证，这个湓浦口就是历史上的湓浦港，水面开阔，可以停靠各种大小船只，是一处天然良港。鸦片战争以后，英国人在九江设立租界，把这个湓浦港填平了。①

[3] 铮铮然：形容金属、玉器等相击的声音。京都声：指唐代京城长安

① 曾大兴：《中华名楼·浔阳江头夜送客》，中国财政经济出版社2019年版，第96页。

流行的乐曲声调。

[4] 倡女：歌女。倡：古时的歌舞艺人。

[5] 善才：当时对琵琶师或曲师的通称，即“能手”之意。

[6] 出官：京官外调。

[7] 浔阳江：即长江流经浔阳郡（今江西九江）的这一段。

[8] 回灯：移灯。

[9] 转轴拨弦三两声：转动琵琶上的缠绕弦丝的轴，拨动弦，弹三两声，调音定调。这是正式弹奏曲子之前的准备。

[10] 掩抑：低沉，幽咽，不舒畅。思：悲抑的情思。

[11] 拢：左手手指按弦向里（琵琶的中部）推，后世称为“推”；捻：左手手指按弦在柱上左右捻动，后世称为“揉”；抹：顺手下拨，后世称为“弹”；挑：反手回拨，后世也称“挑”。拢、捻是左手手法，抹、挑是右手手法。

[12] 霓裳：即《霓裳羽衣曲》，大曲名。六幺：歌舞曲名，又叫《乐世》《绿腰》《录要》。

[13] 嘈嘈：乐声沉重舒长。

[14] 切切：乐声急切细碎。

[15] 间关：象声词，这里形容乐声像“莺语”一样流滑。

[16] 幽咽：形容乐声像泉流冰下一样遏塞不畅。

[17] 当心画：用拨子在琵琶的中部划过四弦，是一曲结束时经常用到的右手手法。

[18] 虾蟆陵：在长安城东南，曲江附近，是当时有名的游乐地区。虾（há）：通“蛤”，“虾蟆”即蛤蟆。一说，“虾蟆”是“下马”的讹音。

[19] 教坊：唐代管理音乐、杂技，教练歌舞的机构。第一部：如同说第一团、第一队。

[20] 秋娘：唐时歌舞妓常用的名字，泛指当时貌美艺高的歌妓。

[21] 五陵：汉代五个皇帝的陵墓，即长陵、安陵、阳陵、茂陵、平陵，在长安城外。后来成为富豪居住的地方，富豪子弟称“五陵年

少”。缠头：用锦帛之类的财物送给歌舞妓女，称“缠头”。

[22] 红绡：一种红色的精细轻美的丝织品。

[23] 钿（diàn）头银篦（bì）：两头镶嵌着花钿的发篦子。击节：打拍子。欣赏歌舞时，通常是用木制或竹制的板子来打拍子，但五陵年少豪奢，用的是钿头银篦。

[24] 浮梁：县名，唐时属饶州，今属江西省景德镇市，以盛产茶叶而知名。

[25] 唧唧：叹声。

[26] 湓江：又名湓水、湓浦，今名龙开河，源出江西瑞昌市西南之青山，东流经市南至九江市西北入长江。

[27] 呕哑嘲哳（zhāo zhē）：呕哑，拟声词，形容单调的乐声；嘲哳：形容声音繁杂。

[28] 暂：突然。

[29] 翻作：依曲调写为歌词。

[30] 青衫：唐朝八品、九品文官的服色。白居易当时虽为江州司马，但属于最低的文散官，从九品，所以服青衫。

评说

这首诗也是一首叙事诗，只是没有《长恨歌》那么长（《长恨歌》120 句，本诗 88 句），故事情节没有《长恨歌》那样跌宕起伏而已。

这首诗对于音乐的描写是很成功的。唐代是一个音乐繁盛的时代，许多著名诗人都在自己的作品里描写过音乐，例如李颀的《听董大弹胡笳弄兼寄语房给事》、韩愈的《听颖师弹琴》、白居易的《琵琶行》、李贺的《李凭箜篌引》等，都是中国诗歌史上的名作。

白居易的这首诗对于音乐的形象描绘，历来为人们所称道。这个不用多讲。我今天想讲的一个问题，是琵琶女这个形象的真实性问题。

琵琶女这个形象，是一个不够真实的形象。说得具体一点，就是她对自己“老大嫁作商人妇”之后的生活，有着严重的失落感，这一点不够真实。琵琶女是一个乐妓，属于歌妓的一种。古代的歌妓都隶属于“娼籍”，无论是教坊的歌妓，还是民间的歌妓，在本质上都是奴隶，不是自由人，她们在政治上、社会上受到种种歧视。例如他们的子女就不能参加科举考试，不能做官，许多人其实是世代为奴。因此她们最大的愿望，就是从良。例如唐代妓女徐月英就有这样一首诗：

叙 怀

徐月英

为失三从泣泪频，此身何用处人伦？
虽然日逐笙歌乐，长羡荆钗与布裙。

“三从”就是在家从父，出嫁从夫，夫死从子。这是古代妇女的人生归宿。但是妓女是没有这种归宿感的，她们无依无靠，被抛出正常的人伦关系之外，所以她们“泣泪频”。虽然她们成天轻歌曼舞、美食华服，但是这些都不是她们真正想要的。她们真正想要的，是像普通妇女那样有尊严地活着，哪怕是“荆钗”“布裙”，日子过得苦一点，她们也很羡慕，很向往。这就是妓女的真实的内心世界。

问题是，如何才能过上普通妇女那样的生活呢？她们只有一条路：从良。要从良，就得“脱籍”，也就是得到官府的许可，把她们的名字从“娼籍”中注销。但“脱籍”也是有条件的。如果是官妓，只有在她们年老色衰、没有演出市场的时候，官府才允许她们“脱籍”。如果是私妓，得有人事先拿出一大笔钱把她们从妓馆赎出来，这一大笔钱就叫“身份银”。赎出来之后才能去官府“脱籍”。“脱籍”之后才能嫁人，也就是从良。那么，谁愿意帮她们“脱籍”乃至为她们出大笔的“身份银”呢？只有那些真正爱她们并且摆脱了世俗偏见之束缚的男人。

从这个意义上讲，诗中的琵琶女应该是很幸运的了。有人认为，琵琶女当年仅仅是挂名“教坊”而已，即所谓“外供奉”，实际上只是临时被召入宫中演奏的外间歌舞妓[1]，也就是说，琵琶女是一个私妓。作为一个私妓，她在“弟走从军阿姨死，暮去朝来颜色故，门前冷落鞍

① 参见中国社会科学院文学所编：《唐诗选》，人民文学出版社1995年版，下册，第184页。

马稀”的时候，在人老珠黄的时候，居然还有商人愿意为她出“身份银”把她赎出来，帮她“脱籍”，她居然还能“嫁作商人妇”，这已经很不容易了。

从作品的描写来看，琵琶女所嫁的那个商人，并不是一个很富有的商人。因为他得亲自去进货（浮梁茶）。如果他很富有，进货的事哪要他亲力亲为呢？让掌柜的带上一帮马仔去办就行了。他虽然并不很富有，需要亲自去进货，但是对琵琶女还是很心疼的，只是让她留在江州守船而已。可是琵琶女并不领情。她认为自己“老大嫁作商人妇”是一种不幸。请问，你不作商人妇，还能作什么人妇？作官人妇吗？作“五陵年少”妇吗？不错，“五陵年少”当年是很捧你，可是他们愿意娶你吗？你那么一大把年纪，人老珠黄，除了这个并不很富有的商人愿意娶你，还有谁？

琵琶女还说，“商人重利轻别离，前月浮梁买茶去”，请问，重利者就一定轻别吗？再说商人如果不重利，不去做茶生意，你吃什么？穿什么？用什么？

总之，琵琶女的那一番言论，无论在过去，还是在今天，都是很错误的，很不得体的，很不识好歹的，很不懂感恩的。

琵琶女的错误，其实就是白居易的错误。白居易的错误主要有四点：

第一，他对妓女的命运缺乏认识。他认为妓女在风月场所弹琴卖唱，“五陵年少”争给红包，争给财物，那才叫幸福；和“五陵年少”喝酒打闹，弄得“钿头云篦击节碎，血色罗裙翻酒污”，那才叫幸福；每天和“五陵年少”厮混，“今年欢笑复明年，秋月春风等闲度”，那才叫幸福。而妓女脱籍、从良，过上一种安定的、平静的、有保障的、有人心疼的、有尊严的生活，反倒不幸福了。也就是说，妓女做奴隶就幸福，做自由人反倒不幸福了。应该指出，这种认识是根本错误的。我们不要用“时代的局限性”这类理由来为他开脱，只要我们把他的这首诗和妓女徐月英的那首诗做个对比，我们就知道他的描写是违背历史真实的。

第二，他对商人缺乏认识。他的脑子里有着根深蒂固的轻商观念，他认为琵琶女“老大嫁作商人妇”是一种不幸。请问，不嫁作商人妇，难道嫁作诗人妇吗？嫁作官人妇吗？你白居易愿意娶她吗？你那么同情她的不幸，你把她娶回去呀！他还借琵琶女之口说“商人重利轻别离”，请问，商人不重利，不做生意，不向国家交税，你这个国家公务员吃什么？穿什么？住什么？玩什么？

第三，他作为一个国家公务员，三更半夜，把人家一个有夫之妇叫到自己的船上饮酒弹琴，这还不说，还用很多不恰当的言论，不恰当的同情，不恰当的眼泪，煽动人家对丈夫的不满，对生活的不满。其实琵琶女最初并不想上他的船，人家很犹豫，因为毕竟三更半夜了。可是他呢，“千呼万唤”，非要人家出来不可。

第四，白居易贬低江州民歌。我们知道，江州就是现在的江西九江。江州的治所叫浔阳县。白居易说：“浔阳地僻无音乐，终岁不闻丝竹声”“岂无山歌与村笛，呕哑嘲哳难为听”。你白居易是河南人，北方人，你听不懂南方的浔阳民歌，就能判断浔阳民歌不是好民歌吗？必须指出，在对待民歌的态度上，他是远远不能跟同时代的刘禹锡比的。刘禹锡被贬到夔州的时候，对当地民歌是那样亲切，那样重视，自己也跟着学，跟着写，结果发明了一种新的诗体——竹枝词。当刘禹锡的竹枝词传遍天下的时候，白居易也跟着写了。请问，你当年不也到过浔阳吗？不也听过浔阳民歌吗？请问你当时是一个什么态度？

白居易之所以会对琵琶女的婚姻，对商人，对浔阳民歌，有着这么多的认知错误，除了他的认知水平方面的原因，也与他当时的心情有关。他被贬到江州，本是一个委屈。这个我们已经讲过了。问题是，他要宣泄他心里的委屈，他就心造一个幻影，塑造一个并不真实的琵琶女的形象，然后对着这个并不真实的形象一吐心中之不快。白居易还说：“同是天涯沦落人，相逢何必曾相识。”其实，你才是沦落人呢，人家琵琶女嫁给一个厚道的商人，已经找到了人生的归宿，人家沦落什么？你把你的沦落感强加在一个已经翻身得解放的琵琶女身上，完全不顾历史和现实，不能不说是一个败笔。

当然，我们指出白居易的这个败笔，并不是要全盘否定他的这首诗，更不是要否定他这个人。实事求是地讲，《琵琶行》对音乐的描写是很成功的，不成功的只是对琵琶女的描写。由于过去一直没有人指出这一点，所以我在这里要多讲几句。其实早在 1989 年，我就发表过一篇《白居易〈琵琶行〉的创作过程及其败笔》,[①] 专门讨论这个问题。只是这篇论文大家不容易见到，所以我要再讲一次。

白居易除了讽喻诗、感伤诗，还有闲适诗。闲适诗中有一些作品，例如《问刘十九》《钱塘湖春行》《暮江吟》等，还有他早年写的《赋得古原草送别》《欲与元八卜邻先有是赠》等，写得都还不错，大家可以看看。由于这些作品都通俗易懂，我就不再讲了。

① 曾大兴:《古今流行歌曲研究》，世界图书出版公司 2013 年版，第 34—46 页。

第十讲

奇险诗派

奇险诗派又叫韩孟诗派，它的代表人物有韩愈、孟郊、贾岛、李贺等。这个诗派所走的路线与元白诗派刚好形成对比，如果说元白诗派走的是一条平易的路，那么韩孟诗派走的就是一条奇险的路。就像出门旅游的人，有的人喜欢走平坦的路，走大路，这样安全、舒适；有的人则放着平坦的大路不走，偏要走崎岖不平的小路。为什么呢？因为这种路，虽然崎岖难行，但是刺激，且风景独特。

韩孟诗派的共同特点，就是追求奇险。所谓追求奇险，就是不走常人所走的路，不写常人所写的景，不用常人所用的语言。即使是奇险诗派内部，也是各有面貌，并不雷同。例如韩愈的特点是“以文为诗”“以丑为美”；孟郊的特点是多愁苦之音，以古拙为美；贾岛的特点是多清幽之景，以瘦劲为美，所以孟郊、贾岛还有一个并称，叫“郊寒岛瘦”；李贺的特点是“尚奇诡”，擅长写非现实的境界。

就像通俗之美源于杜甫一样，奇险之美也是源于杜甫。例如杜甫的《北征》就有奇险的特点，也有以文为诗的特点。

孟郊

孟郊（751—814），字东野，湖州武康（今浙江德清）人。少隐嵩山，称处士。据《旧唐书》本传：孟郊“性孤僻寡合，韩愈一见以为忘形之契，常称其字曰东野，与之唱和于文酒之间”。贞元十二年（796）中进士，时年46岁。四年后调溧阳（今属江苏）尉。

《唐才子传》：溧阳“县有投金濑、平陵城，林薄蓊翳，下有积水。郊间往从水傍，命酒挥琴，裴回赋诗终日，而曹务多废。县令白府，以假尉代之，分其半俸。辞官家居”。时在贞元二十年（804）。

元和元年（806），郑馀庆为河南尹兼水陆运使，奏郊为水陆运从事、试协律郎（兼衔）。元和九年（814），郑馀庆为兴元尹、山南西道节度使，又奏郊为节度参谋，试大理评事。郊携妻赴任，中途暴卒。终年64岁，友人私谥“贞曜先生”。韩愈全力营办丧事，作《墓志铭》。

孟郊一生穷困潦倒，所为诗多道贫寒，如：“借车载家具，家具少于车”（《借车》）。又如《答友人赠炭》：“吹霞弄日光不定，暖得曲身成直身。”

有人说，孟郊老是在那里啼饥号寒，器宇不宏，下第则云“弃置复弃置，情如刀剑伤”（《下第》）；登第则云：“昔日龌龊不足夸，今朝放荡思无涯。春风得意马蹄疾，一日看尽长安花”（《登科后》）。其实这恰好表明，孟郊是一个很真实的人。穷就是穷，失意就是失意，不必掩饰。

孟郊的诗名很高，与韩愈并称“韩孟”。《新唐书》本传称“郊为诗有理致，最为愈所称，然思苦奇涩”。

孟郊诗的突出特点，还是奇险。韩愈称其为诗“刿（guì）目鉥（shù）心，刃迎缕解，钩章棘句，掐擢胃肾，神设鬼没，间见层出”。（《贞曜先生墓志铭》）

苏轼也说他“诗从肺腑出，出辄愁肺腑”，并把他与贾岛并称“郊寒岛瘦”（《祭柳子玉文》）。有《孟东野诗集》。

游终南山

孟　郊

南山塞天地，日月石上生。
高峰夜留景，深谷昼未明。
山中人自正，路险心亦平。
长风驱松柏，声拂万壑清。
到此悔读书，朝朝近浮名。

这首诗写终南山之景就很独特，所抒发的感慨也非常人所有。因为许多人去终南山，原是为了走“终南捷径”，原是为了求“浮名”。

游子吟·迎母溧上作

孟　郊

慈母手中线，游子身上衣。
临行密密缝，意恐迟迟归。
谁言寸草心，报得三春晖。

孟郊一生坎坷，46岁才中进士，50岁才出任溧阳县尉。一上任，他就把母亲接来同住。这首诗就是他把母亲接到溧阳时写的。

这首诗在题材方面是很独特的。历来写爱情的作品非常多，写母爱的作品相对少。为什么呢？可能是因为爱情好写，母爱不好写。母爱太伟大了，怕写不好。爱情呢，只要如实表达就行了。孟郊这首诗写母爱，选择了一个很好的角度。所以一千多年来，总能引起人们广泛的共鸣，从而加深了人们对母亲的爱和理解。

韩　愈

韩愈（768—824），字退之，河南河阳（今河南孟州）人，郡望昌黎，世称韩昌黎。

韩愈一生，三至岭南。

3岁时，父亲病故，由长兄长嫂韩会夫妇抚养。代宗大历十二年（777），韩会贬官韶州，愈亦随之，时年9岁。韩会死，则由嫂嫂郑氏独自抚养。韩愈一生不提生母，可能是没有印象，也可能是不想提。

德宗贞元十九年（803），关中大旱，皇帝下诏免一半租税，而京兆尹李实阳奉阴违，照收不误。监察御史韩愈上书，皇帝为之恻然，然终为李实所忌，贬阳山（今属广东）县令，时年35岁。韩愈在阳山，“有爱在民，民生子多以其姓字之”（《新唐书》本传）。一年以后，宪宗立，量移江陵法曹参军。

宪宗元和十四年（819）正月，因谏迎佛骨，贬潮州刺史。凤翔法门寺护国真身塔内，有释迦牟尼指骨一节，谓三十年一开，开则岁丰人泰。宪宗乃令中使迎之，留禁中三日。于是王公士庶，奔走舍施，百姓有废业破产，烧顶灼臂而求供养者。愈乃上书，言东汉以后帝王奉佛者，咸至夭折。帝怒，欲处极刑，赖裴度等人救之。是年冬，由潮州刺史量移袁州刺史。韩愈在潮，起用当地秀才赵德，兴办教育，大得人心。潮人念其恩，以其姓名当地江、山，所谓“赢得江山都姓韩”。

韩愈52岁以前，颇多坎坷。三岁丧父，三试不第。贞元八年（792）方中进士，时年25岁。之后又三试博学鸿词而不入选，洎至先后入宣武节度使董晋、武宁节度使张建封幕，为推官，迁监察御史，又以直言得罪，贬阳山令。宪宗即位，才得以量移江陵府法曹参军。元和十二年（817），以行军司马从裴度征讨淮西吴元济，升任刑部侍郎。十四年，又以谏迎佛骨，触怒宪宗，贬潮州刺史。52岁以后，才开始显达起来，历任国子祭酒、兵部侍郎、吏部侍郎、京兆尹等职，世称“韩吏部”。死后谥文，称“韩文公”。

关于韩愈的功绩，苏轼在《潮州韩文公庙碑》中有一个评价：“文起八代之衰，而道济天下之溺；勇夺三军之帅，而忠犯人主之怒。”

第一句，是说古文自汉以后开始衰落，历三国、西晋、东晋、宋、齐、梁、陈、隋，至韩愈方振起。

第二句，是说儒家的道统自周公、孔子、孟子、荀子之后，中断已久，天下人道德沦丧，有如溺于水中，而韩愈则把这个道统接上来，拯救了天下人。例如后来人们就称他为韩子，让其配享孔子。这句话有点夸张。韩愈虽然一生维护儒家的道统，力排佛老，但是他对儒家的思想学说并无新的贡献。

第三句，是说他以行军司马的身份，跟从裴度征讨淮西军阀吴元济，大义凛然，义正辞严，维护了国家的统一。

第四句，是说他为了谏迎佛骨，敢于冒犯唐宪宗，以致最后遭贬。

这四句话，除了第二句有点夸张，另外三句都基本符合事实。

韩愈在文学方面的贡献，主要体现在两个方面。一是倡导古文，反对骈文，写作了大量的脍炙人口的文章。二是以文为诗，以奇险为美，开启了“韩孟诗派”。有《昌黎先生集》。

山　石

韩　愈

山石荦确行径微[1]，黄昏到寺蝙蝠飞[2]。
升堂坐阶新雨足，芭蕉叶大支子肥[3]。
僧言古壁佛画好，以火来照所见稀[4]。
铺床拂席置羹饭，疏粝亦足饱我饥[5]。
夜深静卧百虫绝，清月出岭光入扉。
天明独去无道路，出入高下穷烟霏。
山红涧碧纷烂漫，时见松枥皆十围[6]。
当流赤足蹋涧石，水声激激风吹衣。
人生如此自可乐，岂必局束为人鞿[7]？
嗟哉吾党二三子，安得至老不更归[8]？

简注

[1] 荦（luò）确：石多不平貌。
[2] 寺：洛阳北之惠林寺。
[3] 支子：即栀子，茜草科常绿灌木，夏初开白花，其香浓郁。
[4] 稀：依稀可见。
[5] 疏粝（lì）：糙米。
[6] 枥：即栎树。
[7] 鞿（jī）：马缰绳。为人鞿，指受人牵制。
[8] 二三子：韩愈《洛北惠林寺题名》：“韩愈、李景兴、侯喜、尉迟汾贞元十七年七月二十二日渔于温洛，宿此而归。”此二三子即李景兴、侯喜、尉迟汾等人。

这首诗作于唐德宗贞元十七年（801），时作者在洛阳。诗中的寺庙，乃洛阳北之惠林寺。韩愈与友人至洛水钓鱼，曾夜宿于此。

作品虽然不是很奇崛险怪，但可作为“以文为诗”的一个代表。例如“僧言古壁佛画好，以火来照所见稀”“人生如此自可乐，岂必局束为人鞿？嗟哉吾党二三子，安得至老不更归”等，皆是古文的句式。作品由“黄昏”写到“夜深”再写到“天明”，由寺外写到寺内再写到寺外，按照时空变化的顺序一路写来，文从字顺，并无跳跃，亦是古文的写法。然写景如画，令人生往游之念。

需要指出的是，韩愈是一个功名意识特别强的人，这首诗的最后四句，原不过是顺着一路的山景发发议论而已，大家不必当真。韩愈问他的朋友“安得至老不更归”，可是他自己归了没有呢？没有。就像他写《送李愿归盘谷序》，把隐居生活写得那么美好，所谓“穷居而野处，升高而望远，坐茂树以终日，濯清泉以自洁。采于山，美可茹；钓于水，鲜可食。起居无时，惟适之安”，甚至还表示“膏吾车兮秣吾马，从子之盘兮，终吾生以徜徉”。可是他究竟有没有跟随李愿去隐居呢？没有。

八月十五夜赠张功曹[1]

韩　愈

纤云四卷天无河，清风吹空月舒波。
沙平水息声影绝，一杯相属君当歌[2]。
君歌声酸辞且苦，不能听终泪如雨。
洞庭连天九疑高，蛟龙出没猩鼯号[3]。
十生九死到官所，幽居默默如藏逃。
下床畏蛇食畏药，海气湿蛰熏腥臊。
昨者州前捶大鼓，嗣皇继圣登夔皋[4]。
赦书一日行万里，罪从大辟皆除死[5]。

迁者追回流者还，涤瑕荡垢清朝班。
州家申名使家抑[6]，坎轲只得移荆蛮。
判司卑官不堪说，未免捶楚尘埃间。
同时辈流多上道，天路幽险难追攀。
君歌且休听我歌，我歌今与君殊科[7]。
一年明月今宵多，人生由命非由他。
有酒不饮奈明何？

[1] 张功曹：即江陵府功曹参军张署，他当年曾与韩愈一起弹劾京兆尹李实。

[2] 相属（zhǔ）：倾注。

[3] 鼯：大飞鼠。

[4] 夔皋：尧舜时的两位大臣夔和皋陶。登：进用。

[5] 大辟：死刑。除死：免死。

[6] 州家申名：州府申报名册；使家抑：当时韩愈和张署待命郴州，因湖南观察使杨凭的阻挠，未得调任。

[7] 殊科：不一样，不同类。

此诗作于唐宪宗元和元年（806）作者由阳山令量移江陵府法曹参军时。诗风奇崛。其中“洞庭连天九疑高，蛟龙出没猩鼯号”，以及“下床畏蛇食畏药，海气湿蛰熏腥臊”，皆常人未写之景，亦可谓“以丑为美”。

这首诗的最后三句，看似豪放旷达，实际上也还是牢骚话。就像他写《进学解》一样，看似不在意升迁，实则十分在意。

对韩愈的这一类作品，不可盲目地全盘接受，要看他哪些是真话，哪些是假话。

左迁至蓝关示侄孙湘[1]

韩　愈

一封朝奏九重天[2]，夕贬潮州路八千[3]。
欲为圣明除弊事[4]，肯将衰朽惜残年[5]？
云横秦岭家何在[6]？雪拥蓝关马不前[7]。
知汝远来应有意，好收吾骨瘴江边[8]。

[1] 左迁：指作者被贬到潮州。蓝关：即蓝田关，在今陕西省蓝田县南。湘：韩愈的侄孙韩湘，字北渚，韩老成的长子。

[2] 一封：指一封奏章，即《论佛骨表》。朝（zhāo）奏：早晨送呈奏章。九重天：古称天有九重，第九重最高，此指朝廷。

[3] 路八千：指路途遥远，不是确数。潮州：在岭南道东部，隋开皇十一年置，治所在海阳县（今潮州市）。唐代的潮州比今天的广东省潮州市要大得多，涵盖今潮州市、汕头市、揭阳市及梅州市的大部分地区。

[4] 弊事：政治上的弊端，指迎佛骨事。圣明，指皇帝。

[5] 肯：岂肯。

[6] 秦岭：即秦岭山脉。

[7] 马不前：陆机《饮马长城窟行》："驱马陟阴山，山高马不前。"

[8]"好收"句：意谓自己必死于潮州，向韩湘交代后事。瘴（zhàng）江：指岭南地区瘴气弥漫的江流。瘴江边：指贬所潮州。

此诗作于唐宪宗元和十四年（819）作者贬潮州途中。前两联有些慷慨激昂，后两联比较伤感和悲观。

韩愈把自己要去的潮州想象得很可怕，实际上，潮州人民对他是非常友好的。他在潮州只待了八个月，由于起用当地人赵德兴办教育，潮州人民很感谢他，后来连当地的山、水都因他而改姓了，山叫韩山，江叫韩江，所谓“赢得江山都姓韩”（赵朴初诗）。潮州人民对他的回报，可以说是尽其所有了。

早春呈水部张十八员外[1]

韩　愈

天街小雨润如酥[2]，草色遥看近却无。
最是一年春好处，绝胜烟柳满皇都[3]。

［1］原作二首。这是第一首。水部张十八员外：即诗人张籍，他在同祖父的兄弟中排行第十八，曾任水部员外郎。

［2］天街：京城长安的街道。润如酥：细腻如酥。酥：动物的油。

［3］绝胜：远远胜过。

韩愈作诗，几乎处处逞奇，古诗如此，绝句亦如此。他认为早春时节那远看则有近看则无的草色，远远胜过春夏之际那烟雾笼罩的大片柳色，有没有道理呢？当然有。因为前者予人以惊喜之感，后者则未免予人以审美疲劳了。这是在审美感受上逞奇。

李　贺

李贺（790—816），字长吉，福昌（今河南宜阳）人。家居福昌之昌谷，故有人称他为“李昌谷”，称其诗集为《昌谷集》。李贺为唐高祖李渊叔父郑王李亮之后，他称自己为“陇西长吉”“唐诸王孙李长吉”。曾赴礼部试，不第。

李贺没有功名，以“恩荫得官”，做了三年的太常寺奉礼郎，从九品上，然后就回家了。在贫病交加中去世，年仅 27 岁。和王勃一样，都是27岁死的，都是少年天才。

李贺没有进士头衔，在官场郁郁不得志，所以就把自己的天才用于诗的创作，以此来实现自己的价值。李贺作诗，真正到了“呕心沥血”的地步。李商隐《李贺小传》云：

> 长吉细瘦，通眉，长指爪，能苦吟疾书。……恒从小奚奴，骑距驴，背一古破锦囊，遇有所得，即书投囊中。及暮归，太夫人使婢受囊出之，见所书多，辄曰：“是儿要当呕出心乃已尔！”上灯，与食，长吉从婢取书，研墨叠纸足成之，投他囊中，非大醉及吊丧日，率如此，过亦不复省。

李贺作诗，尚奇诡一路。《旧唐书》本传说：李贺“尤长于歌篇，其文思体势，如崇岩峭壁，万仞崛起，当时文士，从而效之，无能仿佛者。其乐府数十篇，至于云韶乐工，无不讽诵”。其实除了乐府，他的不少五七言绝句也写得不同凡响，诚如《新唐书》本传所云：“辞尚奇诡，所得皆惊迈，绝去翰墨畦径。”“奇诡”“惊迈”，可谓的评。他的作品中经常出现一些常人意想不到的非现实境界，风格瑰丽、幽峭、凄清、奇特，但是有时候也存在“有句无篇”之憾，即整体上不够浑融。有《李长吉歌诗》，杜牧作序。

金铜仙人辞汉歌（并序）

李　贺

魏明帝青龙九年八月[1]，诏宫官牵车西取孝武帝捧露盘仙人[2]，欲立置前殿。宫官既拆盘，仙人临载乃潸然泪下[3]。唐诸王孙李长吉遂作《金铜仙人辞汉歌》。

茂陵刘郎秋风客[4]，夜闻马嘶晓无迹。
画栏桂树悬秋香，三十六宫土花碧[5]。
魏官牵车指千里[6]，东关酸风射眸子。
空将汉月出宫门，忆君清泪如铅水。
衰兰送客咸阳道，天若有情天易老！
携盘独出月荒凉，渭城已远波声小[7]。

[1] 魏明帝青龙九年：据《三国志·魏书·明帝纪》裴松之注："其改青龙五年三月为景初元年四月。"徙长安铜人、承露盘即在此年。此处"青龙九年"，应作"青龙五年"。

[2] 捧露盘仙人：汉武帝好神仙，信方士，以为饮甘露可得长生，乃于建章宫内立铜柱一根，高二十丈，上有仙人掌、捧露盘。

[3] 仙人临载乃潸然泪下：《三国志·魏书·明帝纪》裴松之注引《汉晋春秋》："帝徙盘，盘折，声闻数十里，金狄（铜人）或泣，因留霸城。"

[4] 茂陵刘郎：指汉武帝刘彻。汉武帝死后葬茂陵（今陕西兴平市东北）。秋风客：汉武帝生前尝作《秋风辞》，有句云："秋风起兮白云飞，草木黄落兮雁南归。""欢乐极兮哀情多，少壮几时兮奈老何。"

[5] 三十六宫土花碧：张衡《西京赋》："离宫别馆三十六所。"土花：苔藓。

[6] 牵车指千里：指铜人被装车送往魏都邺城（今河北临漳县）。

[7] 渭城：秦都咸阳，汉武帝时改为渭城县，东汉并于长安县。这里指汉都长安。

评说

这首诗所写的，就是一种非现实的境界。例如汉武帝夜深归来拂晓离去的鬼魂，流着铅泪的金铜仙人，在咸阳道上送客的衰兰等，都是非现实的境界。诗人通过这种境界，极写历史的无常，人世的沧桑，其感慨是非常深沉的。这是思想和艺术价值都很高的一首诗。

雁门太守行[1]

李　贺

黑云压城城欲摧，甲光向日金鳞开[2]。

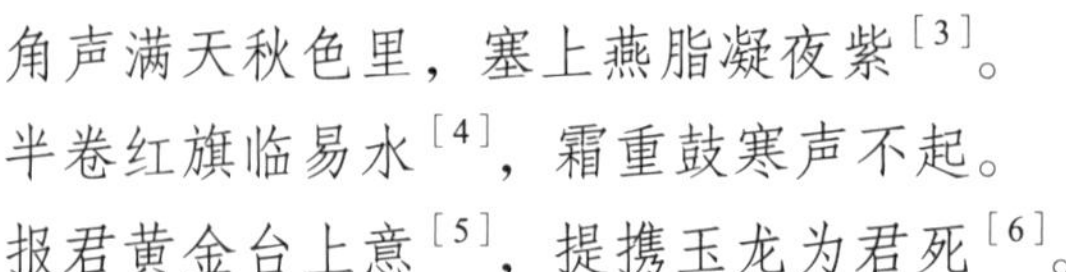
角声满天秋色里，塞上燕脂凝夜紫[3]。
半卷红旗临易水[4]，霜重鼓寒声不起。
报君黄金台上意[5]，提携玉龙为君死[6]。

[1] 雁门太守行：汉乐府旧题。雁门，古郡名，战国时赵武灵王置，此后历秦、汉、三国、隋、唐，治所多有变化，但都在今山西省北部。

[2] “黑云”二句，写出兵时尘头大起，铁甲在日光下闪耀如金鳞。

[3] “塞上”句：写暮色渐深，边塞皆成紫色。

[4] 易水：易水有北易水（发源于今河北易县北），有中易水（发源于今河北易县西南），荆轲《易水歌》“风萧萧兮易水寒，壮士一去兮不复还”之易水乃中易水。此处之“易水”是借用其名，非实指。

[5] 黄金台：有两处，一在今北京市朝阳门外东南，一在今河北易县境内。相传为战国时燕昭王所筑。昭王尝置千金于台上，延请天下贤才。这里当是指河北易县境内的黄金台。

[6] 玉龙：宝剑。

此诗写将士报国，慷慨赴死。作品的色调很凝重，用语很精炼，奇情异彩中有一种浓重的悲剧味道。清人沈德潜《唐诗别裁集》称其“字字锤炼而成，《昌谷集》中定推老成之作”。

李凭箜篌引[1]

李　贺

吴丝蜀桐张高秋[2]，空山凝云颓不流。
江娥啼竹素女愁[3]，李凭中国弹箜篌[4]。
昆山玉碎凤凰叫，芙蓉泣露香兰笑。
十二门前融冷光[5]，二十三丝动紫皇[6]。

女娲炼石补天处，石破天惊逗秋雨。
梦入神山教神妪[7]，老鱼跳波瘦蛟舞[8]。
吴质不眠倚桂树，露脚斜飞湿寒兔。

简注

［1］箜篌引：汉乐府旧题。李凭：当时以弹箜篌知名的梨园弟子。箜篌：一种弦乐器，又名空侯、坎侯，有多种，形状不一。李凭弹的是大箜篌。

［2］吴丝蜀桐：这里指制作箜篌的材料，即吴地产的丝，蜀地产的桐。

［3］江娥：即传说中的尧帝之二女、舜帝之二妃（娥皇和女英），因舜帝南巡死于九嶷山，二女寻舜帝不得，遂投湘水而死，成为湘水女神。素女：传说中的神女。《汉书·郊祀志》：“帝使素女鼓五十弦瑟。”

［4］中国：这里指国之中央，即国都长安。

［5］十二门：长安城的东西南北各有三座门，共十二门。

［6］二十三丝：指弦数。杜佑《通典》卷一百四十四：“竖箜篌，胡乐也，汉灵帝好之，体曲而长，二十二弦。竖抱于怀中，用两手齐奏，俗谓之擘箜篌。”紫皇：道教所讲的天上最尊之神。

［7］神妪：可能是指《搜神记》中的那个成夫人。《搜神记》卷四：“永嘉中，有神现兖州，自称樊道基。有妪号成夫人。夫人好音乐，能弹箜篌。闻人弦歌，辄便起舞。”

［8］“老鱼”句：语出《列子·汤问》：“瓠巴鼓琴而鸟舞鱼跃。”

评说

此诗是元和六年（811）李贺在长安做奉礼郎时听李凭弹箜篌而作。箜篌有竖式和卧式两种，李凭弹的是竖式箜篌，二十三弦。

音乐本来是一种很抽象的东西，所以古人写音乐，例如李颀的《听董大弹胡笳弄兼寄语房给事》、白居易的《琵琶行》、韩愈的《听颖师弹琴》等，都是用一些现实中的形象来加以比拟和描绘。李贺写箜

篌，也是用形象化的手法，但是他所用的形象，都是非现实的。江娥、素女、紫皇、女娲、吴质等，全是神话中的人物；而“昆山玉碎凤凰叫，芙蓉泣露香兰笑”“梦入神山教神妪，老鱼跳波瘦蛟舞”等诗句中出现的形象或者境界，则全是他的想象。

作品的想象力实在是太奇特了，语言也非常奇崛、华丽。

南园十三首（其五）[1]

李　贺

男儿何不带吴钩[2]，收取关山五十州[3]。
请君暂上凌烟阁[4]，若个书生万户侯[5]？

[1] 南园：李贺家住福昌县之昌谷，其地依山傍水，有南北二园。南园乃李贺读书处。

[2] 吴钩：吴地出产的弯形的刀，此处指宝刀。

[3] 关山五十州：指当时唐朝中央政府不能管控的藩镇割据之地。《资治通鉴·唐纪五十四》载宪宗元和七年三月李绛语云：“今法令所不能制者，河南、河北五十余州。”

[4] 凌烟阁：在长安。唐太宗为表彰功臣，于贞观十七年建凌烟阁，画秦琼等 24 位开国功臣像于阁上。

[5] 若个：哪个，或哪几个。

此诗揭示了唐代尚武而不尚文的弊端，同时也表达了诗人的不满。经常被人引用。

南园十三首（其六）

李　贺

寻章摘句老雕虫[1]，晓月当帘挂玉弓。

不见年年辽海上[2]，文章何处哭秋风[3]？

[1] 寻章摘句：语出《三国志·吴书·吴主传》裴松之注引《吴书》："吴王浮江万艘，带甲百万，任贤使能，志存经略，虽有余闲，博览书传历史，藉采奇异，不效诸生寻章摘句而已。"雕虫：语出扬雄《法言》："童子雕虫小技，壮夫不为也。"

[2] 辽海：泛指辽河流域以东至海地区。《旧唐书·薛仁贵传》："仁贵威震辽海。"

[3] 哭秋风：悲秋。

诗人不满意自己寻章摘句的文字生活，希望能够投笔从戎，干一番大事业。其实他的寻章摘句属于文学创作，还有一些灵性可言，真正的寻章摘句，就是像我辈这样，整天枯坐斗室，为解释一首古诗而查找那么多的文献资料，偶有所得还为之沾沾自喜。他尚且觉得可悲，我辈更应该愧死。

贾 岛

贾岛（779—843），字浪仙，范阳幽都（今北京市西南）人。早年出家为僧，法名无本。由于诗写得好，受到韩愈的赞扬。在韩愈等人的蛊惑之下，还俗，求功名。参加进士考试，屡试不第。内心十分纠结。文宗开成二年（837），年59岁，始为遂州长江县（今四川蓬溪）主簿，故世称"贾长江"。任满而卒。临终之日，家无分文，唯一头病驴，一把古琴。功名害人，贾岛是一例。

贾岛诗风清峭，诗思奇僻，善写荒凉清幽之景，多愁苦幽独之音。是著名的"苦吟诗人"，所谓"吟安一个字，捻断数茎须""两句三年得，

一语泪双流”。有《长江集》。

贾岛的诗，影响很大，尤其是对晚唐部分诗人、宋代永嘉四灵和江湖派、明代竟陵派的影响特别大。

忆江上吴处士

贾　岛

闽国扬帆去，蟾蜍亏复团[1]。
秋风生渭水，落叶满长安。
此地聚会夕，当时雷雨寒。
兰桡殊未返[2]，消息海云端。

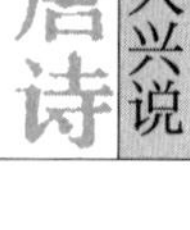

[1] 蟾蜍：月的代称。

[2] 兰桡：木兰做的楫。实际上楫并非都是用木兰做的，这里只是形容楫之美而已。

此诗系作者在长安应试时所作，思念一位去闽地（今福建）的朋友。“秋风”二句写秋景，包含了人生的感叹，为千古名句。

暮过山村

贾　岛

数里闻寒水，山家少四邻。
怪禽啼旷野，落日恐行人。
初月未终夕，边烽不过秦。
萧条桑柘外，烟火渐相亲。

有人讲：唐代的边烽有两种，一种报战事，一种报平安，此处的边

烽是报平安的。恐未确。这里还是报战事的。因为战事“不过秦”，所以这个山村很安宁。在今天，这种原生态的山村，即便无战事，也难寻觅了。

寻隐者不遇

贾　岛

松下问童子，言师采药去。
只在此山中，云深不知处。

无穷意味，尽在言外。对于这种诗，多说是饶舌。

题李凝幽居

贾　岛

闲居少邻并，草径入荒园。
鸟宿池边树，僧敲月下门。
过桥分野色，移石动云根。
暂去还来此，幽期不负言。

《苕溪渔隐丛话·前集》引《刘公嘉话》：“岛初赴举京师，一日，于驴上得句云：‘鸟宿池边树，僧敲月下门。’始欲着‘推’字，又欲着‘敲’字，练之未定，遂于驴上吟哦，时时引手作推敲之势。时韩愈吏部权京兆，岛不觉冲至第三节，左右推尹至前，岛具对所得诗句云云。韩立马良久，谓岛曰：‘作“敲”字佳矣。’”一首诗成了一个故事，不出名也难了。何况诗本身还写得那么清幽迷人呢？

剑　客

贾　岛

十年磨一剑，霜刃未曾试[1]。
今日把示君，谁为不平事？

[1] 霜刃：剑锋白光凛凛，似有寒意。

此诗侠气逼人。可以说明贾岛何以出山还俗的真实原因。

贾岛的诗虽然幽奇寒僻，但是好懂。他只是注重锤炼字句，但不刻意用典故。而且用语不华丽，有僧人本色。

第十一讲 走中间路线的诗人

唐诗的通俗之美和奇险之美都源于杜甫，但杜甫只是肇其端，而元白、韩孟等人则分别把这两种美发展到极致。任何一种美的形态，一旦发展到极致，就会出现丑态。通俗之美在元白那里发展到极致，有些作品不仅仅是通俗，而且是浅俗，甚至是庸俗，所以古人用这样四个字来评价他们:“元轻白俗”。轻就是轻浮，俗就是浅俗。这是带有贬义的。奇险之美在韩孟一派那里也发展到极致，例如韩愈有些诗，完全是在那里逞才使气，争奇斗险，佶屈聱牙，以丑为美，让人读不下去。

历史的缺陷总是由历史来弥补的。当元白和韩孟这两个诗派分别把通俗和奇险这两种诗风发展到极致，使通俗变成浅俗甚至庸俗，使奇险变成佶屈聱牙、不忍卒读的时候，不少诗人却坚持走中间路线，他们既不像元白那样通俗，也不像韩孟那样奇险，例如刘禹锡、柳宗元、张祜、朱庆馀、雍陶、许浑、李涉等，其中刘禹锡和柳宗元可以作为代表。

刘禹锡

刘禹锡（772—842），郡望中山，占籍洛阳，出生于嘉兴。唐德宗贞元九年（793）进士，不久又登博学宏词科。曾先后任太子校书、徐泗濠节度使掌书记、渭南县主簿、监察御史等职。“永贞革新”时，刘禹锡与柳宗元均受到重用。“永贞革新”由于触犯了权贵集团的利益，唐顺宗被迫“内禅”，宪宗即位，历时146天的“永贞革新”宣告失败，革新集团的主要人物王叔文被贬为渝州司户，随后被赐死。王伾被贬为开州司马，不久病死。韩泰、陈谏、柳宗元、刘禹锡、韩晔、凌准、程异、韦执谊八人先后被贬为边远八州司马，史称“二王八司马”事件。

刘禹锡被贬为朗州（今湖南常德）司马。《旧唐书·刘禹锡传》：

> 禹锡在朗州十年，唯以文章吟咏，陶冶情性。蛮俗好巫，每淫祠鼓舞，必歌俚辞。禹锡或从事于其间，乃依骚人之作，为新辞以教巫祝。故武陵溪洞间夷歌，率多禹锡之辞也。

唐宪宗元和十一年（816），贬谪了十年的刘禹锡自朗州被召回长安，作《元和十一年自朗州承召至京，戏赠看花诸君子》：

紫陌红尘拂面来，无人不道看花回。
玄都观里桃千树，尽是刘郎去后栽。

这里的讽刺意味还是很明显的。意思是说，你们这些新贵，都是在我们被赶走之后才发达的。于是再一次得罪权贵集团，再一次被贬，先为连州刺史，后转夔州、和州刺史。

12年后（827），刘禹锡重返京师，作《再游玄都观》：

百亩中庭半是苔，桃花净尽菜花开。
种桃道士归何处？前度刘郎今又来。

意思是说，被贬谪了23年的刘禹锡又回来了，你们这些曾经打击、迫害我们的人，又去了哪里呢？

由此可见，刘禹锡这人有一种硬骨头精神，决不向压迫势力妥协。他后来为主客郎中、礼部郎中、集贤院学士，又为苏州、汝州刺史，开成元年（836）改任太子宾客分司东都，世称“刘宾客”。会昌初加检校礼部尚书，会昌二年（842）秋病故于洛阳，赠户部尚书。

刘禹锡最大的特点，就是坚持自己的政治主张，无论遭受什么样的打击，无论贬到哪里，都不认错，不屈服。而且所到之处多有惠政。尤其值得称道的是，他在朗州贬所学习当地民歌，创作《竹枝词》，使之成为一种影响深远的新诗体，被称为“竹枝词之祖”。有《刘梦得文集》，存诗800余首。

刘禹锡的诗，题材广泛，内容丰富；骨力豪劲，精练含蓄，富有哲理，且清新自然，脍炙人口。下面分类述之。

（一）怀古诗

西塞山怀古[1]

刘禹锡

王濬楼船下益州[2]，金陵王气黯然收[3]。
千寻铁索沉江底[4]，一片降幡出石头[5]。
人世几回伤往事？山形依旧枕寒流。
今逢四海为家日，故垒萧萧芦荻秋。

[1] 西塞山：有三处。一在今浙江湖州，一在今湖北黄石市大冶区，一在今南京市城区西隅清凉山及其以北狮子山一带。此处之西塞山在南京。或谓“在今湖北大冶市东，一名道士洑”，似不确。

[2] 王濬：晋益州（今四川成都）刺史。晋武帝谋伐吴，派王濬造大船（船上起楼，每船可容二千余人），出巴蜀，直取吴都。

[3] 金陵：今南京，当时是吴国的都城。王气：帝王之气。

[4] 千寻铁索沉江底：东吴末帝孙皓命人在江中置铁锥，又用大铁索横于江面，拦截晋船，终告失败（晋军拔出了铁锥，又用火烧毁了铁索）。寻：长度单位，一寻为八尺。

[5] 一片降幡（fān）出石头：王濬率船队顺流而下，直到金陵，攻破石头城，吴主孙皓投降。

“今逢四海为家日”，难道就无复“伤往事”吗？刘禹锡是有历史感和政治责任感的官员，他之所以参与“永贞革新”，就是因为国家面临的问题太多，宦官专权，军阀割据，党争激烈，土地高度集中，贫富悬殊。这首诗写于长庆四年（824），刘禹锡由夔州刺史转任和州刺史途中。这个时候离唐朝灭亡，还有80年。

金陵五题（并序）选二

刘禹锡

余少为江南客，而未游秣陵[1]，尝有遗恨。后为历阳守[2]，跂而望之[3]。适有客以《金陵五题》相示，逌尔生思[4]，欻然有得[5]。他日友人白乐天掉头苦吟，叹赏良久，且曰：“《石头》诗云‘潮打空城寂寞回’，吾知后之诗人，不复措词矣。”余四咏虽不及此，亦不孤乐天之言耳。

石头城[6]

山围故国周遭在，潮打空城寂寞回。
淮水东边旧时月[7]，夜深还过女墙来[8]。

乌衣巷[9]

朱雀桥边野草花[10]，乌衣巷口夕阳斜。
旧时王谢堂前燕，飞入寻常百姓家。

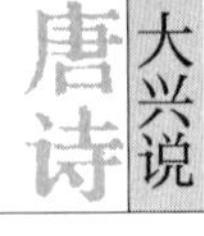

[1] 秣陵：南京的古称，战国时叫金陵，秦汉时叫秣陵，东吴时叫建业，六朝时叫建康，唐时叫江宁。其故地在今南京江宁区。

[2] 历阳：唐时和州州治，今为安徽和县。刘禹锡时为和州刺史。

[3] 跂（qǐ）：抬起脚后跟站着。

[4] 逌（yōu）尔：叹息貌。

[5] 欻（xū）然：忽然。

[6] 石头城：东吴旧城，在今南京市西石头山后面，南北全长约三千米。

[7] 淮水：流经金陵的秦淮河。

[8] 女墙：城上凹凸形的矮墙。

[9] 乌衣巷：在今南京市东南。三国吴时，在此置乌衣营，以士兵穿乌衣而得名。东晋时，琅琊王氏、陈郡谢氏等名门望族聚居于此。

[10] 朱雀桥：六朝时建康南城门朱雀门外的古浮桥，隋灭陈后被废。故址在今南京镇淮桥东，横跨秦淮河。乌衣巷即在其附近。

这两首诗为《金陵五题》中的第一、二首，写于诗人任和州刺史的第二年。前一首的中心意象为“月”，后一首的中心意象为“燕”，都是历史的见证。无限的兴亡之感寄寓在一系列萧索之景中，为历来脍炙人口的名作。白居易认为“潮打空城寂寞回”这一句，“后之诗人不复措辞矣”，其实这两首诗后人都无法超越。

（二）其他抒情诗

酬乐天扬州初逢席上见赠

刘禹锡

巴山楚水凄凉地，二十三年弃置身。
怀旧空吟闻笛赋[1]，到乡翻似烂柯人[2]。
沉舟侧畔千帆过，病树前头万木春。
今日听君歌一曲，暂凭杯酒长精神。

［1］闻笛赋：晋人向秀经过亡友嵇康、吕安的旧居，听见邻居吹笛，“发声寥亮”，因追思昔日“游宴之好，感音而叹”，作《思旧赋》。

［2］烂柯人：南朝人所著《述异记》中有这样一个故事，讲晋人王质进山砍柴，看见两个童子在下棋，他就在旁边看，看到一局终了时，手上的斧头柄已经腐烂了。下山回到村里，才知道同时的人都死了，时间过去了一百年。

此诗作于唐敬宗宝历二年（826）冬，刘禹锡罢和州刺史，与罢苏州刺史的白居易相逢于扬州。白作《醉赠刘二十八使君》，刘和之。白诗云：

为我引杯添酒饮，与君把箸击盘歌。
诗称国手徒为尔，命压人头不奈何。
举眼风光长寂寞，满朝官职独蹉跎。
亦知合被才名折，二十三年折太多。

白诗充满同情和伤感。刘诗虽有沧桑之感，但更多的是达观。

吴丈蜀老师生前治有一印，曰“二十三年弃置身”。我问其故，他说：“我1957年被错划为右派，在沙洋劳改农场劳动，1979年才得平反，前后二十三年。”

秋词二首（其一）

刘禹锡

自古逢秋悲寂寥，我言秋日胜春朝。
晴空一鹤排云上，便引诗情到碧霄。

此诗一反悲秋之传统，足见其达观与豪迈。

（三）竹枝词

刘禹锡为官47年，有一半时间是在贬谪之地度过的。他是一个仕途坎坷的人，也是一个性情开朗的人。有的人在贬谪之地度日如年，他不是这样。他能以积极的心态走进民间，考察民俗风情，从民间艺术中汲取丰富的营养。他的竹枝词的写作就充分说明了这一点。

刘禹锡的《竹枝九首》之前有一个引言，其文曰："四方之歌，异音而同乐。岁正月，余来建平，里中儿联歌竹枝，吹短笛击鼓以赴节。歌者扬袂睢舞，以曲多为贤。聆其音，中黄钟之羽，卒章激讦如吴声。虽伧伫不可分，而含思宛转，有淇澳之艳音。昔屈原居沅湘间，其民迎神，词多鄙陋，乃为作九歌，到于今荆楚歌舞之。故余亦作竹枝九篇，俾善歌者飏之。附于末，后之聆巴歈，知变风之自焉。"建平即建平郡，原为武陵郡，王莽时改名建平郡，东汉时又改回武陵郡，唐时称朗州。刘禹锡在朗州贬所，仿屈原作《九歌》而作《竹枝》，体现了可贵的民间立场，他因此而成为文人竹枝词之祖。

竹枝九首（其二）

刘禹锡

山桃红花满上头，蜀江春水拍山流。
花红易衰似郎意，水流无限是侬愁[1]。

[1] 侬：我。

这一首写爱情，用比兴。比，就是比喻；兴，就是象征。花的特点是火热，但是易衰；水的特点是缠绵，且悠然不尽。风格流丽，有民歌风味。

竹枝（其六）

刘禹锡

瞿塘嘈嘈十二滩[1]，此中道路古来难。
长恨人心不如水，等闲平地起波澜[2]。

［1］瞿塘：即瞿塘峡，长江三峡之一，在今重庆奉节县境内。峡口有巨大的礁石，名滟滪堆，每到五月，江水暴涨，礁石被淹，行船人看不见，常有触礁翻船之事故。李白《长干行》：“十六君远行，瞿塘滟滪堆。五月不可触，猿声天上哀。”即指此。1958 年，国家整治航道，滟滪堆被炸平。嘈嘈：形容江水的沉重舒长之声。

［2］等闲：无端。

这一首写世道人心，既用比喻，又用对比。瞿塘峡水起波澜，那是因为峡中有大石，江水受阻。人心不如水，是因为人喜欢搞是非，没事也要搞点事出来，无端也要搞点事出来，所以叫“等闲平地起波澜”。

竹枝（其九）

刘禹锡

杨柳青青江水平，闻郎江上唱歌声。
东边日出西边雨，道是无晴却有晴[1]。

[1] 晴：与“情”谐音，有双关意。

这一首写爱情。

“杨柳青青江水平”，夏天之景；“东边日出西边雨”，夏天之雨。

以上三首《竹枝》，每一首都有特色，又都有共同点，这就是色彩鲜明，音节浏亮，风情宛然，都受了荆楚、巴蜀一带民歌的影响。

柳宗元

柳宗元（773—819），字子厚，祖籍河东（今山西永济），世称“柳河东”，生长于长安。德宗贞元九年（793）进士（与刘禹锡同年）；十四年登博学宏词科，授蓝田尉。十九年拜监察御史里行。“永贞革新”时，任礼部员外郎。

“永贞革新”失败后，被贬永州（今属湖南）司马。宪宗元和十年（815）正月召回，三月又出为柳州刺史。十四年卒于任所，年仅47岁。世称“柳柳州”。

柳宗元活了47岁，被贬了15年。长期的贬谪，使得他的内心非常抑郁。《旧唐书·柳宗元传》：

> 叔文败，与同辈七人俱贬。宗元为邵州刺史，在道，再贬永州司马。既罹窜逐，涉履蛮瘴，崎岖堙厄，蕴骚人之郁悼，写情叙事，动必以文。为骚文十数篇，览之者为之凄恻。

他没有刘禹锡那么达观。但是他从来不屈服，从不改变自己的政治立场。他一面在山水中寻求寄托，写下了许多很好的山水游记和山水诗，一面关心民生疾苦。在永州，他写了《捕蛇者说》，揭露“苛政猛于虎”“税政猛于虎”的现实；在柳州，他植树造林，解放奴隶，传播中原文化。《旧唐书·柳宗元传》：

> 柳州土俗，以男女质钱，过期则没入钱主，宗元革其乡法。其已没者，仍出私钱赎之，归其父母。江岭间为进士者，不远数千里皆随宗元师法；凡经其门，必为名士。著述之盛，名动于时，时号柳州法。

有《柳宗元集》。

江　雪

柳宗元

千山鸟飞绝，万径人踪灭。
孤舟蓑笠翁，独钓寒江雪。

唐顺宗永贞元年（805）九月，柳宗元因“永贞革新”失败，被贬为永州（今湖南省永州市）司马。一贬就是十年，内心非常苦闷和孤独。这首诗就是在永州写的。作品建构了一个广大寥廓的地理空间，“山”是“千山”，“径”是“万径”，既大且多，几乎没有边界。在这个广大寥廓的地理空间，有一条覆盖着大雪的寒江，江上有一叶孤舟，孤舟上有一个穿着蓑衣、戴着斗笠的渔翁，在那里默默地垂钓。

通过千山、寒江、雪等景观（地景）和舟、蓑、笠等实物，即可判断这个地理空间不是在北方。在北方的大雪天里，江面上会结厚厚的冰，冰上甚至可以行车，因此只能凿冰求鱼，如何能泊舟钓鱼？既能泊舟钓鱼，就表明雪虽然很大，但是气温不太低，落到江面就融化了。再说在北方，如何会有穿蓑衣、戴斗笠的渔翁？因此这个地理空间只能是在南方，而且不是在终年无雪的岭南或闽台，也不是在山水秀丽的吴越，而是在山水奇丽的湖湘。在这个广大寥廓的、大雪覆盖的地理空间，看不到鸟的踪影，也看不到人的行迹，只有一个在寒江上垂钓的蓑笠翁。这个蓑笠翁就是诗人自己，他就是这个地理空间的主体。作品正是通过上述一系列富有地域特色的景观、实物和画面组合，来突显这个因政治改革失败而贬官南方的北方诗人的清高、执着、冷峻与孤傲。

登柳州城楼寄漳汀封连四州[1]

柳宗元

城上高楼接大荒，海天愁思正茫茫。
惊风乱飐芙蓉水[2]，密雨斜侵薜荔墙[3]。
岭树重遮千里目，江流曲似九回肠。
共来百越文身地[4]，犹自音书滞一乡。

[1]“二王八司马”事件后，唐宪宗元和十年（815），柳宗元被召回，随后又被贬为柳州（治今广西马平）刺史，韩泰、韩晔、陈谏、刘禹锡则分别被贬为漳州（治今福建漳浦）、汀州（治今福建长汀）、封州（治今广东封川）、连州（治今广东连州）刺史（八司马中的凌准、韦执谊之前已死于贬所，程异另有任用）。

[2] 飐（zhǎn）：风吹物而颤动。

[3] 薜荔：一种缘壁而生的常绿蔓生植物。

[4] 百越：原指先秦时期的越人，广泛分布于今苏南、皖南、江西、浙江、福建、广东、广西及越南北部，因部落众多，故称“百越”。《汉书·地理志下》颜师古注引臣瓒曰：“自交趾至会稽七八千里，百越杂处，各有种姓。”见于史籍的则有南越、句吴、于越、扬越、东越、闽越、瓯越、西瓯、骆越、山越、夷越、夔越等，其中南越、骆越、西瓯分布于岭南地区。这里泛指岭南地区的越人后裔。

因革新失败而远窜蛮方，一贬再贬，这已经很不幸了；到了蛮方还音讯不通，则尤其不幸。柳宗元的悲伤不言而喻，这是柳宗元不同于刘禹锡的地方，他忧郁，悲伤，刘禹锡则旷达，豪迈。因此他只活了47岁，刘则活到70岁。

柳州二月榕叶落尽偶题

柳宗元

宦情羁思共凄凄，春半如秋意转迷。
山城过雨百花尽，榕叶满庭莺乱啼。

柳州地处北纬23° 54′—26° 03′，东经108° 32′—110° 28′之间，属于中亚热带季风气候。由于地势北高南低，有利于接受从海洋方面吹来的暖湿气流，又使得这里的气候非常湿润。在这个温暖而湿润的地区，干季和雨季的分别，比冬季和夏季的分别还要突出。柳州的二月正是雨季，雨过花残，榕叶飘零，是这里常见的物候。所谓“四时皆似夏，一雨便是秋”。柳宗元是北方人，他在长安生活了33年。在他过去的经验里，二月是没有叶落花残之物候的，所以当他在柳州初次看到这种物候时，便感到迷惑不解，甚至产生悲秋之意，宦情羁思纷至沓来。然而他的情感却是非常真实的。换句话说，他的“宦情羁思”本来就填塞在胸中，一看到“山城过雨百花尽”这种类似秋天的物候，他的心情就更加迷茫了。

与浩初上人同看山寄京华亲故[1]

柳宗元

海畔尖山似剑铓[2]，秋来处处割愁肠。
若为化得身千亿[3]，散上峰头望故乡。

[1] 浩初上人：潭州（今湖南长沙）人，时从临贺（今广西贺州市八步区贺街镇）到柳州看望柳宗元。

[2] 剑铓：剑锋。

[3] 若为：怎能。

诗以意象为主，此诗的意象即“山”。“割愁肠”也好，“望故乡”也好，如此丰富而奇特的想象，均因“山”而起。

酬曹侍御过象县见寄[1]

柳宗元

破额山前碧玉流[2]，骚人遥驻木兰舟[3]。
春风无限潇湘意[4]，欲采蘋花不自由[5]。

[1] 曹侍御：事迹不详。侍御：侍御史的简称。象县：唐时属柳州，治所在今广西柳州市东北。

[2] 破额山：当是柳江沿岸的一座山。碧玉流：形容澄清的柳江水。

[3] 骚人：这里指曹侍御。

[4] 潇湘：潇水和湘水，均在今湖南境内。柳宗元《愚溪诗序》：“余以愚触罪，谪潇水上。”

[5] 欲采蘋花不自由：语出南朝柳恽《江南曲》：“汀洲采白蘋，日暖江南春。洞庭有归客，潇湘逢故人。故人何不返，春花复应晚。还道新知乐，只言行路远。”

前两句写曹侍御，后两句写自己。象县在唐代是柳州的属县，曹侍御经过象县，却未能到州治来看望诗人，只是在柳江上停舟“遥驻”，然后写一首诗寄给诗人，以示怀念、关心和敬意。什么原因呢？可能是公务在身，且“行路远”吧。

诗人对曹侍御也是很思念的，对他过象县而“遥驻木兰舟”并且写诗相赠，是心怀感激的。此时春风正暖，春意无限，柳江两岸，蘋花盛开。诗人想采一朵蘋花相赠，但是“不自由”。这里面是有言外之意的。沈德潜《唐诗别裁集》云："欲采蘋花相赠，尚牵制不能自由，何以为情乎？言外有欲以忠心献之于君而未由意，与《上萧翰林书》同意，而词特微婉。"

张　祜

张祜（792—854），字承吉，郡望清河（今属河北），寓居姑苏（今江苏苏州）。早年浪迹江湖，落拓不羁。元和（806—820）末长庆（821—824）初，宣歙观察使令狐楚表荐张祜，令以诗三百篇随表进献。时元稹以祠部郎中知制诰，素恶令狐楚，乃曰："雕虫小技，或奖激之，恐害风教。"皇帝以为然，张祜寂寞而归。长庆三年（823），白居易任杭州刺史，张祜与另一诗人徐凝均至杭州，争为解元，白居易荐徐凝而屈张祜。故张祜未尝一第，亦未尝入仕，以处士终其身。曾久客扬州，又屡辟使府，转徙于徐州、许州、池州、魏博、宣城等地，晚年徙居丹阳（今江苏镇江），隐居以终，身后萧条。

张祜苦心为诗，早享盛名。杜牧《登池州九峰楼寄祜》云："谁人得似张公子，千首诗轻万户侯。"有《张祜诗集》。

宫词（二首选一）

张　祜

故国三千里[1]，深宫二十年。
一声何满子[2]，双泪落君前。

[1] 故国：指宫女的故乡。

[2] 何满子：歌曲，亦舞曲。白居易《听歌曲六绝句》之五《何满子》自注："开元中，沧州有何歌者何满子，临行，进此曲，以赎死。上竟不免。"又苏鹗《杜阳杂编》："文宗时，宫人沈翠翘为帝舞

《何满子》，调辞风态，率皆宛畅。”

首句从空间着眼，写去家之远；次句从时间着眼，写入宫之久。悲伤不言而喻。是以有人叫她当着皇帝的面演唱《何满子》这支曲子时，20年的悲伤再也憋不住了，双泪不禁夺眶而出。宫女之不幸命运由此可见，可谓言简意丰。杜牧《酬张祜处士见寄长句四韵》：“可怜故国三千里，虚唱歌词满六宫。”郑谷《高蟾先辈以诗笔相示抒成寄酬》：“张生故国三千里，知者唯应杜紫微。”

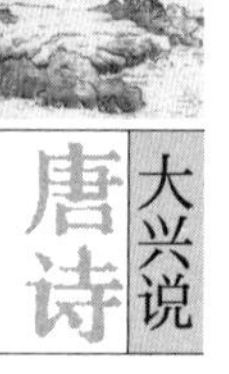

题金陵渡[1]

张　祜

金陵津渡小山楼[2]，一宿行人自可愁[3]。
潮落夜江斜月里，两三星火是瓜洲[4]。

[1] 金陵渡：在今镇江市北长江边上。

[2] 小山楼：作者在金陵渡附近寄居的一座小楼。

[3] 行人：诗人自谓。

[4] 瓜洲：在今扬州市南。本长江中沙洲，唐中叶以后与北岸陆地相连。

潮落寒江，斜月朦胧，似无可看之景，而对岸瓜洲上的两三点灯火却非常醒目。有惊喜，也有慨叹。

朱庆馀

朱庆馀，生卒年不详，名可久，以字行，越州（今浙江绍兴）人。敬宗宝历二年（826）进士，授秘书省校书郎。与张籍、贾岛、姚合、顾非熊、僧无可等均有交游。其诗风与张籍相近，深得张籍赏识。《全唐诗》录其诗二卷。

宫　词

朱庆馀

寂寂花时闭院门，美人相并立琼轩。
含情欲说宫中事，鹦鹉前头不敢言。

“花时”而“寂寂”，且“闭院门”，表明宫中寂寞。寂寞欲说一点宫中事，又怕鹦鹉出卖了她们，可见宫中不仅寂寞，且缺乏安全感。这就是《红楼梦》中的贾元春所讲的“那个见不得人的去处”。

闺意呈张水部[1]

朱庆馀

洞房昨夜停红烛[2]，待晓堂前拜舅姑。
妆罢低声问夫婿，画眉深浅入时无[3]。

[1] 诗题一作《近试上张籍水部》。这是朱庆馀在考试之前向张水部行卷时写的一首诗。张水部，即张籍，曾官水部郎中。

[2] 停：此处指停留，非停止。即不吹灭，长时间点着，通夜长明。

[3] 入时无：问画眉是否时尚。这里指文章是否合式。

唐人在正式考试之前，有“行卷”之习，也就是把自己写的作品呈送给可以在主考官那里说得上话的名公大臣，请他们向主考官推荐。主考官心中有个印象，在阅卷和录取时就予以留意。行卷，可以见其“史才”“诗笔”和“议论”，因此各种文体都有。朱庆馀这首诗，就是向张籍行卷时写的一首诗。他借新嫁娘问丈夫“画眉”是否“入时”来问张籍，自己的作品是否符合科举时文的格式。比喻很巧妙，人物的神态写得很生动，因此成为名作。范摅《云溪友议》卷二载：“朱庆馀校书既遇水部郎中张籍知音，遍索庆馀新制篇什数通，吟改后，只留二十六章，水部置于怀抱而推赞之。清列以张公名重，无不缮录讽咏，遂登科第。朱君尚为谦退，作《闺意》一篇以献张公，公明其进退，亦和焉。诗曰……张籍郎中酬曰：‘越女新妆出镜心，自知明艳更沉吟。齐纨未足人间贵，一曲菱歌抵万金。’朱公才学，因张公一诗，名流海内矣。”

第十二讲　晚唐的风采

过去人们讲唐诗发展史的时候，习惯于用初、盛、中、晚几个概念。认为盛唐最好，中唐次之，初唐幼稚，晚唐颓废。其实“初、盛、中、晚”，乃是政治史的概念，不是文学史的概念。

政治和文学虽然有联系，但毕竟各有各的特点，各有各的发展规律。从古今中外文学史的事实来看，一个国家或者政权在政治上强大的时候，文学上并不一定繁荣；相反，在许多时候，往往政治上一塌糊涂，而文学的成就却很可观。例如19世纪的俄罗斯，政治上还是反动的农奴制，比英、法、德等国的资本主义制度要落后得多，但是文学上却很繁荣。又如我国的民国时期，外强侵略，内战频仍，经济凋敝，民不聊生，但是文学却相当繁荣。可见用政治史的概念来衡量文学，不是那么靠得住的。即如唐诗，盛唐固然很好，但是初唐、晚唐也各有特色。关于初唐诗歌的成就，它所体现的极其可贵的宇宙人生意识，我们已经讲过了。现在只说晚唐。

晚唐在政治上是一个混乱的、没有希望的时期，但是正是这种混乱，正是这种没有希望，反倒成全了文学。

晚唐的文学家们看问题是很深刻的，很有历史感的，他们的作品在艺术上更为成熟，在思想上更有生命意识和忧患意识。

晚唐的温庭筠、杜牧、李商隐、罗隐、皮日休、陆龟蒙、杜荀鹤、韦庄、司空图等，都是很优秀的文学家，尤其是李商隐和杜牧，被称为“小李杜”。他们两人在诗歌上的艺术成就，实际上超过了中唐的元、白、韩、孟。

温庭筠

温庭筠（801—870），本名岐，字飞卿，祖籍太原祁县（今山西祁县），京兆鄠县（今西安户县）人，居杜陵附近。唐初宰相温彦博之后裔，排行十六。穆宗长庆三年（823），客游淮南。文宗开成二年至三年（837—838），尝从庄恪太子（文宗长子李永）游，作有《太子西池二首》；太子暴卒后，又作有《庄恪太子挽词二首》。太子本是一个政治上的失败者，温庭筠“此后负谤畏讥，物议纷纭，似与此有关”。①

温庭筠才思敏捷，下笔千言。每入试，押官韵作赋，凡八叉手而八韵成，时号“温八叉”。然因屡遭排斥，每狂放不羁，又好讥讽权贵，故为执政所恶，诋其“有才无行”。宣宗大中十年（856），因搅扰场屋，谪随县尉。徐商镇襄阳，召为幕府巡官，与段成式、余知古、韦蟾诸人友善，时以诗相唱和。懿宗咸通二年（861）归江东。咸通六年任国子助教，人称“温助教”。咸通七年，因榜邵谒等诗文，触怒执政者，贬方城尉。咸通十一年冬卒。

温庭筠工诗，与李商隐齐名，号“温李”。又与李商隐、段成式以骈丽文著称，三人皆排行十六，时号“三十六体”。又精通音律，“能逐弦吹之音，为侧艳之词”（《新唐书·温庭筠传》），被花间词人奉为鼻祖，在词史上有很重要的地位。有《温飞卿诗集》和《金荃词》。

过陈琳墓[1]

温庭筠

曾于青史见遗文，今日飘蓬过此坟。
词客有灵应识我，霸才无主始怜君[2]。
石麟埋没藏野草[3]，铜雀荒凉对暮云[4]。
莫怪临风倍惆怅，欲将书剑学从军。

[1] 陈琳，字孔璋，广陵（今江苏扬州）人，生年不详，东汉末年文学家，“建安七子”之一。初为大将军何进主簿，后为袁绍掌书记，最后归曹操，为司空军师祭酒，管记室，后徙为门下督。建安二十二年（217），与刘桢、应玚、徐干等同染疫疾而亡。陈琳墓在今江苏邳州。

① 参见傅璇琮主编:《唐才子传校笺》，中华书局1990年版，第437—438页。

［2］霸才：盖世超群之才。

［3］石麟：即石麒麟，墓前石雕。

［4］铜雀：即铜雀台，曹操所建，遗址在今河北临漳县城西南18公里处。

温庭筠对陈琳是既仰慕又同情的，他认为自己就是陈琳的异代知音。这里面既包含了对自身才华的自信，又包含了惺惺相惜之感。陈琳那么有才华，可是一直都未遇明主，而自己居然也曾打算像陈琳那样仗剑从军，如今经过陈琳的墓，想起他终生不得志的遭遇，未免临风而惆怅茫然。通过此诗，即可看出温庭筠的才华和志向，并非如新、旧《唐书》所载，仅仅是一“不修边幅”的词人而已。评价一个古代作家，应主要依据他的作品，史书的记载仅能作为参考。

商山早行[1]

温庭筠

晨起动征铎[2]，客行悲故乡[3]。
鸡声茅店月，人迹板桥霜。
槲叶落山路[4]，枳花明驿墙[5]。
因思杜陵梦[6]，凫雁满回塘[7]。

简注

［1］商山：在今陕西省商洛市商州区东南。

［2］动征铎：车行铃响。铎：车铃。

［3］悲故乡：思故乡。

［4］槲（hú）叶：槲树的叶子。槲为落叶乔木，主要分布于今河南西南部和陕西商洛地区，其叶倒卵形，大如荷叶。

［5］枳（zhǐ）花：枳树的花。枳树，小乔木，枝绿色，花瓣白色。

［6］杜陵：汉宣帝的陵墓，在长安。作者家住杜陵附近。

[7] 凫雁：鸭与鹅。回塘：曲折的池塘。

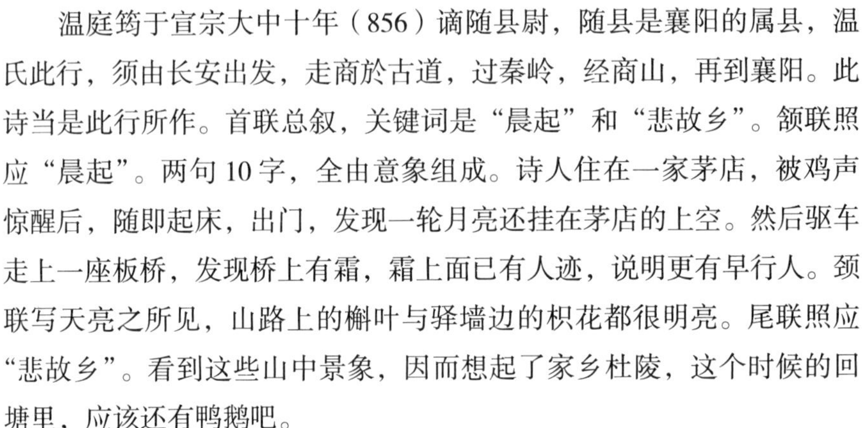

温庭筠于宣宗大中十年（856）谪随县尉，随县是襄阳的属县，温氏此行，须由长安出发，走商於古道，过秦岭，经商山，再到襄阳。此诗当是此行所作。首联总叙，关键词是“晨起”和“悲故乡”。颔联照应“晨起”。两句10字，全由意象组成。诗人住在一家茅店，被鸡声惊醒后，随即起床，出门，发现一轮月亮还挂在茅店的上空。然后驱车走上一座板桥，发现桥上有霜，霜上面已有人迹，说明更有早行人。颈联写天亮之所见，山路上的槲叶与驿墙边的枳花都很明亮。尾联照应“悲故乡”。看到这些山中景象，因而想起了家乡杜陵，这个时候的回塘里，应该还有鸭鹅吧。

2019年12月16日，我应邀去陕西商洛学院讲文学地理。17日，该校的历史地理学者陪同我走商於古道。在商洛市商州区境内的一条公路旁边，找到一块“茅店古道碑”，此处即温庭筠当年所住茅店之旧址。可惜石碑风化严重，碑文已磨灭，只有一个“茅”字可辨认。

杜 牧

杜牧（803—852），字牧之，京兆万年（今西安）人。祖居长安樊川，世称“杜樊川”。文宗大和二年（828）进士，又登贤良方正能直言极谏科，授弘文馆校书郎。随后入沈传师江西团练幕府，任巡官；又入牛僧孺淮南节度使幕府，任掌书记，人称“杜书记”。后来入朝为监察御史，复为沈传师宣州（今安徽省宣城市）团练幕府，拜殿中侍御史内供奉，出为黄州、池州、睦州刺史。再入朝为司勋员外郎，人称“杜司勋”。复出为湖州刺史。以考功郎中知制诰，迁官中书舍人，人称“杜舍人”。因中书舍人尝称紫薇舍人，又称“杜紫薇”。（参见《新唐书·杜佑传附》）

杜牧为宰相杜佑（735—812）之孙，出身名门。他长到十岁，祖父才去世，所以能够亲承祖父的教诲。从小博览群书，于“治乱兴亡之迹，财赋兵甲之事，地形之险易远近，古人之长短得失”（《上李中丞书》），尤为留意。诗、赋、文均擅，书画亦精。

杜牧为人风流倜傥，“情致豪迈”（《新唐书·杜佑传附》），喜欢谈兵论史，尤其关心国家大事。其诗歌题材广泛，内容丰富，风格多样。古诗雄豪跌宕，绝句俊爽清丽又明快自然，最具风情。有《樊川文集》。

（一）怀古之作

题宣州开元寺水阁阁下宛溪夹溪居人[1]

杜　牧

六朝文物草连空，天淡云闲今古同。
鸟去鸟来山色里，人歌人哭水声中[2]。
深秋帘幕千家雨，落日楼台一笛风。
惆怅无因见范蠡[3]，参差烟树五湖东[4]。

[1] 开元寺：开元寺在全国许多地方都有，保存至今的不下于20处。宣州的这个开元寺始建于东晋，初名永安，在今安徽宣城市城北。宛溪：一名东溪，在宣州东。

[2] 人歌人哭：语出《礼记·檀弓下》：“晋献文子成室，张老曰：‘美哉轮焉！美哉奂焉！歌于斯，哭于斯，聚国族于斯。’”

[3] “惆怅”二句：《史记·越王勾践世家》：“范蠡事越王勾践，既苦身戮力，与勾践深谋二十余年，竟灭吴，报会稽之耻。……反还国，范蠡以为大名之下，难以久居，且勾践为人可与同患，难与处安。……乃装其轻宝珠玉，自与其私徒属乘舟浮海以行，终不反。”

[4] 五湖：太湖及其所相属的四个小湖。《吴越春秋·勾践伐吴外传》：

范蠡“乃乘扁舟，出三江，入五湖，人莫知其所适”。

此诗作于唐文宗开成三年（838），时作者任职于沈传师宣州团练幕府。作品写历史的无情与人间的歌哭，感叹自己不能像范蠡那样建功立业然后功成身退。中间两联对仗工整，写景极佳。

赤　壁

杜　牧

折戟沉沙铁未销，自将磨洗认前朝。
东风不与周郎便，铜雀春深锁二乔。

此诗作于武宗会昌二年（842）四月，作者时任黄州刺史。黄州有“赤鼻矶”，杜牧误以为是当年发生赤壁之战的赤壁，也就是三国周郎赤壁。其实真正的三国周郎赤壁在鄂州蒲圻县（今湖北赤壁市），不在黄州。关于这个问题，作者的祖父杜佑在他的名著《通典》里有明确记载，杜牧可能是忘记了。在他的另一首诗《齐安郡晚秋》里，也有类似的错误：

柳岸风来影渐疏，使君家似野人居。
云容水态还堪赏，啸志歌怀亦自如。
雨暗残灯棋欲散，酒醒孤枕雁来初。
可怜赤壁争雄渡，惟有蓑翁坐钓鱼。

齐安郡为南齐所置，唐天宝元年改为黄州。杜牧这首诗写在他任黄州刺史的第二年。所谓“赤壁争雄渡”，也就是“三国周郎赤壁”的渡口。他在齐安郡的“使君家”，也就是在黄州他自己的家里，居然可以看到“赤壁争雄渡”，可见他看到的这个赤壁肯定不是蒲圻的那个赤壁，也可见他对于“赤壁”的地理位置是一错再错。他自称于“治乱兴亡之迹，财赋兵甲之事，地形之险易远近，古人之长短得失”无不留意，又常常以自己的祖父杜佑为荣：“我家公相家，剑佩尝丁当。旧第开朱门，长安城中央。第中无一物，万卷书满堂。家集二百编，上下驰皇王。”（《冬至日寄小侄阿宜诗》）所谓“家集二百编”，就是指《通典》200卷。他肯定是读过这部“家集”的，只是在写《赤壁》这首诗时，把“赤壁”的真正位置忘记了。

杜牧平时就好谈兵，好做翻案文章。而他的这首诗，恰好就做了一篇绝妙的翻案文章。人人都赞美周瑜，说他以少胜多，以5万人马打败了曹操20万人马。但是杜牧却认为周瑜没什么了不起，只是运气好而已。因为冬十一月，通常是不会刮东南风的。如果没有东南风，周瑜用来引火的小船怎么到得了江北呢？怎么烧得着曹操的战船呢？如果没有东南风，周瑜就打不败曹操，东吴就要亡，东吴的两个美女，也就是周瑜的大姨子大乔和妻子小乔，就会被曹操弄到邺城去，锁在铜雀台里。但是偏偏周瑜的运气好，偏偏天遂人愿，偏偏在冬十一月里刮起了东南风。所以在杜牧看来，周瑜的成功是侥幸的，是偶然的，没有什么了不起。

杜牧本来就是名人，是名人就会有人关注。而他的这个观点在当时看来，又是非常雷人的，可以说是颠覆了600多年的传统观念。这首诗在当时所引起的轰动效应，是完全可以想象得到的。所以很快就传播开来，成了名作，甚至成了经典。

但是从历史地理的角度来讲，杜牧却犯了一个不该犯的错误，并且贻误后人。因为从此以后，黄州的某些地方文献，例如《齐安志》《齐安拾遗》《黄州图经》等，就都认定黄州的“赤鼻矶”是真正的“三国周郎赤壁”了。不过宋代许多著名的历史地理学家并不认同黄州的这些地方文献，他们在自己的著作里，都重申了蒲圻赤壁为“三国周郎赤壁”这一观点，例如乐史的《太平寰宇记》、王存的《元丰九域志》、欧阳忞的《舆地广记》、王象之的《舆地纪胜》等，都是这样。王象之在《舆地纪胜》中指出：“黄州之说盖出于《齐安拾遗》以赤鼻山为赤壁，以三江下口为夏口，以武昌（曾按：即今之鄂州）华容镇为曹操败走华容道，其说尤谬。盖周瑜自柴桑自樊口，而后遇于赤壁，则赤壁当在樊口之上。今赤鼻山正在樊口对岸，何待进军而后遇之乎？又赤壁初战，操军不利，引次江北，而后有乌林之败，则赤壁当在江之南岸。今赤鼻山乃在江北，亦非也。”黄州的这些地方文献何以荒谬至此？除了那种狭隘的地方观念作怪，杜牧诗的负面影响实不可小觑。

不过话说回来，杜牧虽然犯了一个不该犯的错误，但是这个错误还是可以原谅的，毕竟杜牧是个文学家，不是历史地理学家。如果一个历史地理学家犯这样的错误，那就不可原谅了。

泊秦淮

杜　牧

烟笼寒水月笼沙，夜泊秦淮近酒家[1]。
商女不知亡国恨，隔江犹唱《后庭花》[2]。

[1] 秦淮：即秦淮河，源出今南京市溧水区东北，流经南京城区而入长江。相传为秦始皇南巡会稽时所凿，用以疏通淮水，故名。

[2] 后庭花：即《玉树后庭花》，本为宫体诗，陈后主作。这里是指以《玉树后庭花》命名的乐曲，古人视之为亡国之音。

此诗写于宣宗大中二年（848）。时作者由睦州刺史转为司勋员外郎，他从睦州到长安，路过金陵，写了这首诗。当年刘禹锡在《金陵五题》中写道：“万户千门成野草，只缘一曲《后庭花》。”如今杜牧的诗写道：“商女不知亡国恨，隔江犹唱《后庭花》。”刘禹锡写那两句诗的时候，离唐朝亡国还有80年；杜牧写这两句诗的时候，离唐朝亡国只有56年了。唐代的诗人（尤其是中唐以后的诗人）于“治乱兴亡之迹”非常留意，写了许多这一方面的作品，可惜统治者并不在意。诚如作者在《阿房宫赋》中所言：“秦人不暇自哀而后人哀之，后人哀之而不鉴之，亦使后人复哀后人也。”

过华清宫绝句三首（其一）

杜　牧

长安回望绣成堆，山顶千门次第开。
一骑红尘妃子笑，无人知是荔枝来。

杨贵妃当年所吃到的荔枝，主要产自涪陵（今属四川）。要想把荔枝由涪陵送到骊山华清宫（大约五天的路程）而不变味，只能靠快马。所以读这首诗，最好能和苏轼的《荔枝叹》结合起来读。苏轼诗云：

十里一置飞尘灰，五里一堠兵火催。
颠坑仆谷相枕藉，知是荔枝龙眼来。
飞车跨出鹘横海，风枝露叶如新采。
宫中美人一破颜，惊尘溅血流千载。
……

快马送荔枝，不知害了多少人畜的性命。杜牧揭露统治者的奢靡腐败，并非声色俱厉，他只用“妃子笑”三字，即可令人想到周幽王当年为了博得褒姒一笑而不惜忽悠全国的诸侯，最终导致亡国的往事，可谓“婉而深”。

题乌江亭[1]

杜　牧

胜败兵家事不期，包羞忍耻是男儿。
江东子弟多才俊，卷土重来未可知。

[1] 乌江亭：秦置，即今安徽和县东北之乌江镇，楚汉之际，项羽在垓下战败，自刎于此。

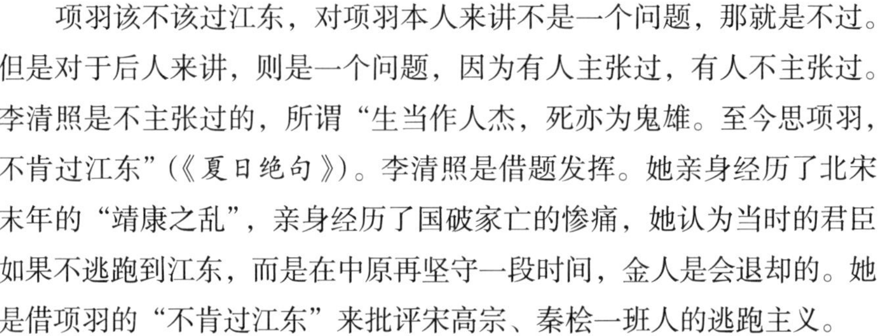

项羽该不该过江东，对项羽本人来讲不是一个问题，那就是不过。但是对于后人来讲，则是一个问题，因为有人主张过，有人不主张过。李清照是不主张过的，所谓“生当作人杰，死亦为鬼雄。至今思项羽，不肯过江东”(《夏日绝句》)。李清照是借题发挥。她亲身经历了北宋末年的“靖康之乱”，亲身经历了国破家亡的惨痛，她认为当时的君臣如果不逃跑到江东，而是在中原再坚守一段时间，金人是会退却的。她是借项羽的“不肯过江东”来批评宋高宗、秦桧一班人的逃跑主义。

杜牧是主张过江东的。杜牧认为，如果项羽过江东，再组织一批江东子弟来和刘邦决一雌雄，究竟鹿死谁手还未可知呢！杜牧的这个翻案文章，可以激励一些遭遇失败的人，不要轻言放弃，要有韧性。但是他并不了解项羽。项羽属于真正的贵族。在真正的贵族看来，人的尊严、体面大于成败。

（二）赠别之作

赠别（其一）

杜　牧

娉娉袅袅十三余[1]，豆蔻梢头二月初[2]。
春风十里扬州路[3]，卷上珠帘总不如[4]。

[1] 娉娉（píng）袅袅：体态轻盈柔美。

[2] 豆蔻：多年生草本植物，初夏开花，二月初犹含苞未放。

[3] 春风十里：形容扬州娼楼妓馆林立，舞榭歌台分布之广。

[4] “卷上珠帘”句：谓珠帘之下，美女如云，但都不及此人。

赠别（其二）

杜　牧

多情却似总无情，唯觉尊前笑不成。
蜡烛有心还惜别，替人垂泪到天明。

这两首诗作于杜牧担任牛僧孺淮南节度使幕府掌书记之时，时间在大和七年至九年之间（833—835）。前一首写歌女之美丽，后一首写与歌女惜别。

此时的杜牧，年龄在30岁左右。这是他一生最为风流的一个时期。高彦休《阙史》载："牧少隽，性疏野放荡，虽为检刻，而不能自禁。会丞相牛僧孺出镇扬州，辟节度掌书记。牧供职之外，唯以游宴为事。扬州，胜地也，每重城向夕，倡楼之上，常有绛纱灯万数，辉罗耀烈空中，九里三十步街中，珠翠填咽，邈若仙境。牧常出没驰逐其间，无虚夕。"

遣　怀

杜　牧

落魄江湖载酒行，楚腰纤细掌中轻[1]。
十年一觉扬州梦，赢得青楼薄幸名。

简注

[1] 楚腰纤细：女子身材苗条。《韩非子·二柄》："楚灵王爱细腰，而国中多饿人。"

这首诗自曝风流生涯，看似潇洒，实则悲凉。意谓自己这么多年在扬州，并没有发挥政治军事才干，也没有做成什么有意义的事情，只是在青楼里留下了一个骂名而已。

（三）写景之作

江南春绝句

杜　牧

千里莺啼绿映红，水村山郭酒旗风。
南朝四百八十寺[1]，多少楼台烟雨中？

[1]“南朝”句：据《南史·郭祖深传》：“都下佛寺，五百余所。……所在郡县，不可胜言。”

这首诗作于文宗大和七年（833），杜牧当时在沈传师宣州幕府。

杜牧的这首诗，写景优美而语含讽刺。意思是说，南朝统治者多信佛教，大兴土木，劳民伤财，以为可以得到佛的保佑，结果还是亡了。

山　行

杜　牧

远上寒山石径斜，白云生处有人家。
停车坐爱枫林晚，霜叶红于二月花。

写秋景而如此明丽，如此可人，没有半点衰败之气，可与刘禹锡的《秋词》媲美。两人都比较豪放。

李商隐

李商隐（813？—858），字义山，怀州河内（今河南沁阳）人，后迁居郑州荥阳。九岁丧父，少有文名。

与令狐楚之关系

《旧唐书·文苑下·李商隐传》："令狐楚镇河阳，（商隐）以所业文干之，年才及冠时，楚以其少俊，令与诸子游。楚镇天平、汴州，从为巡官，岁给资装，令随计上都。""商隐能为古文，不喜偶对。从事令狐楚幕，楚能章奏，遂以其道授商隐，自是始为今体章奏。"由此看来，令狐楚既是他的幕主，也是他的老师，于他是有提携、教诲之恩的。

与王茂元之关系

文宗开成二年（837），也就是令狐楚死的那一年，李商隐因令狐楚之子令狐绹之荐，进士及第。《旧唐书·文苑下·李商隐传》："楚卒，王茂元镇河阳，辟为掌书记，得侍御史。茂元爱其才，以子妻之。茂元虽读书为儒，然本将家子，李德裕素遇之。时德裕秉政，用为河阳帅。德裕与李宗闵、杨嗣复、令狐楚大相仇怨。商隐既为茂元从事，宗闵党大薄之。时令狐楚已卒，子绹为员外郎，以商隐背恩，尤恶其无行。俄而茂元卒，来游京师，久之不调。"宣宗大中四年，"令狐绹作相，商隐屡启陈情，绹之不省"。若干年后，"复以文章干绹，乃补太常博士"。王茂元对李商隐也是有恩的，但是他却因此而得罪了牛党，尤其是得罪了令狐绹。

一生襟抱未曾开

晚唐政坛的最大顽疾之一，就是牛（僧孺）李（德裕）党争激烈，令狐楚、令狐绹是牛（僧孺）党的人，王茂元则是李（德裕）党的人。

而李商隐一生最大的不幸，就在于得罪了牛党的人，尤其是得罪了令狐绹。但是，李商隐是否真的像令狐绹所指责的那样，“背恩”“无行”呢？我觉得这个问题还可以研究。

在唐代，中了进士，也就是通过了礼部试，并非马上就有官做，还得通过吏部试。李商隐是文宗开成二年（837）通过礼部试的，他通过吏部试，是在开成四年（839）。据《旧唐书·文苑下·李商隐传》记载，李商隐的曾祖父做过安阳县令，祖父做过邢州录事参军，父亲并没有做过官。可见他的家庭是比较寒薄的。那么他在通过礼部试之后，就不可能待在家里准备吏部试，他得出去工作，他得养家。这应该是在令狐楚死后，他入王茂元幕的主要原因。如果我们考虑到他当时才25岁，对牛李党争的严酷性缺乏切身体验，我们应该可以理解他的这种艰难的选择，何况王茂元又那么欣赏他的才华，还把漂亮的女儿许配给他呢。且不谈牛李党争谁是谁非，即便牛党全是对的，李党全是错的，李商隐确实选错了幕主，我认为，对于一个急于要找份工作养家的25岁的年轻人来讲，这个错误也是可以谅解的，而所谓“背恩”“无行”，是不是言重了一点？

可悲的是，李商隐从此就在牛李党争的夹缝中过了20年。宣宗大中元年（847），李商隐应桂管观察使郑亚之邀，任支使兼掌书记。但是不久，“亚坐李德裕党，亦贬循州刺史，商隐随亚在岭表累载”（《旧唐书·文苑下·李商隐传》）。大中五年六月，李商隐又应东川节度使柳仲郢之邀，以检校工部郎中出任节度判官，但是在大中九年，“仲郢坐专杀左迁，商隐废罢。还郑州，未几而卒”。

综观李商隐一生仕履，无非就是秘书省校书郎、弘农尉、秘书省正字、周至县尉、太学博士、节度判官一类的芝麻官，当然也不可能有什么政绩。诚所谓“虚负凌云万丈才，一生襟抱未曾开”（崔珏《哭李商隐》）。

李商隐幼年丧父，中年丧妻，25岁以后一直受到牛党的打压和排斥，他在失意和孤独当中过了一生。这样的经历，使得他的心境一直都很悲苦和压抑。他的作品忧生忧世，深情绵邈，寄托遥深；既精粹又华丽，博采众长，自成一家，在后来的诗歌史上有着深远的影响。有《李义山诗集》《樊南文集》。

安定城楼[1]

李商隐

迢递高城百尺楼，绿杨枝外尽汀洲。
贾生年少虚垂泪[2]，王粲春来更远游[3]。
永忆江湖归白发，欲回天地入扁舟。
不知腐鼠成滋味，猜意鹓雏竟未休[4]。

[1] 安定：汉时郡名，唐改泾州，系泾（州）原（州）节度使所在地，治所在今甘肃省平凉市泾川县。

[2] “贾生”句：贾谊《治安策》：“臣窃惟事势，可为痛哭者一，可为流涕者二，可为长太息者六。”

[3] 王粲：东汉末年人，17 岁时避乱荆州，依刺史刘表，不得志，尝于春日登当阳城楼，作《登楼赋》。

[4] “不知”二句：《庄子·秋水》：“惠子相梁，庄子往见之。或谓惠子曰：‘庄子来，欲代子相。’惠子恐，搜于国中三日三夜。庄子往见之，曰：‘南方有鸟，名鹓雏，发于南海，而飞于北海，非梧桐不止，非练实不食，非醴泉不饮。于是鸱枭得腐鼠，鹓雏过之，仰而视之曰：赫！今子欲以梁国而赫我耶？’”

评说

此诗写于开成三年（838），作者在王茂元幕，做了王的女婿。这一年他参加博学宏词科考试，受到牛党的排斥，未被录取。他在诗里表白自己的志向，即干一番事业（回天地）之后，就归隐江湖（入扁舟），不会贪恋禄位。而牛党那些人，以小人之心度君子之腹，形同庄子笔下的鸱枭。

贾　生

李商隐

宣室求贤访逐臣[1]，贾生才调更无伦[2]。
可怜夜半虚前席[3]，不问苍生问鬼神。

[1] 宣室：汉代未央宫前殿正室。

[2] 贾生：贾谊，汉文帝时文学家，官至梁怀王太傅。此前曾为长沙王太傅，在长沙待了四年左右。

[3] 前席：在坐席上移膝，靠近对方。

贾谊为长沙王太傅，人们视之为怀才不遇的一个典型；贾谊被召见于宣室，人们又视之为君臣遇合的一个佳话。李商隐却独持异议，认为贾谊虽然被皇帝召见于宣室，然皇帝所垂问者，不过鬼神之事，仍然是怀才不遇。

乐游原[1]

李商隐

向晚意不适，驱车登古原。
夕阳无限好，只是近黄昏。

[1] 乐游原：据《长安志》《唐两京城坊考》等书记载，乐游原在升平坊；据《类编长安志》记载，乐游原在青龙坊。台湾学者简锦松通过现地考察，认为乐游原在青龙坊的北邻——修正坊高地，海拔450米左右，在这里可以完整地俯瞰曲江池（参见简锦松著《唐诗现地研究》）。

“意不适”就是心情不好。心情不好的时候，看到“无限好”的夕阳，心情还是不好，所以有“只是近黄昏”之叹。过去一直有人把“夕阳无限好，只是近黄昏”之叹与时代扯在一起，这未免有些牵强。

无　题

李商隐

相见时难别亦难，东风无力百花残。
春蚕到死丝方尽，蜡炬成灰泪始干。
晓镜但愁云鬓改，夜吟应觉月光寒。
蓬山此去无多路，青鸟殷勤为探看。

这是一首爱情诗。陈贻焮先生认为：此诗所恋之女性为玉阳灵都观的一个女冠。玉阳即玉阳山，是王屋山的分支，在怀州河内县（今河南省沁阳县）的西边，李商隐未第时，曾习业于玉阳山。玉阳山里有一个灵都观，灵都观里有一位地位尊贵的女冠（当是某位入道公主），李商隐之所恋，就是这位地位尊贵的女冠身边的一个歌舞侍者。陈先生指出，这首诗的最后两句“写与‘蓬山’（指灵都观）相隔不远却难于见面，双方都为相思而憔悴，惟仗‘青鸟’（指使者）暗通情意”①。可参考。

嫦　娥

李商隐

云母屏风烛影深[1]，长河渐落晓星沉。
嫦娥应悔偷灵药，碧海青天夜夜心。

① 陈贻焮：《李商隐恋爱事迹考辨》，《唐诗论丛》，湖南人民出版社1980年版，第292页。

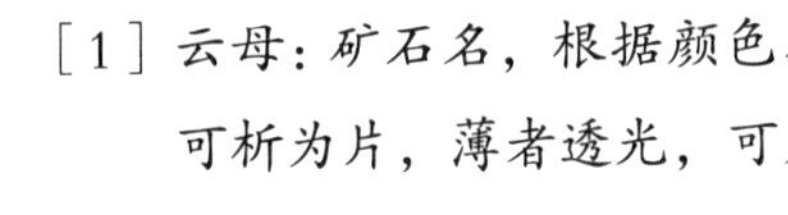

[1] 云母：矿石名，根据颜色不同可分成白云母、黑云母、金云母等。可析为片，薄者透光，可为镜屏。

有人认为，这首诗是咏女冠之作；还有人认为，是自伤之作。两说都可通。但似乎不止于此。它的诗眼是一个“悔”字，可细玩。

无 题

李商隐

昨夜星辰昨夜风，画楼西畔桂堂东。
身无彩凤双飞翼，心有灵犀一点通。
隔座送钩春酒暖[1]，分曹射覆蜡灯红[2]。
嗟余听鼓应官去[3]，走马兰台类转蓬[4]。

[1] 送钩：藏钩之戏。相传汉武帝钩弋夫人入宫时，拳一手，帝披其手，得玉钩，手遂展。后人乃作钩弋之戏。（见《汉武故事》）又据晋周处《风土记》，谓钩弋之戏是将人分为两组，有一钩，传递后藏于某人之手，让对方猜，猜不中则罚酒。

[2] 分曹：分组。射覆：也是一种游戏，在巾、盂等物下预藏一物，令对方猜，猜不中则罚酒。

[3] 听鼓应官：听到鼓声即去上班。唐时，长安宫内及各街坊置鼓，晨、昏以鼓声为号令，称“官街鼓”。《新唐书·百官志》：“日暮，鼓八百声而门闭……五更二点，鼓自内发，诸街鼓承振，坊市门皆启。鼓三千挝，辨色而止。”

[4] 兰台：即秘书省。唐高宗时，曾改秘书省为兰台。

评说

这也是一首爱情诗，有人认为，此诗写于武宗会昌五或六年（845或846），当时李商隐官秘书省正字。作品写一对青年男女不能结成伴侣（身无彩凤双飞翼），但心灵相通（心有灵犀一点通）。他们在一起饮酒，做游戏，很快乐。遗憾的是，男士听到五更二点的鼓声，就要上班去了。作品所表达的，是一种爱而不得的遗憾。

夜雨寄北

李商隐

君问归期未有期，巴山夜雨涨秋池。
何当共剪西窗烛，却话巴山夜雨时。

评说

唐宣宗大中五年（851）六月，李商隐以检校工部郎中出任东川节度使柳仲郢幕府判官[①]，于大中九年（855）回京师长安。东川节度使府驻梓州（今四川三台），这首诗就是大中五年至九年期间在梓州写的。关于这首诗的标题，《万首唐人绝句》作《夜雨寄内》，“内”即内人，妻子。而现传李诗各版本均作《夜雨寄北》。“北”即北方的人，可以指妻子，也可以指朋友。有人认为，此诗写于作者的妻子王氏去世之后（他的妻子在851年去世），因而不是“寄内”诗，而是写赠给长安友人的。霍松林先生认为，从诗的内容来看，按“寄内”理解，似乎更确切一些[②]。

这首诗营造了两个地理空间，一个是南方的“巴山”，一个是北方的“西窗”。一个尺度很大，一个尺度较小。在“巴山”，诗人收到了妻子从北方寄来的信，问他什么时候才能回家。什么时候才能回家呢？他不好说，说不准（如果是当代流行歌曲，可能会回答说：“大约在冬

① 傅璇琮主编:《唐才子传校笺》第三册，中华书局1990年版，第274—275页。
②《唐诗鉴赏辞典》，上海辞书出版社1983年版，第1139页。

季”)。眼前正下着好大好大的夜雨，把秋天的池塘都涨满了。这在北方是没有的，北方的秋天哪会有这么大的雨？妻子的信和秋夜的雨，触发了他的羁旅之愁与难归之苦。这愁苦也像秋夜的雨一样，涨满了他的心田。在愁苦难耐之中，他虚拟了一个温馨的画面，这就是有朝一日回到“西窗”那个空间，与妻子剪烛夜话的时候，他会把此时此地的“巴山夜雨”，还有此时此地的羁旅之愁与盼归之心，都一一告诉妻子。告诉她，自己是如何度过这个既凄苦又怀着希冀的漫长雨夜。这个温馨的画面，既凸显了此时此地的羁旅之愁与盼归之心，又在一定程度上释放了此时此地的心理压力，同时也给彼地的对方一个承诺，一个安慰。

作品所营造的这两个空间，是与不同的时间紧密联结的。先是妻子在“西窗”给他写信，然后是他在“巴山夜雨”中给妻子回信，接着是设想有朝一日回到“西窗”与妻子剪烛夜话，最后又回到“巴山夜雨”的现实情境。其时空运行轨迹是：西窗（过去）→巴山（此时）→西窗（未来）→巴山（此时）。空间上往复对照，时间上回环对比。随着时空的不断变化，作品的情意内涵层转层深。

锦　瑟

李商隐

锦瑟无端五十弦，一弦一柱思华年。
庄生晓梦迷蝴蝶，望帝春心托杜鹃。
沧海月明珠有泪，蓝田日暖玉生烟。
此情可待成追忆，只是当时已惘然。

在李商隐的诗中，《锦瑟》这一首据说最难懂。元好问《论诗三十首》之十二：“望帝春心托杜鹃，佳人锦瑟怨华年。诗家总爱西昆好，独恨无人作郑笺。”李商隐的这首诗，由于词意朦胧，历来众说纷纭，或谓悼亡，或谓咏物，或谓怀人，或谓自伤，莫衷一是。古人姑且不论，只说 1979 年至 2005 年间在中国大陆发表的评说这首诗的文章，就多达109篇。其中不乏名家之作，如程千帆、周振甫、先师张国光、刘若愚、朱光潜、王蒙、刘学锴、李国文、徐复观等，都写过探讨这首诗的文章（包括对它的主题的探讨），作家王蒙就写了三篇，作家李国文也写了三篇，由此可见这首诗的魅力与复杂性。

历来研究唐诗的学者，学问多很渊博。因为太渊博了，就难免把简单的问题复杂化。即如李白的《蜀道难》这首诗，它的主题就是“蜀道难”，但是学者们却要为它的主题争论不休。又如白居易的《长恨歌》，它的主题就是“长恨”，学者们也要为它的主题争论不休。至于李商隐的这首《锦瑟》，它的主题在我看来，就是第二句中的“思华年”三个字，这三个字是“诗眼”，可是学者们同样要为它的主题争论不休。

学者们的争论姑且按下不表，也无暇细述。这里只说我的观点，即何以见得这首诗的主题就是“思华年”呢？让我一句一句地道来。

李商隐活了46岁，有人说是47岁，将近50岁吧。这首诗就写在他的晚年。传说中，古瑟原有五十弦，后来改了，弦数不一,一般是二十五弦。可是诗人看到的锦瑟，偏偏就有五十弦，这是什么原因呢？不知道。所以他用“无端”二字表达自己的惊诧感与宿命感。意思是说，这个“锦瑟”，居然有五十弦，和自己的年岁相近，这就触发他想起自己的一生，所谓“思华年”。

“思华年”就是“思年华”，就是回忆和总结自己的一生。如果是写传记，就会写出具体的时间、地点、人物、事件、前因、后果等，但他不是写传记，是写诗，而且是写七言律诗。一首七言律诗只有8句56个字，他如何在这8句56个字里写尽自己的一生呢？最好的办法就是用典故，而用典故，恰好就是他的强项。

典故有本来义，也有引申义。这首诗中的“庄生晓梦”“望帝”“沧海明珠”“蓝田日暖”等典故，其本意并不复杂，李商隐用它们来表达自己的身世之感，也并不复杂，无需太多的引申。例如：

“庄生晓梦”典出《庄子·齐物论》：“昔者庄周梦为胡蝶，栩栩然胡蝶也……俄然觉，则蘧蘧然周也。不知周之梦为胡蝶与？胡蝶之梦为周与？”本义是讲物我同一，李商隐在这里所赋予的引申义是什么呢？我认为，要想真正了解这一点，必须注意“晓梦”这两个字。梦见自己成了一只自由飞翔的蝴蝶，自然是非常美好的，可惜这个梦是个“晓梦”。“晓梦”的特点是易醒，即好梦不长，醒了之后会很惆怅，很失落，甚至很迷茫，所以诗人用了一个“迷”字。因此这一句的意思就是说：我年轻的时候，也曾经有过美好的梦想，可惜这个梦想就像“晓梦”一样，很快就破灭了。

“望帝”典出《华阳国志·蜀志》：“杜宇称帝，号曰望帝……会有水灾，其相开明决玉垒山以除水害，帝遂委以政事，法尧、舜禅授之义，遂禅位于开明，帝升西山隐焉。时适二月，子鹃鸟鸣，故蜀人悲子鹃鸟鸣也。”又据《说文》，杜宇死，其魄化为子规。子规，鸟名，即杜鹃，又名杜宇。望帝死后化为杜鹃，杜鹃声悲，说明他有冤情，说明他的禅让是迫不得已。“春心”，即伤春之心。望帝把自己的伤春之心借杜鹃之声来表达，可见这个典故的本义也是明了的。联系上一句，这一句的意思也很明了：即我年轻的时候，曾经有过美好的梦想，可惜这个梦想很快就破灭了。我的青春、我的生命就这样一天又一天、一年又一年地消磨，我的内心是迷茫的、悲伤的，我无可告诉，只有借我的诗来表达自己的迷茫和悲伤，就像望帝借杜鹃之声来表达自己的悲伤一样。

“沧海”句，典出干宝《搜神记》：“南海之外，有鲛人，水居如鱼，不废织绩，其眼泣则能出珠。”又张华《博物志》：“鲛人从水出，寓人家积日，卖绡将去，从主人索一器，泣而成珠满盘，以予主人。”这两条的意思合起来看，就是沧海里有鲛人，能泣珠以还报主人。反过来讲，如果不能遇到可以还报的主人，那就成了“沧海遗珠”。《新唐书·狄仁杰传》：“举明经，调汴州参军。为吏诬诉，黜陟。使阎立本召讯，异其才，谢曰：‘仲尼称观过知仁，君可谓沧海遗珠矣。’荐授并州法曹参军。”是以“沧海遗珠”，是指人才被埋没。又据民间传说，珠生于蚌，蚌在海中，每当月明之夜，蚌则向月张开，以养其珠。珠得月华，始报光莹。明白了关于珠的上述典故或来历，再来看“沧海月明珠有泪”，意思就不难理解了。其意即谓：我是一个被埋没的人才，就像一颗沧海遗珠，没有机会报答我想报答的人。每当月明之夜，我只有悄悄地流泪。

“蓝田”句，可参司空图《与极浦谈诗书》引中唐诗人戴叔伦语：“诗家之景，如蓝田日暖，良玉生烟，可望而不可置于眉睫之前也。”蓝田玉是良玉，在天气暖和的时候，会有烟气冒出。但是这种良玉之烟，是可望而不可即的。这一句联系第五句来讲，就是：我是一个被埋没的人才，我渴望得到机遇，但是机遇对我而言，就像蓝田玉之烟，总是可望而不可即。

最后两句总结说，我的梦想，我的失落，其实是无须追忆的。早在当时，我就深感迷惘了。这两句在结构上照应“思华年”三字，非常完整。

总之，李商隐的《锦瑟》其实并不难解，只要我们了解诗中各个典故的本义，再联系诗人的身世遭遇，其情意内涵还是可以把握的。如果一定要问，李商隐的梦想是何时、何地、因何人何事破灭的，他想报答的人又是谁，等等，那就只有去考证了。不过我劝诸位，《锦瑟》是文学，不是历史。考证只能满足考证者的“考证癖”，于文学作品的欣赏和理解关系不大。

附录

唐诗鉴赏

这一组鉴赏文章，乃是20世纪80年代后期应湖北大学郁源教授之约，为他主编的《中国古代绝句鉴赏辞典》写的几个辞条。所讲的都是唐人绝句，因附于此。

杜甫

杜甫（712—770），字子美，自号杜陵布衣、少陵野老，尝官左拾遗和检校工部员外郎，故世称杜拾遗或杜工部。祖籍襄阳，生于河南巩县。唐初著名诗人杜审言之孙。早年举进士不第，漫游吴越齐鲁。天宝中旅食长安十年，官右卫率府胄曹参军。安史乱起，逃至凤翔，谒肃宗，官左拾遗。以论救房琯，改华州司功参军。旋弃官，避乱入蜀，佐严武幕，武表为节度使府参谋检校工部员外郎。晚年携家出蜀，病死于湘江。其诗与李白齐名，多忧生念乱之作，沉郁顿挫，世称“诗史”。古、近体无所不工，绝句则于盛唐为创格，多直抒胸臆，质朴自然。有《杜工部集》。

赠李白

秋来相顾尚飘蓬，未就丹砂愧葛洪。
痛饮狂歌空度日，飞扬跋扈为谁雄？

这首诗当作于天宝四载（745）诗人与李白同游齐鲁之时，故首句有“飘蓬”之谓。“蓬”为野生植物，至秋枯断，随风而逝。“飘蓬”者，漂泊之谓也。写李白，亦是写自己。刘拜山《千首唐人绝句》同题注云：“避世不甘，用世无缘，彼此一例。‘相顾飘蓬’四字，惺惺相惜，统摄全篇。”李杜二人相知甚深，在政治上均不得志，于是相约学道。然终于避世未甘，学道未成，故云“未就丹砂愧葛洪”。

首二句李杜合写，末二句则专为李白画像。李白是有名的豪饮之士。诗人曾有《饮中八仙歌》云：“李白斗酒诗百篇，长安市上酒家眠。

天子呼来不上船，自称臣是酒中仙。”“痛饮狂歌”句，即此之谓。李白不能一展所学，只有在痛饮狂歌之中消磨岁月。这一句，既为李白画像，也对他给予了深深的同情。刘全白《唐故翰林学士李君墓碣》载，白“性倜傥，好纵横术，喜击剑，为任侠”。魏颢《李翰林集序》称其“眸子炯然，哆如饿虎，……少任侠，手刃数人”。故诗人以“飞扬跋扈”目之。“飞扬”者，浮动之貌；“跋扈”者，强梁之意。三四两句极具动态，可谓得李白之神。

这首诗粗粗一看，可谓截取律诗的首尾两联连缀而成，通篇皆是散体。然而细加寻绎，仍觉其中有对。“痛饮”对“狂歌”，“飞扬”对“跋扈”，为句中对。如此散中有对，既见流动之致，又不乏整饬之美。

江畔独步寻花七绝句（选一）

江深竹静两三家，多事红花映白花。
报答春光知有处，应须美酒送生涯。

此诗为上元（760—761）年间诗人卜居成都浣花溪时作。“江”即锦江。深澈的锦江边上静静地簇立着一丛又一丛的竹子，竹丛掩映着两三庄户人家。江、竹、人家，三者构成画面的背景。第二句写画面的主体：花。“红花映白花”，状花事之热闹繁盛。“多事”，寓恼花之意。这组诗的第一首即云：“江上被花恼不彻，无处告诉只颠狂。走觅南邻爱酒伴，经旬出饮独空床。”恼花并非厌花，所谓“不是爱花即欲死，只恐花尽老相催”（同题之七）。恼花者，花尽老催，人生迟暮之谓也。故见“红花映白花”而云“多事”。“多事”者，不恤人意也。

花虽“多事”，然亦不谓无情。它以姹紫嫣红千娇百媚装点了这个美丽动人的春天，唤起了人们对于生活的向往和热恋。“东望少城花满烟，百花高楼更可怜”（同题之四）。诗人仍是爱花的。爱花与恼花，是一种心态的两个层面。爱花情深，则因花而及人。“年年岁岁花相似，岁岁年年人不同”（刘希夷《代悲白头翁》），则又因人而恼花矣。

恼花，只因花事可期而人生难再。然人生既如此短暂无常，则莫若惜此有限之光阴而尽情赏花。所谓“诗酒尚堪驱使在，未须料理白头人”（同题之二）。未来的事可以不去管它，要紧的在于享受春光，报答春光。如何报答春光？何处报答春光？末尾一句说得很明确，很果断：“应须美酒送生涯”。

《江畔独步寻花七绝句》这组诗，尽是写赏花与恼花的矛盾，以及这种矛盾的解脱之道。而“江深竹静”这一首，则把这种矛盾和解脱之道写得很集中，很典型。少陵诗冠千古，本不以绝句擅名，偶有所作，则大抵直抒胸臆，不尚藻饰，朴实自然，别具清新疏朗之致。这首诗即是如此。首二句写景，纯用白描；末二句抒情，更是直捷明快。熟读此首，其他六首即可迎刃而解。

武侯庙

遗庙丹青古，空山草木长。
犹闻辞后主，不复卧南阳。

这首诗当作于大历元年（766），时杜甫流寓夔州。张震《武侯祠堂记》：“唐夔州治白帝，武侯庙在西郊。”上二句写庙，下二句写武侯。庙是何时建的，不得而知。只是从墙上的绘画来看，已经是相当的古旧了。年代久远，古画凋零，来此凭吊祭拜的人自然很少，故云“空山草木长”。这两句看似寻常，实为惨淡经营之笔。不仅对仗工稳，音节悠扬，而且用字下语极具匠心。一个“遗”字，一个“古”字，把读者推向遥远的往昔，写尽人世的沧桑；一个“空”字，一个“长”字，又把读者拉回具体可感的现实，写尽周遭环境的岑寂与荒凉。这样一推一拉，既扩大了作品的张力，增强了作品的历史感与现实感，又为下面两句的描写武侯，营造了一种感伤的氛围。

“犹闻”二句，写尽武侯一生心事。蜀后主建兴五年（227），诸葛亮出师汉中，临行之前上《出师表》。诗人此时瞻拜诸葛武侯的遗像，仿佛还能听见他当年辞别后主时的悲壮陈词。“南阳”即南阳郡，今属河南。《蜀志注》引《汉晋春秋》云：“亮家于南阳之邓县，在襄阳城西二十里，号曰隆中。”诸葛亮本是南阳邓县一隐士，只是为了报答刘备的知遇之恩，实现刘备兴复汉室一统天下的宏愿，他才出山辅政。从此呕心沥血，鞠躬尽瘁，直到最后魂归五丈原。末尾一句，可与《蜀相》中的“出师未捷身先死，长使英雄泪满襟”同看，皆哀其大业之未成也。

这首诗，言简意赅，一气贯注。“古”字、“长”字蓄势，带出“犹闻”二字，尤见笔力。三、四两句谓诸葛亮死犹未已，乃加一倍写法，使得武侯之神，奕奕如在。

漫成一首

江月去人只数尺，
风灯照夜欲三更。
沙头宿鹭联拳静，
船尾跳鱼拨刺鸣。

这首诗当作于大历元年（766）诗人自云安至夔州途中。四句皆写夜景。首句写江中月影。舟移则月随，舟停则月止，总在咫尺之间。令人想起孟浩然《宿建德江》的名句：“野旷天低树，江清月近人。”这是写远景。次句写樯上灯影。江上无漏，不知更时。风灯照处，则夜近三更。这是写近景。然无论近景远景，皆眼中所见，为视觉。三、四两句则转换角度，写听觉。细绎之，亦是一远一近。三句写“沙头宿鹭”，为远景；末句写“船尾跳鱼”，为近景。写“沙头宿鹭”而以“联拳”二字形容其聚宿之状，似为视觉，然一“静”字，又分明属于听觉矣。诗人之注意力似重在听，而非重在看。写“船尾跳鱼”，而以“拨刺”二字形容其跳水之声，正由听觉而得之也。如此亦视亦听，亦远亦近，写尽深夜泊船之景，可谓真切、细腻、生动，非画工所能办；而景中所流露的孤寂、无聊之感，更非亲历者所能想见。

刘方平

刘方平，生卒年不详。洛阳人。开元天宝（713—755）间在世。一生布衣，隐于汝水、颍水之滨。与皇甫冉为诗友。为萧颖士所激赏，萧称其为“山东茂异”。少工词赋，擅绘事，尤长于绝句。笔触细腻，风格含蓄。《全唐诗》存其诗一卷。

春　雪

飞雪带春风，徘徊乱绕空。
君看似花处，偏在洛城东。

说到这首诗，想起一个故事。出处不记得了。说是从前有三个文人，面对一场春雪，相约着联句。第一个说“大雪纷纷落地”，第二个说“好似皇家瑞气”，第三个说“下它三日五日”，话音刚落，一个农夫走了过来，续道：“放你娘的狗屁！”

这个故事表明，审美活动有着强烈的主观色彩和功利性。春雪是一种自然现象，当这种自然现象成为一种审美对象时，审美主体怀抱着什么样的立场和态度来欣赏，是由各人的社会生活地位和文化心理结构所决定的。审美不是超功利的。《春雪》这首诗，非常形象地说明了这一点。“飞雪带春风，徘徊乱绕空。”春风挟带着春雪，纷纷扬扬地在空中飞舞、徘徊、萦绕，在有闲阶级看来，在没有衣食之虞的人们看来，当然很美。简直不是雪，而是花瓣，是天公的杰作。然而在穷人看来，在为衣食问题而奔走呼号的人们看来，则不仅不美，而且很丑，很可恶。大雪封路，挨冻的人不能进山砍柴，挨饿的人不能外出觅食。大雪给穷人带来的是灾难，是不幸。所以诗的后半截说：“君看似花处，偏在洛城东。”把春雪当作春花来欣赏的，只有洛阳城东边的那些富贵人家。一个“偏”字，界定得很严，也很明确。至于把春雪当作灾难的人是谁，诗人没有明说，让读者去想象。

作品很生动地描绘了一幅飞雪图。“飞”字，“带”字，“乱”字，“绕”字，“徘徊”二字，均极富动态。皇甫冉《刘方平壁画山水》说，刘方平善画，“墨妙无前，性生笔先”。这首诗的首二句，即给人以鲜明的画感。末二句，则形象地说明了审美活动中的一个重要问题，即审美的主观性与功利性。

钱 起

钱起（715？—780），字仲文，吴兴（今属浙江）人。天宝九载（750）进士，初授校书郎，官终考功郎中。钱起为“大历十才子”之一，其诗与郎士元齐名，人称“前有沈宋，后有钱郎”。作品以五言为主，多送别酬赠之作；七绝则含蓄蕴藉，风格清丽。有《钱考功集》。

暮春归故山草堂

谷口春残黄鸟稀，辛夷花尽杏花飞。
始怜幽竹山窗下，不改清阴待我归。

此诗题作《暮春归故山草堂》，故始终围绕着“暮春”二字来写“归故山”后的所见所感。谷口春残了，黄鸟的叫声也稀疏了；辛夷花凋谢了，杏花更是纷纷扬扬地四处飞舞。“残”字，“稀”字，“尽”字，“飞”字，联翩而下，不可逆转，尤见春事之不可挽留。谷口的草堂是诗人灵魂的栖息地；归故山草堂，一定怀着许多的梦想和期冀。可是一旦归来，却是花谢花飞，春残鸟稀。诗人的失望与落寞是不言而喻的。好在山窗下的竹子，到了春夏之交，仍清阴满地，殷勤地接纳这远地来归的游子。

竹待我，我怜竹。物迎我合，相融相洽。一方面赞美竹子的品格，一方面认定自己的节操。这首诗的精髓正在这里。

谷口的幽竹，诗人并非第一次见到，有《题玉山村叟屋壁》一诗为证。但是真正能够对之产生深深的认同感和怜惜之情，则是在花尽鸟稀、春事凋零之后。因为比较起来，只有谷口的幽竹才算经得起春夏之交的雨横风狂，才能表现出一种坚定不移的君子本色。如此看来，这首诗名为写竹，实为写人。它所采用的乃是传统的比兴手法。罗邺《芳草》云："年年检点人间事，唯有春风不世情。"李适之《罢相作》云："试问门前客，今朝几个来？"钱起此诗与罗、李同一路数。其意在抨击势利小人，褒扬有始有终的君子。唐汝询《唐诗解》云："此仲文罢官之后感交道而作也，而隐然不露，有风人遗音。"所见极是。后来郑板桥的《竹石》诸诗，亦与钱诗同一路数，可惜意境要显豁得多，反倒少了许多韵致。

过故洛城

故城门外春日斜，故城门里无人家。
市朝欲认不知处，漠漠野田空草花。

这是一首怀古诗。全诗通过对故洛城的凭吊，抒发了一种深沉的历史兴亡人世沧桑之感。出现在诗人眼里的不再是往昔繁华的洛城，而是一座破败的孤零零的城门。城门外，春天里的夕阳正渐渐地沉落下去；城门里则是一片荒凉，见不到一户人家。昔日那热闹的市井和皇城不见了，连遗迹都无从寻找；唯一能见到的，是那荒漠的田野里自生自灭的花草。

全诗只有两组意象。一组是人事意象，如"城门""人家"和"市朝"；一组是自然意象，如"春日""野田"和"草花"。除了这两组意象的组接，再无任何主观性的评价，然而诗的主旨却蕴含在这两组意象当中：自然依旧，人事无常。

旧城洛阳作为一个历史名都，曾经是一个多么繁华、多么热闹的去处，多少人在这里奔竞，多少人在这里追逐。可是如今呢？一切归于岑寂。唯有无知无识的春风依旧，花草依旧。这一切，对于那些仍然奔竞不止、追逐不止的人来讲，该是一个多么深刻的讽刺，多么响亮的棒喝啊！

这种充满历史兴亡人事沧桑之感的作品，在唐代，尤其是在中晚唐非常地多。刘禹锡、李商隐、杜牧、温庭筠等，都是这一方面的高手。钱起在这一方面不是很出名，但是这首诗仍有它显著的特色。它的白描，它的含蓄，它的深沉的感慨，都给人以难忘的印象。

春　郊

水透冰渠渐有声，气融烟坞晚来明。
东风好作阳和使，逢草逢花报发生。

这首诗以明快的节奏写郊外阳和初布，春意复苏，一派盎然生机。首句写水。春天来了，冰澌溶泄，流水复活。透过表层的冰块，可以听到下边的淙淙水声。这是春的奏鸣曲。次句写气。傍晚时分，可以看到一团一团的气体在土墩上飘浮弥漫。这是春天的暖气。第三句写风。这是全诗之眼。因为有了东风的吹拂，才有了冰块的消融，才有了暖气的弥漫，才有了花卉的复苏与再生。第四句写花草。“报发生”三字，极富于动态，仿佛可以听到满世界里花卉草木破土、萌芽、吐蕊的声音。

这首诗纯是写景。由水而气，由气而风，由风而花草，一宗一宗地写来，不作任何主观性的评价，但是诗人对于春天的喜悦，对于生命的喜悦，却是不言而喻。

贾　至

贾至（718—772），字幼邻，洛阳（今属河南）人。天宝初明经擢第，“安史之乱”中随玄宗入蜀，撰传位册文。乾元元年，坐房琯党，出为汝州刺史，又因事贬岳州司马。大历中曾任京兆尹，官至右散骑常侍。有文集四卷，《全唐诗》存其诗一卷。

春思二首（选一）

草色青青柳色黄，桃花历乱李花香。
东风不为吹愁去，春日偏能惹恨长。

唐汝询的《唐诗解》在谈到这首诗时指出："幼邻诸绝皆谪居楚中而作，此盖感春而伤放逐也。"这个把握是比较准确的。这首诗的春愁春恨，不是"为赋新诗强说愁"，而是有着深厚的现实生活内容，只是没有道破罢了。作者写愁写恨，有一个显著的特点，即乐景写哀。这是一种很高明的手法。以乐景写哀，倍增其所哀，其悲剧性的审美效果比直接写哀要强烈得多。

我们且看发端两句。"草色青青柳色黄，桃花历乱李花香。"草色，嫩绿；柳色，鹅黄；桃花，纷纭；李花，飘香。可见这是一个繁花似锦、五彩纷呈的世界。这个世界是足以令人陶醉其间、乐而忘返的。然而对于一个迁客骚人来讲，这个世界却是一个异己的存在。如何就是一个异己的存在呢？诗人没有明说，只是在三、四两句里这样写道："东风不为吹愁去，春日偏能惹恨长。"试想，如果没有东风的吹拂，如果没有春日的抚育，这花草树木会如此的美丽，如此的生机勃发吗？然而，这东风和春日也只是把美丽和生机带给了这些自然物事，而没有带给作为主体的人。对于一个迁客骚人来讲，东风不曾吹去他满怀的愁苦，春日则适足以增添他的幽恨！这真是有情而无理。试问，他的愁和恨难道真的是东风和春日带给他的吗？显然不是，可是他却说得这样的肯定。一个"偏"字，下得几乎是不容置疑。这是一种非理性的表达方式。为什么会有这种非理性的表达方式？读者自可联系作者当时的处境和心境来加以领会，诗人再说一句便是多余。

西亭春望

日长风暖柳青青，北雁归飞入窅冥。
岳阳城上闻吹笛，能使春心满洞庭。

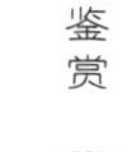

这首诗写的是春夏之交的景色，以及由这种景色所唤起的归思。春夏之交，白天的时间变长了，风开始暖和起来，柳条长成一片深绿。正是这日长、风暖、柳青，使得在南方度过冬天的大雁，也开始成群结队地向北归飞，它们的影子出没在高远莫测的天空里。

就是这“北雁归飞”，触动了他那蛰伏很久的归思。大雁回去了，他这个谪居南方的诗人什么时候才能回去呢？这种伤感本来就让人难以为怀，不巧就在这个时候，偏偏从岳阳城头传来了幽怨千古的笛声。这笛声所传达的，或许就是《折杨柳》的曲子。李白《春夜洛城闻笛》云:“谁家玉笛暗飞声？散入春风满洛城。此夜曲中闻折柳，何人不起故园情？”《折杨柳》属于汉乐府古曲，写的是离别行旅之苦。古人离别的时候，往往从路边折下柳枝相送；杨柳依依，正好借以表达恋恋不舍的心情。诗人听到由岳阳城头传来的笛声，于是那“春心”——由“北雁归飞”所触发的归思便膨胀起来，几乎塞满了整个的洞庭。

这首诗的前三句平平，警动的是煞尾一句，而“春心”二字则是诗眼。“春心”包括哪些内容？诗人没有明说，只是说了触发这种“春心”的诸多媒介物：春夏之交变长了的日子，变暖了的风，变绿了的草，以及北归的大雁，岳阳城头的笛声。这就给人以丰富的想象余地。“春心”本是一种抽象物，但是诗人却能使之形象化；不仅形象化，而且还能使之富有动态感：在八百里洞庭湖上徘徊、激荡、充盈。洞庭湖有多大，这春心便有多大。

雍　陶

雍陶（805—？），字国钧，成都人。大和八年（834）进士，历任监察御史、国子博士、简州刺史和雅州刺史。曾多次越秦岭，过三峡，远游塞北及今山东、两湖、福建等地，与张籍、王建、贾岛、姚合等过从甚密。其诗多羁旅之作，语言精警。绝句则新隽明丽，风韵绝胜。《全唐诗》存其诗一卷。

题情尽桥

从来只有情难尽，何事名为情尽桥？
自此改名为折柳，任他离恨一条条。

情尽桥是简州治所阳安（今四川简阳西北）城外的一座桥。关于这首诗的写作缘起，有这样一个故事。雍陶尝于唐宣宗大中八年（854）出任简州刺史。有一天送客出城，走到情尽桥，向幕僚问起桥名的由来。幕僚回说：送迎之地止此。雍陶听后很不以为然，随即援笔在桥柱上题写“折柳桥”三字，并作了这首七言绝句。

这是一首即兴之作，看似不甚经意，实则包含着丰富的情意内涵，下字用语也颇具匠心。首句劈空而来，口气果断，谓人间诸事皆有尽处，唯情难尽。这情既有家人父子之情、师友之情，也有男女之情；有相聚的欢悦，也有离别的痛苦。古往今来，概莫能尽。“从来只有”云云，用逻辑的语言来讲，叫作全称肯定判断，不容置疑。既如此，此桥又“何事名为情尽桥”呢？这是一个反问句，反问之中包含着否定。“情尽”云者，是不符合事实的，错误的。

第三句略为转折。这“情尽”的错误说法不用再去追究，改过来就是了，“从此改名为折柳”。“折柳”赠别，是汉唐人的习俗。“柳”“留”谐音，寓挽留、留恋之意，正是“情难尽”的具体表现。而桥头往往是话别分袂之处，言有尽而情无尽。所以改为“折柳”是很贴切的。

以上三句都是直抒胸臆，脱口而出，虽贴切，有情思，却未免直露，缺少韵味，末尾一句则非常成功地弥补了这一不足。“任他离恨一条条”，由“折柳”生发开去，化虚为实，化抽象为具象，使“难尽”的离恨变为具形。

崔道融

崔道融，生卒年不详，荆州（今属湖北）人。昭宗（889—904 在位）时，以征辟为永嘉（今浙江温州）令，后避乱入闽。《全唐诗》存其诗一卷。

寄人

澹澹长江水，悠悠远客情。
落花相与恨，到地一无声。

这是一首送别诗。首二句写客情，末二句写己意。写客情，以江水为譬；写己意，以落花为譬。“澹澹”，水平貌。据这个词和“落花”这个词来判断，这是一个春夏之交的日子。长江水涨潮了，满满地向东流去；客人的心情一如这涨潮的江水，悠悠不尽地系念着他的亲人、朋友和家园。长江水一去而不复返，一如客心之悠然而不可留。

客心在去，故以江水形容之；己心在留，故以落花形容之。客人去了，把无边的惆怅、无边的遗憾留给了自己。这惆怅，这遗憾，一如落花。落花是春天消逝的象征。想那一树繁花，经过几番风雨，便倏忽落地。春天去了，花的生命也随之完结。人呢，与朋友相聚，一杯在手，共话平生，岂不快哉！意犹未尽而朋友遽去，则有说不尽的遗憾。“相与恨”三字，从失意人眼里看落花，又从落花的角度反观自身，人有恨，落花亦有恨，人以为落花有恨，落花亦以为人有恨。一种极好的审美观照。

落花着地，悄无声息；既满怀幽恨，又无可奈何。朋友家去，乃人情之常；主人再好客，也挽留不得。这种心情，亦如花之落地。“一”者，“总”之谓也。“到地一无声”，即“到地总无声”，然用“一”字比用“总”字好。

这首诗，情真意挚，风格简淡。其突出的特点在于设譬。状客情之悠悠，以动态的江水为喻；写主人之遗憾，以静态的落花作比。江水无情，落花有恨，如之奈何？

春　晚

三月寒食时，日色浓于酒。
落尽墙头花，莺声隔原柳。

这首诗写晚春景致。“寒食”，即寒食节，在清明的前一天，冬至过后的第105天。寒食前后，天气极佳。诗人把这极佳的天气，用“日色浓于酒”来形容，真是新颖独特，发人之所未发，可以说是好得不能再好。“日色”本属视觉，但是用“浓于酒”三字来形容，又分明属于味觉了。这便是通感的运用。人们常说秀色可餐，这里却是日色可饮了。

第三句写花。第四句写莺声，写柳。时到寒食，清明将至，春天悄悄地溜走了，墙头上卷下一片落英，纷纷扬扬，轻盈缱绻。再往前看，原头上的柳树一片新绿，柳树那边，清晰地传来黄莺的歌唱，此伏彼起，婉转悠扬。如果说，“日色浓于酒”是诉诸味觉，“落尽墙头花”是诉诸视觉，那么“莺声隔原柳”便是诉诸听觉了。

全诗写晚春，但是并无传统的惜春之意与伤春之感。令人想到宋代欧阳修的《采桑子》：“群芳过后西湖好，狼籍残红，飞絮濛濛，垂柳栏杆尽日风。笙歌散尽游人去，始觉春空，垂下帘栊。双雁归来细雨中。”写晚春而不伤感，表现了诗人对生活的热爱，对人生的自信。过去我们谈到这一类的作品时，常常援引欧阳修的《采桑子》为例，殊不知在欧阳修之前，崔道融就已经写得很好了。

贯　休

贯休（832—912），唐末诗僧，本姓姜，字德隐，婺州兰溪（今浙江兰溪）人。七岁出家，日诵佛经千言，过目不忘。工诗、书、画，尝为吴越王钱镠所重。天复三年（903）入蜀，蜀主王建礼遇之，赐号禅月大师。时人呼为“得得来和尚”。其绝句清新淡雅，颇富情韵。《全唐诗》存其诗12卷。

月　夕

霜月夜徘徊，楼中羌笛催。
晓风吹不尽，江上落残梅。

这是僧人的诗。僧人也是人，也有喜怒哀乐爱恶欲，也有家园故国之思，也有心灵的骚动。僧人之不同于俗人的地方，在于他们能够把这种普通人的情感和欲望按捺下去，不去满足它，不让其显露或放肆（当然，裴如海这样的僧人不在此类）。

僧人而为诗人，总是矛盾的事。其所作诗，虽亦不免有情，但总不乏枯淡。贾岛的许多诗就是这样，枯淡，简寂，缺乏那种风华绰约之美。贯休的诗也不乏此病，但是这首诗却显得情韵悠长，只是比较含蓄，不敢发露而已。

全诗的主旨是月夜思故乡。首句，“霜月夜徘徊”。“霜”，写节候。时届深秋，家家争杵寒衣，遥寄征人，这是引起思乡情绪的第一个因素。“月夜”，写时间。“美人迈兮音尘绝，隔千里兮共明月”；“海上生明月，天涯共此时”。明月，是引起思乡情绪的第二个因素。有了这两个因素的作用，情感便被激活了；激活了的情感得不到慰藉，便独自一人在月地里徘徊、踌躇。

次句，“楼中羌笛催”。正是徘徊、踌躇于月光之下，情感骚动，没有依托的时候，耳边又传来了羌笛的幽怨之声。“羌笛”，相传为羌人所发明，乃是边疆少数民族的一种吹奏乐器，通常泛指一般的笛子。然“笛”前冠之以“羌”字，每令人想到边地的征战、苦寒、荒凉以及征人的忧伤。“楼中”云云，表明这霜月之夜，除了作者，也还有别的未眠的人，失意的人，思乡的人。一个“催”字，写其情感之激越，也写作者的听觉感受。

三、四两句紧承次句，写羌笛的音乐形象。“吹不尽”，写音乐形象的执着、缠绵，如怨如慕，如泣如诉，不绝如缕。“晓风”云云，则表明这笛子吹了一夜。楼上吹笛的人与月下听笛的人，都是一夜未曾合眼。他们折腾了一夜，挣扎了一夜。这笛声回旋在江面上，谛听之，原来是一曲《梅花落》。它的形象有如春天里的梅花，一瓣一瓣地飘落下来，一分尘土，二分流水。

这《梅花落》，正是一支著名的思乡曲。李白《与史郎中钦听黄鹤楼上吹笛》：“一为迁客去长沙，西望长安不见家。黄鹤楼中吹玉笛，江城五月落梅花”。当为贯休此诗所本。所不同者，一为七绝，一为五绝；一发露，一蕴藉而已。

招友人宿

银地无尘金菊开，紫梨红枣堕莓苔。
一泓秋水一轮月，今夜故人来不来？

我们说过，僧人是人，同样有七情六欲，其所不同于俗人者，在于他们善于按捺或升华这种种情欲，从而给人以心如止水的印象。我们这里还要说，僧人也不一定都耐得住寂寞，僧人也需要交际；其所不同于俗人者，在于他们所交际的人士一般都有比较高尚的格调，比较超脱的情怀，诗僧、画僧、学问僧尤其如此。贯休这里所招邀的友人即属此类。

为了招邀友人，先把自己的居住环境说得很美。“银地”者，佛语也，与金地、琉璃地并称，专指禅院、佛殿之地面。“银地无尘”，写其环境之幽雅，地面之洁净，空气之爽朗，同时也暗示自己心地之纯净无滓。“金菊开”，一方面写时令，一方面明示有菊可赏。古代文人每当此时，都有赏菊、赋诗、作画的习俗。

诗人进一步“诱惑”他的朋友说，除了有“金菊”可赏，还有“紫梨”可尝，“红枣”可啖。“紫梨红枣”，既是招邀友人，也表明空门生活之简朴；而“堕莓苔”三字，则暗示山中人少，梨、枣无人采摘，与“银地无尘”相呼应，写环境之清幽避俗。

前二句写景，多少有些质实，缺乏空灵之趣，于是第三句变换角度，写水月。“一泓秋水一轮月”，月从秋水中见出，以实写虚，虚实相映，极具空灵澄澈之美。山里气候好，景致好，环境幽静，果实丰盈，那么，“今夜故人来不来”呢？以商量的口吻出之，有韵味，也留有余地。

说到这里，想起唐人韩愈的一首很著名的诗——《同水部张员外籍曲江春游寄白二十二舍人》：“漠漠轻阴晚自开，青天白日映楼台。曲江水满花千树，有底忙时不肯来？”其写曲江之景，亦从水中得来，如贯休之借一泓秋水来写月光。在结构方面也是一连三句写景，第四句以疑问的口气作结。所不同者，愈诗所写为市俗之景，休诗所写为山中之景；愈诗深表遗憾，休诗则满含着期待。休诗于愈诗，有继承，也有超越。

杜荀鹤

杜荀鹤（846—904），字彦之，自号九华山人，池州石埭（今安徽石台县）人。出身寒微，久困场屋。大顺二年（891）始登进士第。田頵镇宣州，辟为从事。田遣入梁，为朱全忠赏识，表授主客员外郎、知制诰，充翰林学士，旋卒。其七绝多写离乱，讥刺暴敛，风格明白如话。有《唐风集》。

再经胡城县

去岁曾经此县城，县民无口不冤声。
今来县宰加朱绂，便是生灵血染成。

这首诗写诗人两次经过胡城县的闻见和感受。胡城县，故城在今安徽阜阳市北。去年经过胡城县，“县民无口不冤声”。“无”“不”两个否定字连用，加强了肯定的语气。无人不喊冤，无人不切齿。喊些什么？冤在何处？诗人没有细说，留待读者去思考。今年又经过胡城县，县民还喊不喊冤？还切不切齿？也没有细说，只让读者看一样东西——县宰的朱绂。朱绂者，红色印绶之谓也。然后提醒大家：这种印绶，是由人民的鲜血染红的！

至此，我们算是完全明白了。原来县民的喊冤，是冲着县太爷来的。可是喊冤归喊冤，县太爷却依然故我，一样地贪赃枉法，一样地草菅人命，一样地鱼肉地方，一样地坏事做绝！不仅没有受到弹劾，反而还升了官，加了朱绂。这就叫作暗无天日。

这首诗写得明白如话，但是仍然有很多话没有明白地说出来。第一，县民喊些什么？冤在何处？县宰干了哪些伤天害理的事情？老百姓受了哪些苦？遭了哪些罪？诗人没有明说。第二，诗人再次来胡城时，老百姓又喊冤了没有？如果喊了，又有哪些新的冤情？如果没喊，又是什么原因所致？诗人也没有明说。第三，老百姓喊冤之后，有些什么效果，冤情是否上达，上级有什么反应，是否充耳不闻听之任之，都没有明说。

鱼玄机

鱼玄机（约844—868），字幼微，一字蕙兰，长安（今西安）人。咸通（860—873）中，为补阙李亿妾，曾游历各地，因李妻不容，出家于长安咸宜观为女道士。后因杀侍婢绿翘，为京兆尹温璋所杀。工诗，与温庭筠、李郢有酬唱往来。其绝句清丽深婉，有殊致。有《鱼玄机诗》。

江行（选一）

大江横抱武昌斜，鹦鹉洲前户万家。
画舸春眠朝未足，梦为蝴蝶也寻花。

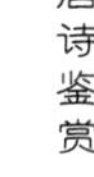

鹦鹉洲原在今武汉市境内黄鹤楼西南方向的长江之中。汉末名士祢衡曾在江夏作《鹦鹉赋》，后为江夏太守黄祖所杀，葬于洲上，故名。

这首诗写江行所见与所感。一个春天的日子里，诗人乘舟来到武昌，看到浩瀚的长江斜抱着武昌城逶迤东去，武昌城的西南面，美丽的鹦鹉洲前簇拥着万户人家。这种景象令她感动，于是在陶醉之中翩然入睡。在那只美丽的游船上，她睡得很香、很稳，直到早晨还没有醒来。睡梦中，她变成了一只栩栩然的蝴蝶，在花丛中穿梭巡觅，享受着现实中所享受不到的自在与快乐。

女人终究是女人，写大景物也不脱女人气。譬如“大江”，本是一个雄伟的意象，“大江”而曰“斜”，则显出几分曲线的美；“户万家”，本是一个壮观的景致，配之以“鹦鹉”这一意象，便叫人由大而想到小。船是“画舸”，眠是“春眠”，梦是“蝴蝶”梦，都显得轻倩小巧。尤其是三、四两句，情思荡漾，空灵俊俏，整个一个“女性天地”。

江陵愁望寄子安

枫叶千枝复万枝，江桥掩映暮帆迟。
忆君心似西江水，日夜东流无歇时。

子安即李亿。这首诗是写给她夫君的。

首句写枫叶。枫叶这个意象的设置颇有深意。宋玉《招魂》有句云：“湛湛江水兮上有枫”，表达的是这位才华横溢的弟子对其恩师屈原的深切怀念。鱼玄机这里则是借这一传统意象表达对其夫君的思恋。千枝万枝、深红浅红的枫叶掩映着江桥，她就伫立在这江桥之上，凝望着、瞻盼着自己的夫君归来；可是大江之上，过尽千帆，皆不见其影子。她就这样痴痴地守望着，自朝至暮。从希望到失望，从失望中又生出些许希望。她的心，就像那日夜东流的西江之水，潮起潮落，但是永不停歇。

如此看来，鱼玄机倒是一个性情中人。

后记

HOUJI

多年来，高等学校中文专业的中国古代文学教材包含两个系列，一是文学史，一是文学作品选。这两个系列在中国南北方大学的教学实践中是各有侧重的。早在20世纪80年代初期，业师曾昭岷先生就对我讲："大致说来，南方的大学重视讲授文学作品选，北方的大学重视讲授文学史。"南方学者认为，讲作品、讲原著，比讲文学史更重要，如果学生熟悉了作品，熟悉了原著，连他自己都可以编写文学史。如果重文学史而不重作品选，则难免流入空疏。北方学者则认为，如果重作品选而不重文学史，则不了解文学发展的脉络、特点和规律，即使读再多的作品，也未必能提高理论水平和认知能力。可以说，直到今天，南、北方的大学在这个问题上仍然没能达到共识，基本上是各行其道。我认为，南、北方的主张各有所长，也各有所短。我自1985年9月开始在大学中文系讲授古代文学，直到今天，都是把文学史和文学作品选这两者结合起来的。取南北之所长，弃南北之所短，决不厚此薄彼。而我这本《大兴说唐诗》，还有《大兴说唐宋词》，似可视为我在教学实践中既重文学史（唐诗史、唐宋词史），又重作品选（唐诗选、唐宋词选）的一个证明。未当之处，请方家批评指正！

曾大兴

2021年8月30日于广州世纪绿洲寓所